NF文庫
ノンフィクション

異色艦艇奮闘記

塩山策一ほか

潮書房光人新社

異色艦艇奮闘記——目次

写真提供／各関係者・遺家族・「丸」編集部・米国立公文書館

異色艦艇奮闘記

連合艦隊の救世主 工作艦「明石」の奮戦

トラックに着任して損傷艦艇の応急修理にあたった最前線の日々

当時「明石」工作部員・海軍技術大佐　塩山策一

戦勢がようやくわが方に不利となってきた昭和十七年十二月、私は横須賀海軍工廠にあって、戦艦として建造していた大和型の三番艦である信濃の超大型空母への艤装工事を担当していた。そこへ連合艦隊司令部付兼明石工作部員への発令があった。

当時、連合艦隊はトラック環礁内に待機していたので、日航の水上機便でサイパン経由、旗艦武蔵の司令部に着任した。武蔵には部屋がなかったので、一時、戦艦扶桑にいたが、なにかと不便なので乗艦指定を明石（工作艦＝特務艦）に変更してもらった。

塩山策一技術大佐

造船科士官の連合艦隊司令部付というのは、戦前からその制度はあったが、戦前は主として中央と艦隊との間の造船についての連絡役で、最初は戦技を中心とする短期であった。し

工作艦・明石（昭和14年７月末竣工）。9000トン、全長158.50m、連装高角砲２基、艦橋両舷に連装機銃。前檣と後檣に10トン、中央に23トン、前檣両舷に５トンの各種デリックを有し、工作機械114台と17の工場、433名の工作部員を擁していた。乾舷が高く艦橋上に測距儀が見える

かし太平洋戦争に入ってからは一年を通じて在任し、司令部のアドバイス役になっていた。そこで私は特別の用件のないかぎりは、朝のうちと夕方を明石の作業指導の時間とし、昼は武蔵にランチで行き司令部と昼食を共にするのを日課としていた。

明石は艦長以下一般艦船と同様に各分隊が組織されており、これがいわゆる本艦側で、艦の前半に居住していた。工作部は部長の窪大佐以下の技術科士官と作業員は工作兵と工廠えりぬきの工員とでなり、艦の後半に居住していた。

当時、明石は右舷側に鋼材を積んだポンツーンを横付けにし、その外側に能登呂（大正九年八月竣工）を、左舷側には阿賀野（昭和十七年十月末竣工）が繋留されており、そこで昼夜兼行の工事が行なわれていた。能登呂は一万トン型タンカーの特務艦であったが、

水上機揚収クレーンをもうけ、水上機母艦（昭和九年六月）として日中戦争いらい活躍していたが、右舷中央部に雷撃をうけ、重油タンクに大破孔を生じていた。

まず潜水員が水中ガス切断により外板のめくれた部分を切りとり、そこにあてがう仮外板をポンツーンの上で組み合わせて、これを鋼索で艦底を通じて大まわしにして、破孔に密着させた。そして、それを締めつけて内部を完全に排水したうえでボルトで締めて、これで充分に水密状態とし、内地に回航させることに成功した。

左舷側の阿賀野は、五五〇〇トン級の軽巡にかわる水雷戦隊旗艦用として計画された高速軽快な七〇〇〇トン級、一五センチ連装砲塔三基をそなえた巡洋艦の一番艦である。罐室前方右舷および艦尾に雷撃をうけ、罐室および前方区画に大浸水をおこし、舵付近より後部が切りとられ、推進軸四本のうち内側の二本をうばわれ一時沈没に瀕したが、ようやく曳航されてきたものである。

このため一日も早く応急修理をおこない、内地にかえす方針をきめた。そこで右舷側の破孔は能登呂式に仮外板をあてがったが、能登呂は船型構造ともに商船式であったので比較的容易であったのにくらべ、本艦は高速軽快艦であったため仮外板と損傷部との肌合わせにはずいぶん苦心した。つぎに罐六個のうち使えるのは後部の二罐のみであったが、この二罐でのこった外側の推進軸をまわして自力で回航する方針とし、艦尾は大破した部分を切断して仮外板を立て、鋼板製の舵を二枚つくって揚荷機で連動操舵ができるようにした。

こうして、環礁内で試運転をおこなった結果、速力十四ノットの発揮に成功した。艦長以

給糧特務艦・伊良湖。昭和19年1月20日、トラック水道で米潜の雷撃により浸水した状態。水線長145.10m、9750トン。最中や饅頭、アイスクリーム等の製造や冷蔵冷凍設備が完備していた

下は張り切って出港していったが、しかし後日、折りあしく米軍のトラック空襲の前哨として礁外に待機していた潜水艦の雷撃（昭和十九年二月十六日）により撃沈されたのは残念であった。

驚くべき大和の強靭さ

陸軍部隊輸送の任務をおびて内地より回航してきた戦艦大和から、浸水があるからといい潜水調査の依頼があった。そこで、造船の先任部員である小倉技術大尉（戦後海将）が潜水員をひきいて調査に出かけたので、私も同行した。

調査の結果、三番砲塔右舷に魚雷一本が命中して、外板に大破孔を生じていた。だが、艦内ではぜんぜん

衝撃を感じず、単に傾斜を注排水装置により直していたので、浸水区画を調査整備、そして排水して浸水区画を局限するとともに、潜水員が外板のめくれを切りとって応急作業をおわった。私たちはいまさらながら、大和級の防禦の強靭なことにおどろいたのである。

阿賀野型巡洋艦の能代は、カビエンへの輸送のさい前部砲塔付近に被爆したが、さいわい盲弾で撃発しなかったが、至近弾で外板に多数の小破孔ができて浸水していた。そこで明石に横付けしたうえで応急修理をほどこした後、艦内の浸水を排除しトリムをつけて破孔を水面上に出して、あてがねを溶接した。

給糧艦の伊良湖（昭和十六年十二月竣工）は艦隊待望の糧食、嗜好品の配給艦であるが、トラックでの配給をおわって出港直後、一番船倉右舷に被雷した。そのため二番船倉にも浸水して、前甲板がほとんど水没するばかりの危険な状態で入港して、明石に横付けされた。

まず一番船倉への浸水の原因をしらべたところ、冷却機室の通風管の一、二番船倉間の隔壁弁が、開放のままの状態になっていることを発見した。そこでこれを閉めて、二番船倉の排水に成功したのち、引きつづき一番船倉より前方の区画を整理し、極力排水をつづけた。そして一番船倉は浸水のままとして、水線上の外板および甲板の爆圧による変形部を補強して、内地へ帰還させた。

これに反して清澄丸（特設巡洋艦／昭和十六年十一月徴用）は、ラバウルより回航される途中、おなじように一、二番船倉に雷撃をうけ、ようやくトラックに入港した。私たちは修理艦がたまっているので、伊良湖とおなじように損傷部のめくれを切りとり、補強したうえで後部にバラストを積んでトリムをただし、内地へ回航するようにすすめた。

しかし本船側は、多少おくれても仮外板をあてるよう希望した。その結果、この清澄丸はトラック空襲の犠牲となった。

駆逐艦の長波は艦尾に被雷していたため、舵のあたりから切断され、後甲板はなだらかな傾斜で後方にたれさがり、推進軸もまがっていた。そこで曳航で内地へ送る計画とし、曳航の途中、抵抗となるものをすべて取りはらい、浸水部を局限して出港させたのであった。

以上が私が着任いらい、昭和十八年二月十日の軍令部との打合わせのため回航した武蔵のトラック出港までの、明石のおもな業績であった。

標的艦「矢風」巨弾地獄に針路をとれ

航空隊の技量向上に貢献しつつ潜水艦跳梁の海を護衛に任じた特務艦の航跡

当時「矢風」艦長・海軍少佐　桜庭久右衛門

太平洋戦争たけなわのとき、私は駆逐艦を目標艦に改造した特務艦矢風《やかぜ》に乗って太平洋の各地を走りまわったが、これは航空機の爆撃、あるいは雷撃の目標艦となって航空戦力の向上に貢献するためであった。

私が艦長として乗艦したのは、戦局が日本にとって不利となった昭和十八年六月八日であったが、それ以来、十二月二十四日に退艦するまでの約六ヵ月半のあいだ勤務した。戦争中の日記を読みかえしながら、当時の模様のところどころを思い出して述べてみたいとおもう。

桜庭久右衛門少佐

矢風は大正後期ごろに大量建造された峯風型の一等駆逐艦十五隻のなかの一隻として建造されたのであったが、今次大戦に入った昭和十七年に特務艦（標的艦）として改造されたものである。この当時、標的艦としては矢風のほかに、摂津《せっつ》、波勝《はかち》、大浜《おおはま》の三隻の名があげられているが、私が矢風に乗艦していた昭和十八年の夏ごろ、内南洋諸島（東カロリン諸島、マリアナ諸島、マーシャル諸島）方面の各航空隊の爆撃、雷撃訓練の目標艦として走りまわったのは、矢風一隻のみであったようにおもわれる。

私は矢風に乗艦するまでは、開戦前から重巡熊野の運用長として勤務していたが、昭和十八年五月二十四日、同艦を退艦して横須賀鎮守府付となり、そこで休養していたところ六月七日、とつぜん矢風に乗艦するよう命令をうけた。そのためただちに呉にゆき、矢風に着任したのは九日であった。

当時、海軍の慣例として運用学生出身の経歴をもつ人は、一艦の艦長の配置につく機会はきわめて少なく、私も予期もしていなかった。だが今回、矢風に乗艦を命ぜられたうえに、一艦の長として活躍できるようになったことは、非常に嬉しかった。そして明くる十日、戦地である南西諸島方面にむけて出港する前、生まれてはじめて一艦の艦長として、部下をあつめて訓示をおこなったが、そのときは次のように述べた。

「現在のわが海軍の主要戦力は航空兵力であり、戦闘の主兵は航空機である。航空戦力なくして現在の軍事力はなりたたない。水上艦艇は、すべて航空隊の作戦にたいする支援、準備、協力などを主要任務としている。本艦は標的艦として、これから前線の航空基地に待機している航空隊の戦闘技量の向上を支援し、低下をふせぐため協力する重要な訓練の稽古台となるために向かうのである。ただいま帝国海軍のただ一隻の目標艦として、戦地を走りまわる重要任務を持つものである。

しかしこれから戦地をまわるのに、本艦は大砲もなく、攻撃力としては爆雷のほかはないので、本艦をまもるためには早期に敵を発見、すなわち先制見張敵発見（筆者注・旧海軍用語でまず見張りを優先的によくやって敵をはやく発見する意味）が重要である。総員は見張員の覚悟をもち、配置にあるものも休憩中のものも、もし敵を発見したときは、艦橋に報告する方法として一般的なやり方のほかに、誰にもわかるよう〝天突《てんつ》き運動〟の体操の姿でやること。

つぎは、総員応急員（筆者注・応急とは艦内で主として防火防水などの防禦関係を担当する）となれ。艦内閉鎖をよくやり、万一の場合にぬかりのないようにせよ。この場合は、挙艦応急である。そして、りっぱに任務を果たし、全員元気で内地に帰れるように」と。

しかし、いよいよこれから南方に向かうのであるが、大砲の装備のないことがなによりも心配であり、万一、浮上したまま航行している潜水艦から砲撃をうける事態に直面することがあればと考えると、これがもっとも不安であった。なにしろ、潜航している潜水艦にたいしてならば、こちらにも爆雷攻撃ができるため、対等とはいかなくともあるていど戦えるが、浮上している場合はどうすることもできない。そのため最悪の場合は、潜水艦に体当たりをおこなうほか方法がなく、直接に衝突することによって、相手の艦体を破壊する以外に打つ手がないので、部下にたいしても、この最後の手段は知らせておいた。

また、敵の潜水艦に、こちらの艦にも砲の装備のあることがわかれば、心理的にそうとうな効果があるものとおもって、ただちに乗員の手で木造の偽砲をつくらせた。そしてこれを前甲板と後甲板にそれぞれかざり、いかにも大砲らしく見えるよう塗装までした。そのうえ緊急時には、その砲手らしく見せるため、二、三人をそのまわりに配置して、大砲を操作しているような芝居をやらせることとした。

これはまったく私一人の案であったが、乗員たちはニコニコしながら眺めていた。しかし、太平洋戦争中たくさんの軍艦があったが、このような淋しい芝居をやらねばならなかったのは、おそらく矢風のみであったとおもわれる。

昭和十八年中頃から、艦艇の数もしだいに減少の傾向が見え、油槽船の護衛艦も不足してきたため、矢風も標的艦任務のあいまには護衛の任務にもつくようになってきたが、これはまた本艦としては予想もしていなかったことであった。このような状態になってから、矢風にも大砲装備の必要にせまられたため上司に申言もしたが、当時はその実現は困難であった。

こうして備砲の不利にもかかわらず矢風は、内南洋諸島にある各航空基地の所在地をまわったが、主なる基地はサイパン（マリアナ諸島）、トラック（東カロリン諸島）およびクェゼリン（マーシャル諸島）であった。

東奔西走、訓練の日々

昭和十八年六月十日、呉を出港したのち、途中サイパンに寄港して燃料の補給をおこない、マーシャル諸島のクェゼリンに到着したのは十八日であった。そこで乗員の休養もなく、さ

駆逐艦時代の矢風(大正９年７月竣工)。昭和12年に標的艦攝津をコントロールする無線操縦艦に改造。さらに17年には砲を撤去、爆弾防禦をほどこして標的艦となり、ラバウルへ進出した

っそく翌十九日より訓練が開始されたが、艦上爆撃機および中攻機による一キロの模擬爆弾をうけることになるのである。

ところが矢風のほうは操法にもとづいて回避運動をおこなうが、航空機のほうは命中させようと必死になり、両者たがいに〝命《あ》てよう――躱《かわ》そう〟のやりあいとなり、大いにおもしろい訓練であった。訓練は毎日、午前四時半に出港し、午前七時四十五分ごろには終了して、入港（現地時間〇七三〇〜一〇一五）するという予定をもって、環礁の外に出て実施された。以下日記をくってみよう。

七月七日（火）晴　本日の訓練では戦闘機からの爆撃が予定されていたため、矢風は蛇行運動をおこなって回避につとめた結果、命中弾は6/50（筆者注・五十発のうち本艦に命中したのは六発の意味）であり、中攻機からの命中弾はなかった。しかし艦橋に爆弾が命中したときは、そうとう大きなショックを感じた。

七月十二日（月）戦闘機からの爆撃にたいして、本艦は

自由回避をおこなったため、先日の命中弾六発にくらべて、この日は三発であった。

七月十四日（水）本日は本艦が徹底的に回避運動をつづけたら、戦闘機十五機が二回来襲したが、命中弾は一発のみであり、ちょっと気の毒になった。だが、中攻隊の技量の向上がよくみられ、ほとんど全部、有効弾となったように見えた。夜間爆撃は錨泊状態でおこなわれたが、上空からの本艦の見えぐあいが悪いためか、一発しか落下弾がなかった。

七月十五日（木）きょうは当地における訓練の最終日であり、戦闘機、中攻ともに技量はおおいに向上したことが感ぜられ、帝国海軍のため慶祝にたえない。また標的艦の艦長として満足このうえなし。基地を去るまえに司令部を訪問したが、このとき、深夜の夜間爆撃は照明弾でも上空から矢風がよく見えなかったため中止したが、実際の敵はなんとかなるよとの参謀のことばを聞き、大いに安心した次第である。

七月十六日（金）タロア（マーシャル諸島東南部のマロエラップ環礁）においての訓練を終了し、午前三時半タロアを出港してヤルート（マーシャル諸島西南部の環礁）に向かい、午後二時四十分に入港した。

七月十七日（土）二十二航空戦隊より電報を受信した。それによると『矢風はご苦労であった。バニコロの攻撃作戦の爆撃で$\frac{3}{4}$の高い命中率をえたことは貴艦のおかげなり、武運長久を祈る』という意味のものであった。昨夜のバニコロ（ソロモン南東サンタクルーズ諸島）の夜間爆撃は成功だったことを知り、わがことのように嬉しい情報だ。さっそく艦内にもこれを知らせた。

七月十八日（日）午後一時、ヤルート出港。

七月二十三日（金）サイパン着（燃料補給のため二十一日にトラックへ入港、翌二十二日出港）。

七月二十六日（月）第七五一航空隊にたいして当地においての第一回目の訓練を開始した。同時に魚雷発射の実演もおこなわれ、七本のうち六本は矢風の中央部の艦底を通過（筆者注・これは命中を意味する）した。

七月二十七日（火）爆撃はきのうに比べてそうとう上手になった。魚雷発射も六本あったが、本艦はきのうより大きく回避運動をやったが、このうちの三本が命中（艦底中央部通過）した（もちろん回避のための変針時の舵角は五度であったが）。

七月三十一日（土）午前中、予定の時間に爆撃をおこない、引きつづいて魚雷発射訓練にうつったが、この日は九本を発射して命中はわずか三本（艦底通過）だけであった。この日をもって、サイパン方面における第一回目の訓練は終了したことになる。

八月四日（水）ひさしぶりにサイパンに上陸して、用事をすませて帰艦するため歩いて桟橋にむかっていた途中で、先輩の軍令部参謀と会った。彼はいま軍令部にいるが、これから船舶の運航状態を調査するためにパラオに向かうということであった。その先輩のはなしの中に、「矢風はよく奮闘しているね。なにしろ飛行機がしっかりせねばいけないね」と、標的艦の任務の重要性をよく理解されているはなしを聞き、小生としては、要路の人は矢風の任務をじつによく了解してくれているものだと感激した。

八月五日（木）今回は、爆撃訓練の命中率はおもったよりもよいとは思われなかった。しかし、この日の訓練中に一発の爆弾が艦橋上辺の外縁に命中したため、艦橋の窓ガラスを一部破損し、多少危険を感じた。

丸ゴシ艦にくだった護衛命令

八月十三日（金）きょうは特務艦矢風《やかぜ》（標的艦）がはじめて、船団護衛の任務をおこなった。これは司令部の命令によって、午前四時三十七分にサイパンを出港して、輸送船五洲丸《ごしゆうまる》を迎えにいったのである。矢風は二十二ノットで南下して、ロタ島（マリアナ諸島北部テニアン南方、グアム北方）西方十五浬《かいり》で五洲丸を発見し、ただちにその前についた。五洲丸は十四・五ノット、本艦は十六ノットくらいでよく釣り合っていた。しかし標的艦である矢風に、船団護衛はじつにやっかいな任務のように感じられた。敵潜出現の場合を考えるとまったく心配がたえず、つねに緊張の連続であった。だが、午後二時半すぎ、ぶじにサイパンに入港した。

八月三十一日（火）午前四時半、つぎの訓練地であるトラックにむけて出港した。ところが「途中から船団を護衛していけ」という電報が入ったため、矢風はただちに輸送船富士山丸、東亜丸、給油艦鶴見（大正十一年三月竣工／知床型四番艦）および護衛駆逐艦の玉波と合同して、これらを護衛してトラックに向かう。九月二日、ぶじにトラックに入港した。

九月十日（金）本日より開始される機動部隊の爆撃訓練のため、春島東方海面に向かった。

ところが超低空からの爆撃は命中弾も多く、かえって艦橋の防禦に不安を感じるほどであった。そのためきょうも、爆弾の破片で窓ガラスに破損を起こした。夜は錨泊中の矢風にたいして爆撃訓練がおこなわれた。

九月十一日（土）本日は低空爆撃の訓練を実施したが、これは命中率も高く、外舷の船体鉄鈑もあぶなくなるくらいデコボコが多くなり、なお不安を感じた。本日の命中率は$\frac{30}{180}$であった。

九月十二日（日）本日の訓練の最中、すなわち午前七時すぎに空母翔鶴の戦闘機一機が、本艦の左一六〇度の方向から進入してきて爆撃をおこなったが、予定どおり爆撃が終了して上昇コースに入ったとき、低すぎたためか上昇しきれずに、その機はとつぜん本艦の前檣の上部に激突して機体は粉砕し、バラバラになって右艦首付近に散乱した。

当時、矢風は十七ノットで面舵《おもかじ》一〇度で回頭中であったので、ただちに煙幕展張を命じて爆撃訓練の中止をもとめ、行足《ゆきあし》をとめて救助作業に入ったが、機体は破損してすでに沈没してしまっていた。それでも搭乗員の死体の上半身のみは収容することができたが、まことに壮烈な殉職であった。これも猛訓練のための犠牲だとおもうと、ほんとうに気の毒であり、搭乗員の冥福を祈った。本日の命中率は$\frac{24}{174}$。

九月十五日（水）本日の低空での爆撃訓練のさい放たれた一弾が左舷中央の窓の外側にある掩鈑《えんばん》に命中して、これをヘコませ蝶番《ちょうつがい》を吹き飛ばし、そのうえ艦内で一人の負傷者まで出した。そのため、ただちに訓練の中止をもとめ、そのあと空母瑞鶴にいき、状況を説明報告したのち訓練を中止するように要求した。

　九月二十二日（水）連合艦隊司令部の指示をうけ、戦艦武蔵を訪問したところ、二十四日の午前四時二十分より午後五時まで、錨泊中の矢風にたいして、航空隊は一キロ爆弾で常時連続して爆撃してもよいようにしてもらいたいということを参謀から説明があったので、承知して帰る。

　九月三十日（木）きょうは予定どおり訓練を実施したが、命中弾は午前中だけですでに四十七発もあった。命中箇所はそれぞれ多少なりとも船体にへこみの跡を残すため、おおげさにいえば〝蜂の巣のごとし〟と言いたいくらいであった。だが、爆弾が連続して命中するときは目標艦の艦長として、まったく無念無想というか爽快というか、まことによい気持であった。敵をやっつけるための腕をきたえる場面であり、大いにやり甲斐のある任務であると感じた。

　十月十三日（日）司令部を訪問して航空参謀に会った。そこで、いくら訓練用の模擬爆弾とはいえ命中弾が多いため、矢風の船体にはそうとう無理を感じていることを報告して帰った。

　十月五日（火）連日にわたる午前午後と二回の訓練によって、矢風乗員の疲労が多くなったため、私の独断で司令部に信号をおくり〝乗員の疲労やや多し、明日午後の訓練取り止め方取りはかられたし〟と要請した。このような信号を出すこと自体、当時の帝国海軍としては前代未聞の信号であったであろう。しかし、当泊地にある何十隻の停泊中の艦船のうち、一日に三回も出動し、毎日これを繰り返すのは矢風のみであり、ほかの艦船は約十日に一度くらいかとおもわれる。

十月六日（水）午前の訓練では、操艦者（艦長をふくめ）の疲れがひどく、そのため一切の回避運動をやめて直進コースばかりを採ったので直撃弾が多くなり、$\frac{66}{289}$の命中弾となった。しかし、きのうの矢風からの申請が承認されて、司令部から「午後の訓練は中止」という命令が出された。

十月七日（木）司令部から命令が出され、本日の爆撃訓練は中止ときまった。そのかわり大鳥島に敵の機動部隊が来襲したとの連絡がはいり、連合艦隊はこれより出動することになる。矢風と宝洋丸は、補給部隊としてブラウン（エニウエトク）方面に行動せよとの命令が出され、そして本艦にたいして見張員十人、機関員十一人の補充がおこなわれた（だが翌八日の正午、連合艦隊司令部より、敵情がないため出撃は取りやめとの令があった）。

十月十八日（月）午前十時、矢風は輸送船東亜丸を護衛し、ブラウンにむかうため出港。

十月二十一日（木）ブラウン着。東亜丸より油を補給せよとの命があって、午後一時十

特務艦『矢風』主要目

完成年	1920年
排水量	1.321トン
水線長	99.5m
最大幅	8.92m
吃水	3.13m
主機台数	タービン×2基
軸数	2軸
機関出力	11,260馬力
速力	24ノット
備砲	なし
改造完成	1942年7月20日

このほかの標的艦（3隻）

艦名（排水量）	完成	備砲
摂津（20,650トン）	1912年	なし
波勝（1,641トン）	1943年	13ミリ機銃×4
大浜（2,560トン）	1945年	12高×2

五分、矢風はただちに抜錨して、少しはなれたところで繋留している東亜丸に向かった。途中は停泊している各艦のあいだを通っていったが、あたかも観艦式の感があった。

しかし、どの艦も矢風が通れば甲板上にいた人たちはニコニコしながら、こちらを見ている。なにしろ前後甲板に搭載している大砲二門は私がつくらせた偽砲であり、兵器としては一三ミリ機銃一梃、七・七ミリ小銃二梃という貧弱な装備をもって大洋をわたり、ここまできた矢風の姿を見て、みんな微笑《ほほえ》ましくおもってニコニコしているのであろうと、こちらの立場から一方的に考えた。それというのもトラックにいれば、朝昼夕の区別なく爆弾の雨をあびるのに忙しく、また連合艦隊の大作戦となれば、こうして補給部隊の一艦となって、ここまでくる矢風の敢闘ぶりに喜んでくれたものと解釈したかった。

十月三十日（土）トラックに入港していた矢風にたいし新しい命令が待っていた。それによると矢風は十一月三日、油槽船宝洋丸、玄洋丸を護衛してシンガポールに回航し、同地の根拠地隊に編入、そして第二航空戦隊の爆撃訓練に協力せよ、というものであった。

十一月五日（金）午後一時、トラック泊地を抜錨して出港した。各艦船は十七ノットの速力で春島錨地を経て北水道にむかう。このころトラック泊地にいた大部分の艦船もすでにラバウル方面にむかい、港内には駆逐艦の姿は見えなくなっていた。

水道を出てからというもの、矢風は宝洋丸と玄洋丸の後方一キロの地点につねに占位し、適当に左右に変針あるいは反転して、出没すると予想される敵の潜水艦にたいし、矢風をもって通常の駆逐艦が輸送船を護衛している姿のように見せかけて行動した。そのため当直の将校には、視界が不良となったら本艦も速力を十一・五ノットとし、普通の之字運動をおこなうよう命令した。

突如おこった味方船との衝突

昭和十八年十一月六日（土）矢風にも、また私にも来るべき運命の日がきた。それというのもこの日、艦橋のすぐ隣りの休憩室で私が寝ていたところ、たしか午前零時五分ごろであったが、突然ドンドンドンとつづけさまに闇をつんざく砲声で目がさめた。

そこで私はただちに飛びおきて、「なんだ、なんだ」と大きな声で叫びながら外を見たところ、敵弾が音を立てて、私の目の前を光をともなって猛烈ないきおいで通りすぎてゆく。ひきつづいて右七〇度付近の海面に、発砲の光、そしてそのあとから音がつづき、本艦に向かってさかんに砲撃をおこなっている。

そのため〝ようし、こうなればあの敵の潜水艦に体当たり攻撃をする以外に手はない〟と腹を決めたとき、艦橋の上にいた見張員から「艦首に船」という報告があって、私はいそいで艦橋に入ったところ、見張員のことばどおり艦首至近のところにすでに油槽船の横腹が見え、本艦はこれにたいして直角に進んでいるのを確認した。

これでは衝突すると短時間のうちに判断し「取舵《とりかじ》一杯」とつたえたところ、当直将校は「取舵ですか？　いま面舵《おもかじ》一杯にしました」という。そのため仕方なく「よし、面舵でよし」と命じた。そして最早どうすることもできない、ああ衝突だといったとき、当直士官はさかんに「艦長、申し訳ありません」と連呼した。

まもなく、矢風は玄洋丸の右舷後部に十二ノットの速力をもって、七〇～八〇度くらいの角度で大音響とともに火柱をあげて衝突し、同時に右舷に大きく傾き、そのうえ艦首部は右舷に大きく屈曲した。とたんに本艦の行足《ゆきあし》も落ちた。このあと私はただちに「爆雷戦用意」を発令するとともに、損傷状態の調査および防水作業を命じ、速力も増速した（実速は六ノットくらいであった）。

この衝突によって艦首部が右に折れまがり、それが舵を右にとったのと同じ効果が生じて、舵による修正もできなくなり、ただ右にグルグルと同じところを廻わるのみであった。このため船団にも近寄れず、エンジンを適当に使用して、なるべく原針路を保持しながら行進をつづけた。

衝突したときの大音響と火柱を、本艦からの発砲と判断して潜航したかどうかは不明であったが、そののち敵潜水艦からの砲声は聞こえなかった。もちろん本艦からは爆雷投射もおこなわれていた。そして、ただちに連合艦隊司令部に報告の電報を打った。そののち双眼鏡で見れば船団もかすかに認められ、とくに玄洋丸のほうは、先の衝突による被害もたいしたことはなく、航行に支障はないように見えた。

しかし、矢風はこのとき浸水によって、右舷に約六度かたむいていたため、ただちに前部の右舷タンクの約十七トンの重油をすてさせ、やっとのことで傾斜を約三度半まで復原させたのであった。だが、浸水はしだいに第一兵員室内にもふえてきたため、移動ポンプを使用して排水をおこなわせた。さらにもう一台の移動ポンプがあったが、これは艦首の屈曲したところに挾《はさ》まってしまい、取りだすのが困難で、また乗員の手でバケツで汲みだすことも望みがない。したがって速力は出せず、本艦の操縦不具合の状態がつづいた。

そこで、少しでもはやく敵潜水艦を発見して、爆雷投射による衝撃をくわえようと必死になってつとめたが、発見はできなかった。このため船団を艦首からの視界内にたもちつつ航行につとめた。

それから約一時間ほどたったころ、こんどは前方に大火炎とともに火柱が立ちのぼった。これは潜水艦からの魚雷が宝洋丸に命中したものであった。つづいて火炎が発生したが、しかし本艦は残念ながら、この救助および火災制圧などの協力もできず、残念きわまりないものであった。

そのころ、右舷の後部方向より雷跡がみとめられた。だが、このときは私もすでに覚悟をきめていたが、幸運にも魚雷は本艦の中央付近の艦底を通過していった。まったく幸運にも不発魚雷の状態であった。そこで、ただちに潜水艦の潜航位置をねらって爆雷投射をおこなった。しかし双眼鏡で見れば、宝洋丸の付近には浮上している潜水艦二隻がいて、船団を砲撃中のようである。そこで私は、本艦に魚雷攻撃をくわえたものをふくめ、敵の潜水艦は三隻いるのかとも考えた。だが、潜水艦を目の前にしながら矢風は、まったく打つ手もなく、しかたなく一時この場を去って、暗闇のなかに入ろうとして走った。

矢風は右にまわる方向に舵はきいた。そのうちに夜明けとなり、救援のため派遣された

「水偵一機見ゆ」との報告をきいたときは、まったくホッとした。それから宝洋丸に近づき、爆雷攻撃をおこなって敵の潜水艦を追い払おうとしたが、風を横にうけて矢風の針路保持ができないので、行ったり、また戻ったりの航行をくりかえしていたが、宝洋丸の方向に接近することは、いよいよ望みうすとなった。

そのため私は甲板士官に命じて、艦内にある材木や板などを大量にたばねて相当な太さと長さ（直径約二メートル、長さ八メートルくらい）の円筒型の浮揚物をつくり、これにロープをつけて艦首の左舷から曳航状態としたところ、本艦の針路保持は大いに楽になった。これは重巡熊野《くまの》時代におもいついて実験した応急舵であったが、今回おもわぬところでそれが役に立ったのは嬉しかった。

目前で遊弋する敵潜にくし

このようにして、午前五時ごろから努力をつづけ、五時間後の十時ごろ、やっとのことで宝洋丸に近寄ることができた。しかし、宝洋丸は船首と船尾にそれぞれ魚雷をうけており、前部は兵員室をやられ、甲板上の一番砲は吹き飛ばされていた。また、後部は約一メートルをのこして沈下しており、煙突および付近の通風筒からは、さかんに火炎を噴出しているため、近接は困難をおもわせた。

なにしろ宝洋丸は、三六センチ砲弾をシンガポールに輸送するため満載していたが、その誘爆を警戒し、すでに大部分の乗員をあらかじめ避難させており、船内には指揮官以下十七名が残っていたので、本艦の内火艇をおろし通信長を私の使いとして派遣し、本艦に乗り移られたしとの旨を指揮官につたえさせた。そして本艦は漂流中のカッター一隻および筏《いかだ》に乗っていた宝洋丸の乗員を収容したとき、救援のためトラックから派遣された軽巡長良が、高速で到着した。つづいて宝洋丸指揮官以下の全員が本艦の内火艇に乗ってきた。

今朝の日出後、本艦の至近（約百メートル以内）のところを、潜望鏡を露頂して本艦の艦尾方向に敵潜水艦のうつりゆくのを、後部にいた乗組員が発見して報告したが、その報告が艦橋にとどくのが遅れ、それから爆雷攻撃をおこなったが、効果は不明におわった。それというのも私が考案した〝天突き運動〟スタイルをもって報告したといっていたが、これを伝達するものの処置が悪く、ついに絶好の機会を見のがしたものとおもわれた。

艦隊司令部にたいして、矢風が衝突してから宝洋丸が魚雷攻撃をうけるなど刻々この報告をおこなった、本日の電信員の活躍はみごとであった。またある電信員は、損傷した艦長室から自分の判断で軍人勅諭をとりだし暗号室に安置していたが、このことは一艦の艦長として深く感謝にたえないことであった。

矢風通信員の報告によって連合艦隊司令部は、まず水偵をもって救助にむかわせ、つづいて軽巡長良を派遣し、また第四根拠地隊は輸送船の金城丸、電纜敷設艇立石《たていし》および軽巡能代を派遣したと打電してきたが、各部のご厚情をありがたく感じた。

この日の午後、矢風は現場にいちはやく到着した長良とともに、ときどき爆雷の威嚇投射をおこなって、宝洋丸の周辺を警戒してまわった。そして夕刻、長良艦長の申し出により、

昭和20年7月、空襲により損傷着底、横須賀で終戦を迎えた矢風。18年3月にカビエンで哨戒艇34号と衝突して艦首を切断修理、また11月にも玄洋丸と衝突修理後も内地で爆撃訓練に従事

宝洋丸の指揮官以下全乗員を長良にうつした。

なにしろ矢風の戦闘意欲は旺盛であったが、艦首折損部の動揺が大きくなり危険を感ずるので、連合艦隊司令部に申請して、金城丸が現場に到着すると同時に、これに護衛されて午後六時半ごろにここを去り、トラック島に向かうこととなった。

この針路での保針はそれほどむずかしくはなかったが、時々ウネリが艦首方向からくるため、損傷部の振動がますます大きくなり、不安をいだきながら実速八ノットで金城丸とともに針路一〇〇度ですすみ、トラック島の北水道にむかった。月明かりのため視界はいたって良好であるだけに、敵の潜水艦が出現する不安があった。が、きのうは護もる身、きょうは護もられる身となって航行しているが、これも運命か。

本艦は、やはり真夜中に浮上して雷撃の機会をねらっていた敵の潜水艦から砲撃をうけ、また魚雷攻撃もうけたが、さいわい魚雷は艦底を通りすぎていった。しかし、明るくなっても敵潜から潜望鏡で長いあいだ、近距離でこちらの行動をずっと覗《のぞ》かれていたのは気持がわるかった。そのために本艦唯一の攻撃兵器である一三ミリ機銃をもって海面をときどき射撃し、また例の偽砲の砲尾に配した乗員二人に、いかにも大砲の操作らしい動作をやらせたが、戦闘をやりながら〝芝居〟もやる忙しい一日であった。爆雷投射も数回おこなったが、保針が困難なため効果はあまり期待できず、ただ威嚇にはなったであろう。

こうして昭和十八年十一月六日、私にとって、一生のうちでもっとも記念すべき日となった。しかし、被害はうけたが、乗員には一人の負傷者もなかったことは、まことに幸運であった。

いよいよ、十一月七日となる。きのうは午前零時五分以後、一睡の余裕もなくずっと艦橋にいて、昼食も握り飯ですませたが、きょうはわずか二〜三時間であったが眠ることができた。そして午前二時半以後ふたたび起きて頑張った。夜明け前になって、艦首の損傷部の動揺が大きくなり、切断の懸念もあったので、速力をまして動揺を少なくさせ、護衛船金城丸の遅れることを承知のうえで進行、トラックの北水道に入った。そして武蔵から、春島泊地の三番ブイに繋留するようにとの命をうけてこれに向かい、入港作業を終わった。

このあとまず士官室で、兵科准士官以上および事故当時の当直員をあつめて事故の状況を聴取した。それからただちに本艦を出発して、午前十一時ごろ、連合艦隊の旗艦である武蔵を訪問した。そして幕僚室にいき、先任参謀以下の全参謀にたいし、事故当時の状況を説明報告するとともに、今回の失敗をおこし、損傷をうけたのは艦長の技量未熟のためで、まことに申し訳なしと述べた。

しかし、司令部はよく了解し「ご苦労ご苦労」といってくれた。そのあと帰艦して、准士官以上を士官室にあつめて、今回の失敗で決して落胆するなと訓示した。そのうえ当直将校の苦労もあるが、今回の失敗は一艦の長として全責任は艦長にあり、大事な艦を傷つけまことに申し訳ないと感じている、と述べた。

測量艦「筑紫」南方七〇〇日の航跡

測量艦として建造された唯一の艦も護衛や輸送に投じられ遂に触雷

当時「筑紫」機関科員・海軍上等機関兵曹　五島　順

測量艦筑紫《つくし》は、三菱造船所横浜船渠において昭和十六年十二月に竣工して海軍に引き渡され、艦籍に入ったわけだが、その数ヵ月前からわれわれ数名の者が艤装にたずさわっていた。私は筑紫誕生以後の約二年――つまり昭和十八年十一月、南海カビエンの港に沈没するまで、生死を共に太平洋戦争を戦ってきた。

特務艦――とくに測量艦という艦の種類は、読者には親しみのない、めずらしい艦だと思われるだろうが、われわれ当時の海軍軍人ですら、測量艦の存在を知らなかった。

さて筑紫は十二月竣工、排水量一四〇〇トン、速力十九・七ノットで、当時、海軍ではめずらしいディーゼル主機械を採用していた。しかし、試運転中に振動の多い欠点を見出し、この点に大きな改良をくわえ、高性能の状態になって就航した。この艦の主目的は海洋測量であって、直接戦闘艦ではない。それでも前線強行測量をも目的としていたため、兵装武器は特務艦としてはきわめて強力な一二センチ高角砲をはじめ、二五ミリ機銃その他もそなえていた。

また測量にたずさわる海軍水路部の測量班員も乗り組んでいて、艦の大きさのわりには人員も多かった。したがって乗組員の居住性は非常に悪く、ながい間の南方作戦にはそうとう苦労した。居住性のみならず、艦内設備は測量優先の立場から、測量艇四隻など多くの器具を積載していた。ただ軍人のみでなく、測量班員など民間人と一緒の艦内生活だったので、作戦航海中の各個人間、また艦内においても融和性が他艦にみられない美点だったことを誇りとしていたし、いまもそのことは深く頭にきざまれている。

新造の優秀な性能をもった精鋭艦だという誇りをもって、昭和十六年十二月二十日、勇躍本土をはなれ作戦にはいったが、われわれは目的地もわからぬまま、ただ艦務にはげんだ。

いつ、どこで敵と遭遇するかわからぬままに、当時としてはきわめて意気軒昂、艦内で餅をつき、正月を赤道の南でむかえた。その日は朝から晩まで静かなうねりの海また海で、いったいどこで戦争をしているのだろうかと思う一日であった。

戦場であるという緊迫した気持にもなれず、のんびりとした航海をつづけているとき、突然「戦闘配置につけ」のけたたましいラッパの音が吹き鳴らされ、一瞬にして艦内にはピンと張りつめた緊張感がただよった。「国籍不明の船を発見し、これを追跡中」という艦内放送があった。

いざ戦闘となると、こんなにも緊張するものだろうか。いったい俺は何をすればいいんだろうか、とただ自分の配置の機関室で、腕組みしながら考えたことをおぼえている。

測量艦・筑紫。前進基地の測量や進攻海域の強行測量が主任務。連装高角砲と連装機銃各２基各種測深儀のほか10m測量艇４隻と写真測量用水偵を搭載、後檣にその揚収用４トンデリック

そのときの艦内のみなの顔色も、心なしか青味がかっているようだった。結局、発見した船は、日本の食糧運搬船だったので、やれやれとホッとしたが、しかし艦内には「敵の船だったらよかったのに……」という声が多かった。怖いもの知らずの強がりだったとはいえ、このことで、ああ戦地にきたんだなあ、と思ったのであった。

筑紫は戦闘を主としない、いわゆる測量が目的の艦だったが、戦争はそんな悠長なことをゆるしてはくれなかった。そのため幾度か敵艦と遭遇し、砲火をまじえる海戦をおこなってきた。いま想いおこせば、非常に無茶なようだが、当時はいかなる大敵たりとも恐れずの意気に燃えていたので、敢然と戦ってきたことをいまも誇りに思っている。

武蔵と思いきや敵巡！

筑紫がセレベス、ボルネオ方面の作戦に参加し、前線測量の任務をおびて任地にむかって航行中のときの

ことであった。オランダ国籍の商船を発見拿捕し、乗組員を捕虜として艦内に抑留した。

このときほど人間個々の力というものは、出せば出るものだ、ということを痛感したことはなかった。拿捕のときにはランチに武装兵を乗せて相手の船に乗り込み、乗員その他のものをおさえるわけだが、捕虜をも乗せて帰ってきたランチを収容するとき、平常時だったら二十人くらいの兵員であげたものを、このときはわずか五、六人であげたのである。とにかく土壇場になって出る人間の力に、われながら感心したものである。

それから後、ギルバート諸島マキン、タラワ島守備隊玉砕のちょうど約一ヵ月前、筑紫はマキン、タラワ島周辺の測量任務につき、測量隊をおろして作業に従事していたが、われわれ乗組員はその間これといった作業もなく、戦争にそなえての整備訓練に追われていた。

熱帯地域の変化のない毎日の作業に、われわれも少し緊張感がほぐれ、南洋ボケの観があった。閑散とした一日に休みを許されて島に上陸、タラワ原住民と楽しく踊ったり、椰子《やし》の実とたばこの物々交換など、およそ戦争とはかけ離れたのんびりムードの、ある日の真昼だったと思う。タラワ沖に巨大なる軍艦の姿を見つけた。

見張員は戦艦武蔵らしいというので、われわれも噂には聞いていたので、これが噂の武蔵と聞いて驚嘆するとともに安堵の胸をなでおろした。しかし、タラワに武蔵という主力戦艦がくるのも、ちょっと不思議な気をしたが、とにかくこのような立派な〝戦友〟の訪れにはみなが喜び、甲板上で遠くながめて万歳を叫びたいような気持だった。

と、突然、その武蔵らしき艦から硝煙がのぼった。アレッと皆がびっくりしたそのとき、わが筑紫の舷側ちかくに砲弾が炸裂し、硝煙まじりの波しぶきを甲板上にあびた。なんと相手は武蔵どころか敵艦のアメリカ重巡だったのである。そのときの艦内乗員のあわてようと緊張ぶりは、いま思いだしても吹き出したくなる。

もちろん艦長はただちに「戦闘配置につけ」「戦闘開始」とつぎつぎに発令され、われわれが自慢していた一二センチ主砲が火を噴いたのだが、なにしろ相手が遠すぎた。わが方の弾丸はとどかず、艦は前に後ろに右に左にと動いている。相変わらず敵艦からは硝煙がたち、砲弾は近くで炸裂した。もはやこれまでと筑紫もろともタラワの海に沈むものと覚悟を決めた。

艦内では逃げてゆくところもなく、周囲は海であり、進退きわまるとはこのことだなと思った。しかし武運はわれに味方したのか、沈着勇敢なる艦長以下の首脳陣にめぐまれた筑紫は、この戦いでボート一隻を大破したのみで、敵を撃退したのである。いや撃退ではなく、敵艦が後難をおそれて遁走したのだろう。敵の艦長の勇敢なる決断があったならば、筑紫はタラワの藻屑になったかも知れないと思うと、まさに冷汗ものであった。

筑紫艦長の山高松次郎大佐の沈着で冷静なる判断の結果であったと、私は山高艦長に対し、いまでも深く敬意を表している。優秀なる指揮官をえることが、全員の幸福につながることであるとつくづく感じた。また筑紫の主機械がディーゼルで、発動が早かったことも一因のようである。とにかく南洋ボケのわれわれを、帝国軍人にもどさせた短時間の戦いであった。

南方作戦が激しくなり、わが軍に戦況不利がつたえられたそのころ、筑紫は測量班を基地

昭和18年11月２日、ラバウル港内を航走中の筑紫。速力19.7ノット、航続力は16ノット8000浬

へあげ、艦はもっぱら輸送船護衛や食糧物資の緊急輸送に鞍《くら》替えした。

そのころのことでもっとも印象に残っているのは、敗け戦さのニューギニア部隊への食糧緊急ピストン輸送であった。制空権を米軍ににぎられた海上を、夜陰を利用して、ラバウルからニューギニアへと運んだ。昼間は積込作業、夜は航海して現地に到着すると、緊急荷卸し作業をやるのである。敵哨戒機の目をかすめて味方の大発に荷物を手卸し、栄養失調でフラフラしている陸軍の兵隊を乗せてすぐに引き返す。このくりかえしの作業が、幾度も幾度もつづいた。

あるとき、敵の哨戒機に発見されて曳光弾を落とされ、荷役もそこそこに帰ったこともあった。また航跡を発見され、哨戒機の機銃掃射をくらったこともあった。

このピストン輸送作業は、当時としては

もっとも困難な作戦だったと思う。もちろん、われわれとしては単独航でもあったことだし、もっとも危険をともなう任務だった。とくに陸軍の敗走する兵の撤退には気を使ったし、それがまた難作業だった。

ニューギニア撤退の陸軍将兵を収容したときは、敵を憎むよりも、なぜ、これほどまでして戦わなければならないのか、戦さに対する矛盾というか、怒りを感ぜずにはいられなかった。

命運をきめた一発の機雷

武装兵器は少なくても、筑紫はその高速性能と燃料消費量の少ない利点をもっていたので、この作戦輸送に使用されたと思われる。いずれにしろ、優秀なる指揮者があってこそ、縁の下の力持ち的存在がその効力を充分に発揮できたといえるだろう。

ともあれ、ラバウル港を根拠地としてニューギニア島へのピストン輸送、敗残陸軍兵の撤退と、休む暇もなく戦いに明け暮れていた昭和十八年十一月二日、ラバウル港内において、かの太平洋戦争を左右したラバウル大空襲にあい、戦闘をまじえたのであった。

この航空戦で軽微の損傷のみで終わったことは奇跡ともいえる。われわれもこの大航空戦では、絶体絶命——艦とともに港内に散るものと覚悟していた。なにしろ狭い港の真ん中に投錨していたので、米機の目標としては最適のはずだったからである。

ラバウル海軍病院のある小高い山間から幾編隊も幾編隊も港内に突入してくる米機の爆撃

と機銃掃射は熾烈で、雨あられとつづいた。わが軍も港内停泊中の艦艇から、また陸上から一斉対空射撃がおこなわれ、ラバウル港内は炸裂する弾痕によって波しぶきにおおわれた。私も自分の配置につく一瞬、わが艦にむかって突入してくる米機数機を見て、もはやこれまでと観念し、機関室に飛び込んだ。

幸い爆弾は命中せず、ただ機銃の命中音が機関室にいるわが耳を強く打った。ちょうど空缶をかぶっているところを、槌《つち》で叩かれているような音であった。この間断なき炸裂音と機銃音、死を待つ者のつらさは筆舌につくせない。同僚のなかにはこの戦いで精神の異常をきたしたものもあった。

あの激しい攻撃をうけ、艦長以下だれも筑紫の健在を予想しなかった。武運つよく筑紫は軽微なる損傷と、負傷人員も少なく、戦闘航海にさしさわりがなかったのは、艦長の沈着なる指揮によるものであったといえるだろう。

ラバウル空襲にも生き残った筑紫は、ただちに輸送船竜王山丸を護衛先導して、ニューアイルランド島カビエンに避難を命ぜられた。そこで、生き残りの竜王山丸とともにラバウルを出港したが、戦況不利な海上を低速商船をともなっての行動は、瞬時たりとも油断を許されなかった。ましてラバウルで生き残った安堵感などはさらさらなく、緊張の航海であった。幸いにも敵機の襲撃にもあわず、機雷にもふれることなく、狭い水道を通過して翌夕方、カビエンに入港した。

しかし、筑紫にあたえられた幸運は、この港内においてついに悲運と化した。波しずかな港に向かうと、「入港用意」の号令を聞き、われわれもいままでの戦闘の緊張もゆるみ、ほっとして戦友とともに後部上甲板で暮れゆくカビエンの空をながめていた。

そのとき、轟音とともにわれわれは海中に投げ出されていた。急いで泳いで帰ってみれば、艦上は呻き声と助けをもとめる声で一杯だった。

とにかく艦橋にある上官と連絡をとろうと思うが、機関室は海水で一杯となって、艦内は暗く上甲板もめくれてノコギリの歯のようになって歩くこともできず、やむなく自分の判断のまま後部の負傷者を救うのが精一杯であった。

港は水深が浅く、さいわいに艦もしばらく浮いていたので、陸上警備隊による救助の大発へ負傷者たちを移した。即死者以外はすべて救助できたとは思うものの、真っ暗闇の作業なので、死んだ戦友をのこらず大発に移すことはついにできなかった。

こうして誕生いらい二年、特務艦として弱い武装ながらも数々の戦闘に参加し戦いつづけた筑紫も、米機の敷設した機雷一個にふれてその餌食となり、南海に沈んでいってしまったのである。昭和十八年十一月四日のことである。

その夜は警備隊の病室で一夜を明かしたのであるが、重油と海水にぬれた防暑服から取り出した煙草を、米倉機関長と分け合って吸いながら、「これでおしまいだなあ」とたがいに言葉をかわしたのが頭にこびりついて、いまだに忘れられないのである。

悲運の高速爆撃標的艦「大浜」の怒りと涙

最新鋭駆逐艦なみの性能をもつ標的艦ながら油切れに泣き遂に沈没

当時「大浜」艦長・海軍中佐　山川良彦

特務艦大浜《おおはま》は、昭和十九年はじめから横浜三菱造船所で造られ、昭和二十年一月に竣工、同八月九日に宮城県の女川《おながわ》港内で米第五十八機動部隊の艦上爆撃機の集中攻撃をうけて沈没するという、じつに薄幸な一生をおくった。私は昭和十九年十一月に大浜の艤装員長を命ぜられ、艦の公試運転に立ちあい、新乗員の編制や訓練をおこないつつ昭和二十年一月、艦を受けとってからは大浜艦長として、連合艦隊付属の爆撃標的艦としての任務についていた。

大浜のだいたいの要目は、つぎのとおりであった。長さ約一二〇メートル、幅七メートル、吃水三メートル、排水量三五〇〇トン、最大速力三十四ノット、軸馬力五万馬力で、基本設計は当時の最新鋭駆逐艦とほぼ同じであるが、魚雷装備がなく、空母護衛のため対潜攻撃用の爆雷装備と潜水艦探知用の探信儀、水中聴音機をそなえていた。

また、対空攻撃用に二連装一二センチ高角砲二門と、三連装二五ミリ高射機銃六基がつけられている。そのほか戦時増設として、二五ミリ単装高射機銃三十門をつんでいた。爆撃標的艦としては、五千メートルの上空から落とす五キロ演習爆弾、あるいは一キロの急降下爆撃用演習爆弾に耐えられるよう、艦の上面全部を厚さ二五ミリのＤＳ鋼鈑でおおってあり、当時、世界でも最新鋭の爆撃標的艦であった。

竣工し次第、できるだけ早く空母群と瀬戸内海で合流して、沖縄方面へ出撃せよというので、造船所の工事がいそがされた。しかし、空襲下に足らない技能者と乏しい資材でつくるため、完成予定もおくれ、一月になってようやく竣工をみた。そして、軍艦旗をかかげて横浜に入港、ここに海軍の戦列にくわわったのである。

内海回航の準備をすすめていると、連合艦隊司令部より、空母との合同時期は未定、とつたえてきた。また、竣工直後に瀬戸内海へむかった空母信濃《しなの》が、敵潜水艦の攻撃をうけて沈没したことから、しばらくの間は東京湾で必要な教育訓練をせよ、という命令があった。

平時であると、新造の艦には優秀な、経験の豊富な人員を選抜して配置していた。すなわち初めて艦上生活をする新兵は、総員の五パーセントにも満たないのが普通であった。ところが、大浜乗組員の七割は海上未経験者で、そのうちの三割くらいは三十五歳をこえた徴兵による新兵である。これでは、まず生活の面倒から見なければならなかった。

静かな港内に停泊していても、雨がふると足をすべらせて鉄の甲板から海へ落ちる者がおり、ボートは漕げない、泳げない、体格もお世辞にも立派とはいえない者ばかりで、毎日の生活訓練は、まるで腫れ物にさわるようなものであった。

双眼鏡を片目で見るので、おかしいと思い調べると、なんと片方の目が見えない〝水兵〟

昭和19年に呉で撮影された標的艦・矢風。内地で爆撃訓練や護衛に任じた

も出てくる始末で、はじめのうちは毎週、何人かの人員を艦上勤務不適格として海兵団に送りかえしていた。だが、優秀な幹部のすばらしい指導によって、一ヵ月後にはみな見ちがえるような〝水兵〟に生まれかわった。艦内の生活にもなれて、戦闘訓練にも身が入るようになった。

油切れに泣いた新鋭艦

三月にはいり、空母の沖縄方面への出撃がとりやめとなり、大浜は東京湾にあって爆標（爆撃標的）任務につくことになった。そして、航空訓練総隊のスケジュールにしたがって、館山航空隊の艦上攻撃機の水平爆撃の標的に、あるいは木更津航空隊の艦上爆撃機というように、週のうち三、四日はそれらの落とす模擬爆弾の命中度を観測しては、報告する仕事についていた。

こうして基礎訓練と対潜対空戦訓練、爆撃観測の三つの仕事を並行してやる教育訓練には、いくら時間があっても足りないほどであった。約二週間ほどはこうした艦の回避運動をまじえた爆標艦らしい動きをしていたが、三月の中旬になると、艦の燃料がなくなってしまった。そこで、回避運動はせずに、ただ木更津沖に錨泊して爆標の任務をつづけていた。

そのうちに、ついには泊地へ往復する燃料さえも底をつき、仕方なく曳船にひかれて泊地へむかった。月曜日に横須賀を出ると、金曜日か土曜日まで木更津沖に停泊して、また引っぱられて横須賀に帰るという暮らしが、五月ころまでつづいた。やがて、飛行機の訓練用のガソリンまでが欠乏してきたので、爆撃訓練は中止され、六月以降は横須賀沖の大きなブイに、いかにも横須賀軍港の主のような姿で繋留されていた。

しだいに硫黄島を基地とする敵偵察機の横須賀にたいする活動も本格的となり、七月にはいると、空襲にそなえて戦闘配置につく日がつづいた。そして七月十五日、ついに横須賀は敵小型機の大空襲をうけ、工廠の一部と戦艦長門、その近くで建造中の駆逐艦と大浜が攻撃の目標となった。

大浜は長門につぐ大型艦であったため、約三十機による爆撃をうけた。これは、われわれにとっても初めての対空戦闘であった。このとき敵が落とした爆弾は、人員殺傷用の一〇〇キロ小型爆弾と思われる。この爆弾は艦の百メートルくらい上空で炸裂し、無数の弾片が直径約三十メートルほどの丸い範囲に叩きつけられるので、鏡のような海面には白い丸い花が咲いた。

艦のまわりには、その白い花がしぶきを上げるだけで、なかなか命中しない。一方、わが方の機銃も銃身が焼けるほどに射ちまくるが、まったく当たらない。そのとき、後部マストの直上で炸裂した爆弾の破片が、中央の連装機銃群をとらえ、必死に応戦していた機銃員の大部分がやられ、瞬時にして二十八名の戦死者をだしてしまった。彼らはみな、背後から頭や背中に弾片が命中し、ほとんど即死であった。

敵機の去ったあと、負傷者に応急手当をほどこして病院に送り、戦死者は火葬に付そうとしたが、長門の戦死者などで火葬場は満タンとなっていたため、横須賀砲術学校の練兵場に穴を掘り、一晩がかりで戦死者を火葬したのであった。灯火管制で暗くしずむ岸辺に、友を焼く火が明滅するのを甲板からながめる気持は、まさに痛恨のきわみであった。

このころになると、海軍上層部でも本土決戦が真剣に考えられるようになった。また大浜の艦内でも、このままでは当然、敵の来襲をうけるであろうと考え、ここで死ぬよりも故郷の守りにつきたいと願う者が、分隊士や分隊長を通じて一斉に希望してきた。

私としても、彼らの願いは無理のないことと思い、さっそく鎮守府に具申した。すると、中央でもすでにそのような考えをもっており、艦は三陸海岸の切りたった岬の陰にかくし、装備する兵器は他の駆潜艇や陸上防備につかうようにし、大浜の横須賀出港は八月初頭と申し渡された。これにはみなも大喜びで、さっそく準備にとりかかったのはいうまでもない。

ものをいった天プラ油

大浜は宗谷（当時、特務艦として北海道から東京湾方面に石炭の輸送に従事）とともに宮城県女川まで同行し、同地で大浜は防備隊司令と協議のうえ、船体をかくし、兵器などの軍需品を引き渡すことになっていた。

ところで航海用の燃料だが、はじめ横須賀鎮守府の機関参謀から、十二ノット分の燃料しか渡せないといわれた。しかし途中、鹿島灘では米大型飛行艇の攻撃をうける危険があり、敵潜もさかんに出没しているので、高速で攻撃を回避しなければならない。そんな理由で、なんとか平均十四ノット分の燃料を積むことができた。

だが、「なるべく経済速力の十一か十二ノットで行くこと」という条件をつけられてしまった。誇り高き帝国海軍がこのような〝シブイ〟ことをいったのも無理のないことで、支給された油は罐用重油ではなく、なんと白絞油――つまり食用の大豆油だった。ふつう燃料補給といえば、油槽船が艦に横付けして太いパイプで短時間に補給をおわるのであるが、このときはダルマ舟につまれた大豆油のドラム缶をウインチで巻きあげ、取入口から流し込むありさまであった。

これには給油作業にあたっている兵が、笑いながら話しかけてきた。「艦長、これで天ぷらを揚げるとうまいんですよ」と。辛《つら》い時でも、自然に明るい笑顔を持ちこむのが海軍気質のひとつである。

そのほか、重さ三トンの十山字錨二つを港務部から借りたが、これは何も設備のない荒磯で艦を安全に停泊させるためである。

攝津。標的艦４隻のうち大浜の写真は残されておらず、攝津は標的艦の代表的存在。明治45年竣工の戦艦から特務艦に変身(大正12年10月)。昭和12年からは矢風を無線操縦艦とする標的艦となり、改造を重ねながら搭乗員の爆撃雷撃砲撃訓練の一方で操艦者の回避訓練にも従事した

この大錨を後甲板につんで大浜は、八月三日朝、横須賀をはなれた。途中、敵潜水艦の攻撃をさけるため本土ぞいに進み、銚子沖で四発の米飛行艇をたそがれの空に見つけたが、さいわいに攻撃をうけることなく、五日早朝、宗谷と別れてぶじ女川港に入港できた。

さっそく、その日から作業にとりかかり、まず艦の隠し場所が問題であった。防備隊司令と協議した結果、女川港内の東南に突きだす岬の内側に隠すことにした。その岬は南から北にまっすぐのびて女川湾をかかえ、高い急な丘がつらなって敵の攻撃をさまたげていた。午後になって、艦を岬の内側まではこび、錨二つを艦の前後の沖側にいれて前後を繫留した。そして、借りものの大錨をボートで岸にはこび、これを適当なところに埋めて、艦を四方からがっちりと押さえたのである。あとはあまった燃料をはじめ、兵器、軍需品の陸揚げが残っているだけであった。

それと平行して、艦の擬装にもとりかかった。上甲板を緑色や茶色に塗り、山から樹を切ってその上に載せてカムフラージュとした。また、四本の丸太をあわせて桟橋をつくるなど、それぞれの部署をきめて作業をいそいだ。女川は北海道と東京湾の中間にあり、ちいさな駆潜艇や漁船が出入りするだけで、まったくのんびりした美しいたたずまいのため、乗員もたのしそうに作業をしていた。

大浜対空陣の心意気

私はすでに七月中に、奈良の航空艦隊司令部付に異動命令をうけており、大浜を防備隊に渡して奈良へ向かうつもりでいたが、なにかと部下たちからの相談をうけて、それも延びのびになっていた。

いよいよ退艦予定日の八月九日の朝がきた。六時ごろ、デッキで煙草をすっていると、頭上を米戦闘機三機がくるくると旋回しているのを発見した。すぐさま見張員に、上空の飛行機をたしかめるよう怒鳴った。すると、「F6F三機、高角九十度、四〇《ヨンマル》」という報告がかえってきた。四〇とは距離四千メートルのことである。

「よし、対空戦闘配置につけ」と号令し、乗組員は朝食のしたくを放りだして戦闘部署についた。同時に防備隊に「敵飛行機発見」の信号をおくった。しばらくすると、ラジオは警戒警報につづいて空襲警報を知らせた。やがて暗号電報も入ってくる。それには『敵第五十八機動部隊は金華山沖百浬《かいり》付近にあり、警戒を厳にせよ』とあった。

どうやら先ほどの敵機は偵察にきただけらしく、しばらくして視界から去っていった。そこで私は見張りと射撃員を艦に残し、あとは山で木を切るように命じた。

朝食をすませた九時ごろ、六機から九機の編隊が、東の海上から女川上空にあらわれたが、やがてそれは三機くらいの小編隊に分かれて内陸の方へ消えていった。間もなく近くの飛行場から敵機来襲の電報がはいり、その攻撃はお昼ころまで何波にもわたっておこなわれた。そのため飛行機は大破され、滑走路も使用不能になったという。

普通これらの小編隊には、かならず一機ずつ護衛戦闘機がついていた。この戦闘機は女川上空まで爆撃隊を護衛してくると、そこで編隊をはなれ、港内に停泊する小型艦艇をめがけて、小型爆弾で緩降下爆撃をしてくる。爆撃針路にはいると戦闘機は、機関砲を乱射しながら近接するので、小艇の戦死傷者はおびただしかった。全機銃員がたおされたので、新手をくりだしたところ、またも全員がやられ、ついには全乗員が機銃員となった艇もあったほどである。

敵の執拗な攻撃も午前中でおわるかと思ったが、昼すぎになって、またも偵察機二機が上空にあらわれ、港内を高々度からうかがっている。ほとんどの船はもう沈没しており、残るのは岸にへばりついて擬装しているわが大浜だけである。このときほど、日の暮れるのを待ち望んだことはなかった。もし、ふたたび敵機がくるならば、それは大浜を目標としてくるときだ。

さいわいに、まだ機銃は一基も陸揚げしていない。そこで、たっぷりある弾薬を予備弾倉にまで塡《つ》め込み、手ぐすねひいて待つことにした。木を切りにいった者も汗みどろで、切りたおした木を艦のそばへ運んでいる。

上空をおおう金属の雨

二時すぎに、ふたたび空襲警報が発令された。こんどは二十機ほどの大編隊が二十群もつぎつぎに梯団をつくって、こちらへ向かってくるのが見られた。やがて女川上空を横ぎってすすむが、それらはすべて爆撃機で、戦闘機は一機も護衛についていない。

今回の敵襲はじつに大規模で、先頭の編隊が彼方の空にとけこもうとしているのに、後続の編隊はまだ女川の上空に達していない。呆然とこの大部隊をながめていると、先頭編隊の一番機がくるっと反転するではないか。おやっと思うと、つぎの一機がこれにつづき、つぎつぎと爆撃機は反転し、それまで大きな三角形だった編隊が、一本の黒い糸となって、まっしぐらに女川上空をめざして来る。ついに来るべきものが来たのだ。

敵爆撃機は五千メートルほどの高度から約五十度ないし五十五度の角度で急降下の姿勢にうつる。私がすぐさま「射ち方はじめ」を令すると、全砲門が一斉に火ぶたを切った。

敵機は五〇〇キロ爆弾を一発ずつ抱いており、千五百メートルの高度で投下するとすぐに機首をひきあげ、キーンというプロペラの金属音を残して飛び去っていく。そのとき、後方座席の旋回機銃が盲射ちをしてくる。この旋回機銃の射弾は、いうなれば塩をまいているようなものでしかない。急降下直後の引き起こしのため、身体に大きな重力がかかり、思うような動作ができるはずもないのだ。しかも、目標の位置が後方へ飛び去るのであるから、当たる方がふしぎなくらいだ。

問題は五〇〇キロ爆弾である。この爆弾は厚い装甲をつらぬいて艦内にとびこみ、心臓部ともいうべきところで炸裂し、中から艦をふっ飛ばそうという徹甲爆弾であった。したがって、横須賀でみまわれた小型爆弾のように、空中で炸裂するのとはちがって、命中したときの船体への被害は大きい。

しかし、敵の爆撃技術は低いらしく、全弾が海中や岸辺に落ちてもぐりこみ、海中や土中で炸裂するのである。そのため、艦のまわりには白く高い水柱と土砂が間断なく巻きあがり、ブリッジの上にある戦闘指揮所にいても、敵機の姿がそれらの陰にかくれて、ときどき見えなくなってしまうくらいであった。

もともとあまり上手でないのか、あるいは前方の丘が邪魔になって照準できないためか、さっぱり命中しない。しかし、ついに艦首と艦尾に一発ずつの命中弾をうけ、そのものすごい音響は、全員がどこかに吹き飛ばされたのではないかと思われるほどであった。だが、爆風で将棋倒しになっただけで、戦死は一人もなく、すぐにそれぞれの武器にかじりついて射ちまくっている。どの砲身も赤く焼け、油がこげて白煙をあげていた。

敵の編隊は、その間隔がかなりはなれているため、二十発ほど落ちるとしばらくは静かになる。その間につぎの弾丸を用意するとともに、足の踏み場もないくらい散乱した薬莢を海へ掃《は》きすてるころには、つぎの攻撃がはじまっているのである。

標的艦・波勝。トラックやリンガ泊地にも進出したが無傷で終戦を迎えた

突然、私はバーンという大きな音とともに、頭と左肩に衝撃をうけて目がくらみ、思わず尻餅をついてしまった。立ち上がろうとして、それまで握っていた手摺をつかみ、体を引きあげようと左手に力をいれるのだが、まったく力が入らず手がはずれてしまう。ふしぎに思って左手を見ると、小指は付け根からもげとれそうになって、ぶらぶらと皮一枚で手のひらにへばりついているだけだった。中指や薬指もさけて骨が見えている。

なぜ、このような負傷をうけたのかと思い、ふと上方を見ると、太い丸太が手摺の上にたれさがっていた。つまり桟橋の丸太が爆弾で吹きとばされ、それが私のいる指揮所まで飛んできたのだ。だが、私は軍医長の応急手当をうけると、すぐに指揮所へもどっていって、つぎの攻撃にそなえた。

海を逃れて防空壕へ

艦は直撃弾こそ二発しか受けなかったが、海側におちる至近弾が多く、それらは海底で爆発するため、その弾片で艦のもっとも弱いところである艦底を破られていたのだった。

やがて浸水によって艦は左に傾斜しながら沈みはじめ、ついに左舷は水をかぶりはじめた。そして何かに摑まらなくては、とても立っていられなくなったため、砲や機銃は高角度の敵機をねらえなくなり、各砲は完全に沈黙してしまった。そこで、私はやむなく「射ち方やめ」を命じ、乗員は爆撃のあいまをぬって艦をはなれ、海岸べりからそびえる丘にある、横穴防空壕に入るよう命令した。

つぎに私は、艦長室に奉安してある天皇の写真を航海長に、勅語を主計兵にもたせ、その前を私がすすみ、最後尾に主計長がしたがって室をでた。そのころには、ほとんどの乗員が艦からはなれており、われわれも爆撃のあいまをみて艦を飛びだした。艦は六十度くらい海側に傾いて擱坐沈没しているため、右舷側の船体は幅の広い滑り台とかわらず、われわれはこれをすべり降りて、二かき三かき水をかくと、すぐに岸に着いた。岸の岩もいたるところ爆撃にくだかれて、とがった小石のころがる砂浜と化していた。そして、折から襲ってきた敵機の攻撃を、ぽっかりあいた爆弾の穴の中でかわして、ようやく防空壕にたどりついた。

しかし、防空壕はどれもこれも避難した兵員で一杯であった。もっと入れ、もっと押しこめと、ちょうどラッシュアワーの電車に乗りこむようにして中に入った。壕内はもう一杯ではないかと思うのだが、まだ入れますよ、さあもっと奥の方へと尻をおしていると、ずるずると入っていく。どうもおかしいと思い、私が奥に入ってあらためて見ると、奥へゆくほどすいてくる。

さらに真っ暗な中を手さぐりで進んでいくと、突然、ポカッと山の反対側に出てしまった。

このあたりまでは旋回機銃の流れ弾丸のとびかう音が聞こえるが、五〇〇キロ爆弾からは安全である。海側の入口にとどまっている者たちにこちら側へくるように指示をあたえ、激しいスコールを思わせる弾丸の音に耳をすませていた。

最初の二十編隊が爆撃をおわっても、いぜんとして爆撃はつづいている。他の編隊がきたのか、あるいは先頭部隊が爆弾を積みなおしてきたのか、弁慶の立往生さながらに、大浜は数回にわたる小編隊の爆撃に、その美しい船体をすこしずつ破られていた。

病院できいた敗戦の報

やがて待ちのぞんだ黄昏《たそがれ》が近づくころ、このしつこい爆撃もおわりをつげた。そこで私はただちに大浜乗組員の集合を命じ、人員点呼をとった。山へいった者はみな汗と日焼けと、やぶの擦り傷に、手や顔をみみずばれにしていたが、死傷者はなかった。

一方、艦上にいたものは約二十名ばかりが見えない。しかし、艦上では戦死傷者がないので、陸にあがるときに吹きとばされたか、あるいは埋められたものと思われる。そこで、さっそく手分けして通ってきた道を掘りおこしてみると、五人の遺体を発見した。あまりにも地上に平らに伏せたため、その上に土砂がかぶり、ちょうど押さえこまれたようになって窒息死したというのが、軍医長の報告であった。

私のあとについていた主計長も、このようにして戦死していたが、じつに残念である。また、海上に吹き飛ばされて死体となり、漂流しているのを収容された者もあったという。

残務を先任将校にたのんだ私は、その夜、防備隊の病室で注射をうけ、他の負傷者とともにトラックで石巻病院におくられた。そして、そこの病院で終戦の詔勅をラジオで聞き、長かった戦争の終結を知ったのである。

八月二十六日、残務整理をおえた約一八〇名の乗員とともに軍用列車で横須賀に帰りついた私は、天皇のお写真と勅語を鎮守府にもどし、乗組員を海兵団に送りとどけたところで、大浜艦長の任務をおえたのである。私は八月九日の夕方、大浜のわずかに艦首をもたげ、まるでこちらをふり返るような姿で傾き、沈座している姿を見ただけで帰ってきてしまった。その後、十一月ころまで泥にまみれた右手が膿み、また、その日の食糧に追われて、ついに大浜の跡を見る機会もなく、今日にいたったという次第である。

特務艦「宗谷」主計長の南方従軍記

戦後は南極観測船として名を馳せた測量艦の四度に及ぶ戦場の奇跡

当時「宗谷」主計長・海軍主計大尉　塩満康裕

昭和十六年九月二十三日、第二遣支艦隊旗艦の重巡足柄は、中国沿岸封鎖作戦の任務をおえて、一年ぶりに母港佐世保に帰投した。その足柄に、主計科分隊士として乗り組んでいた私に、一通の海軍省辞令が待ちうけていた。

「九月二十日付、宗谷《そうや》乗組被仰付」私は、その時はじめて、日本海軍に宗谷という船があることを知ったのだが、それから後、足かけ三年間、この船に命を託して、終生忘れることのできない体験をすることになろうとは、夢にも思っていなかった。

宗谷がどんな船で、どこにいるのか、まわりの誰もはっきり知らない。そこで佐世保鎮守府の人事部に問い合わせた結果、徴用の特務艦（運送兼測量艦）で、南洋群島のトラック島に停泊中であることがわかった。赴任する途中、横須賀鎮守府に寄ったところ、同島までゆく飛行機便があるということがわかったので、川西の四発飛行艇に便乗して横浜を飛び立ったのが、十月十五日であった。

私は同日付で主計中尉に進級し、「補宗谷主計長兼分隊長」の辞令をもらった。そして二日目の十七日、トラック島の桟橋で宗谷の内火艇に迎えられた。港内にところせましとばかりに停泊中の大小艦艇のあいだをぬって沖に出ると、艇員が「あれが宗谷ですよ」と指をさした。そう言われてその方角を見ると、四千トンていどかと思われる一隻の貨物船が停泊していた。いままで乗っていた一万トン巡洋艦足柄とは、まったく似ても似つかぬ、ちっぽけな船で、前もずんぐりした船首に、高角砲らしいものが一門ある以外はなんの武装もしていない、ただの貨物船であった。

しかし、そのふっくらとした丸い船尾をよぎったときに、おふくろのお尻に似ているなと思った。そこで〝宗谷のおばさん〟と呼ぶことにするか――という思いが、一瞬、私の脳裏をかすめた。これが〝宗谷おばさん〟と私との最初の、ほんとの出会いだったのである。私は前任主計長に迎えられて宗谷の甲板に、着任の第一歩をしるした。

私はさっそく准士官以上の人々に着任の挨拶をしようとしてびっくりした。准士官以上で正規の士官は、なんと私ひとりである。艦長が予備役から二度づとめの海軍中佐、航海長、運用長はいずれも高等商船学校出身の大尉の予備士官、その他の士官も予備役から返り咲いたような人たちばかりである。

下士官兵のなかには若い人もかなりいたが、古参兵はみな予備役から召集されたような顔ぶれである。もっとも、こんなちっぽけな員数外のような特務艦に正規のバリバリの将兵が乗っているというのがおかしいのであって、この考え方でいえば、私などもさしずめ員数外の士官だったのかもしれない。しかし反面、乗組員は上も下も、おたがいに名前も顔も知りつくしている〝宗谷一家〟ともいうべき、温かい雰囲気につつまれていることも第一印象であった。

当時、宗谷は横須賀とトラック島の間を往復して、弾薬や食糧その他の戦闘資材を輸送していた。私が赴任してわずか二ヵ月後に、太平洋戦争がはじまったことや、南方海上作戦の一大兵站基地がトラック島であったことなどを考えると、この宗谷が周囲から一顧だにされず、ただ黙々と果たしていた任務が、いかに重要な役割であったかは、後で知ったことである。

士官室で聞いた開戦の報

私が乗艦十日後、宗谷はトラック島を出港した。途中サイパンに寄って一路北上した。当時のサイパンは、それから二年数ヵ月後に、玉砕の島になろうなどとは考えられもしない平和なところであった。その後、小笠原諸島近海で、ものすごい大暴風に見舞われ、やっとのことで横須賀に入港したのは十一月の中頃だった。在泊中二回ほど、当時、東京の築地にあった海軍の水路部へ艦長といっしょに出頭し、宗谷のつぎの任務の打合わせをした。そこで私は測量任務につくことになった。

十二月八日朝、太平洋戦争の火ブタを切った真珠湾攻撃のニュースを聞いたのは、宗谷の士官室だった。ときに私は、二十三歳になったばかりの青年士官であった。ニュースを最後まで聞かず、自分の室にかけこんで、ただもう悔し涙にむせんだ。

開戦の年も押しつまった十二月二十九日、食糧や慰問袋や測量器材を満載して横須賀を出港した。そして年が明けた一月九日、トラック島にぶじ入港した。そこに十日ほどいて、ふたたび内地へむかうため北上、二十九日に横須賀についた。その間数回、任務の打合わせのため水路部に出頭したりした。その後二月十四日に横須賀を出港して二十四日トラック入港というピストン航海であった。

一月中頃のトラック島在泊中に、同島の飛行場から、零戦や艦爆の大編隊が毎日のように南の空へ消えていくのを目撃した。それはラバウル攻撃だったのである。

一月の末、日本軍のラバウル占領と同時に、いよいよわが〝宗谷おばさん〟の出番がまわってきた。第四艦隊第四測量隊母艦として、二月二十八日トラックを出港、途中ポナペ島に寄港し、周辺沿岸の測量をすませると、生まれてはじめて赤道を通過して、三月八日の夕方、目的のラバウルに入港した。

重巡足柄ならば、三日もかからないでいけるところを、五日もかかった。なにしろ、わが〝宗谷おばさん〟の脚といったら、罐が破れんばかりに石炭をたいても、自動車のスピードにして、せいぜい一時間に二十キロである。五日目の夕方、洋上はるかに煙を噴き上げているラバウルの三角山を見たときには、はるばる来つるものかな、と感慨ぶかいものがあった。

この山こそ、世界戦史の一頁を飾ることになったラバウル航空隊の背後にそびえる活火山——通称花吹山だったのだ。この山に別れを告げて出撃したまま永久に帰ってこなかった者、

地領丸を改造して運送兼測量艦となった宗谷(昭和15年6月)。ソロモン方面での活躍の後、トラック大空襲に傷つき内地帰投。修理後も北海道〜横須賀間の石炭輸送に任じ、終戦を迎えた

この山の噴煙が視野に入ったとたんに、内地の母港に帰ってきたような安堵《ど》感に浸った者、ソロモン海域に戦った経験のある人々にとっては、終生忘れることのない、その山だった。

〝宗谷おばさん〟の上陸作戦

ラバウルに入港した翌日から、いよいよわが〝宗谷おばさん〟の測量艦としての本格的な活動がはじまった。

当時の日本海軍にとっては、ビスマルク諸島、ソロモン諸島周辺は、未知にひとしい海域であった。作戦行動に支障のないように、この海域の水深を測り、水路図をつくることが宗谷にあたえられた任務であった。

宗谷よりも一足先にラバウルにきていた新千代丸という、四〇トンばかりの木造船が測量補助船として宗谷の指揮下にはいった。この船は、鹿児島県の枕崎港から徴用された鰹船で、船長以下八名ぐらい乗り組んでいた。岸辺にちかく浅いところの測量は、もっぱらこの船の役目であった。

そのころのラバウルは占領直後でもあり、つぎの南方作戦の準備もあったためか、重巡、軽巡、駆逐艦、潜水艦などの

戦闘艦をはじめ、数千トンクラスの輸送船や小型貨物船などが、湾内狭しと停泊していた。その間を内火艇や大発艇が右往左往し、まるで内地の軍港みたいな賑わいであった。

しかし、わが〝宗谷おばさん〟は、仕事ひとつに錨をおろしているわけにもいかず、花吹山を裏側から見る位置にあるデューク・オブ・ヨーク島という小さな島を基地にして、ラバウル周辺やブーゲンビル島のブイン泊地などを測量してまわった。

だが、測量といっても、新式の音響測深儀をとりつけたのは後のことである。当時は、舳《へ》先《さき》に測量手が立って、錘《おも》りをつけた綱をグルグルまわして、思いきり前方に投げ入れ、船が進むにつれて綱が垂直になったとき、測量手が水面の目盛りを読んで、五つとか九つとか声で深さを知らせるというまことに原始的な測量であった。おなじ戦場にありながら、他の艦のはなばなしい作戦行動を横目に見ながら、まったく一人ぼっちで、測量に明け測量に暮れる毎日である。

昭和十七年五月八日の、かの有名な珊瑚海海戦があったということは、内地の大本営発表ではじめて知るというありさまであった。身近なところで、そんな海戦があったことなど、測量艦〝宗谷おばさん〟は知るすべもなかった。

宗谷の乗組員の中には血気さかんな若い兵隊もかなりいた。自分のまわりで、いろいろな戦闘艦の出入りを目撃し、またこのような戦況ニュースを聞けば、彼らとて、身の不運をかこち、戦友をうらやみ、さぞかし悔しいことだったろうと思う。それでも彼らはなにひとつ口に出すこともなく、ただ黙々と自分たちの任務にはげんでいた。しかしその彼らにも、日頃のうっぷんを晴らし、戦地にいるという実感を味わい、戦闘らしい気分にひたる機会がなかったわけではない。それは残敵掃討という名目で実施された、上陸作戦であった。

昭和十七年の三月末から四月の初旬にかけて、ブーゲンビル島の南にあるショートランド島上陸作戦に参加したのが最初である。その後、ラバウル周辺のタラシーとかマッサバとかいう集落に、宗谷単独の陸戦隊を上陸させた。もちろん、武器をもった敵がいるはずはなかった。まったくの無血上陸である。島にいるのはどこへいっても、土着民と豚とニワトリだけである。戦果は豚何匹、ニワトリ何羽でもよかったのだ。たとえ無血上陸とわかっていても、陸戦隊ともなれば完全武装している。こんなときの兵隊たちの張りきりようといったらなかった。

デューク・オブ・ヨーク島にはたびたび錨をおろした。そのうち島の土着民もわが宗谷が入ってくると、カヌーに椰子《やし》の実やパパイヤ、バナナなどを満載して舷側までやってくる。そこで兵隊たちの煙草や缶詰などと物々交換がはじまるわけだ。はじめのうちはこちらのペースだったが、敵もさるもの、だんだん狡《ずる》くなってきて、なかなかウンと言わなくなった。

そうすると、船の上と下とで駆引きが面白くなってくる。まるで国際漫才である。非番の者はみな舷側に集まってくる。こんなひとときも、単調な測量作業の無聊《ぶりょう》をなぐさめてくれたものである。

陸戦隊を乗せてツラギへ

五月十七日、宗谷は突如トラック回航の命令をうけ、その夜ラバウルを出港した。二十二日にトラックに入港したが、数時間後にはサイパンにむけて出港、二十五日サイパン着、明くる二十六日サイパンを出港して北へむかった。

横須賀に帰投する命令はうけていないし、おかしいぞ、と思っていると、出港して二日目に、ミッドウェーに向かっていることを知らされた。中部太平洋のど真ん中である。来る日もくる日も、ただ波と雲ばかりで、周囲には一隻の船影もなかった。島の影さえ見当たらない。天の青さがしたたり落ちて大海原の波の穂に溶けて、海の藍のうえに青をかさねている。夕暮れになると、丸い水平線――そうだ。たしかに丸い水平線のかなたに、内地の太陽の二倍ぐらいの大きさで、海も空も真紅に染めて、夕陽がしずしずと水平線のなかにめり込んでいく光景を眺めていると、ここが戦場であるとはとうてい考えられなかった。よくぞ海の男になったと、冥利につきる思いがした。

あと一日でミッドウェーに着くというところまできた頃から、無電が入るようになったが、どうも様子がおかしいのだ。万歳が起こらないのである。どうも戦況がわれに不利のようだ。そのうち、わが方の負け戦さが決定的であることがわかった。

ついに宗谷は、トラックに引き返せという無電に接した。そこからUターンすることになった。出港して一ヵ月目、途中ウェーク島やポナペ島に寄ってトラックに帰り着いてみると、ミッドウェーからの引揚部隊がぞくぞくと集結していた。宗谷のような非武装船が、なんのためにのこのことミッドウェーくんだりまで行こうとしたのか、不思議でならなかったが、あとで聞けば、ミッドウェーを占領したら、すぐ宗谷がそこを測量することになっていたということである。まったくの当はずれである。このときから日本海軍の、いや日本の運命の番狂わせがはじまっていたのである。

六月二十四日トラックを出港、ふたたび南下して、三日目にニューアイルランド島の北端カビエンに入港した。カビエン周辺は未測量の海域だったので、ここで一ヵ月あまり測量行動、八月三日に出港し、四日にふたたび懐かしのラバウルに入港した。

三日目の八月七日、米軍がガダルカナル島に強行上陸したのは、じつにこの日であった。どのような作戦だったのか、私どもにはわからなかったが、他の輸送船三隻とともに、宗谷もどこかの陸戦隊を乗せて、夕方ラバウルを出撃した。行き先は、米軍が上陸したガ島の北東にあるフロリダ島のツラギだった。私が乗り組んで以来、どこへ行くにしても、宗谷はいつも一人ぼっちであった。護衛してくれる船は一隻もなかった。

他の船と隊を組んで、しかも米軍が上陸した島の目と鼻の先の島へ陸戦隊を運ぶという戦闘作戦に参加したのは、後にも先にもこのときだけであった。ミッドウェー作戦に参加したときとはちがった意味で、乗組員も緊張し、生還も期しがたい空気がみなぎっていた。

ところが、こんどもまた〝宗谷おばさん〟には運がついていた。明くる八日に「作戦中止、ラバウルに帰投せよ」という命令がくだったのである。そのまま進んでいたら九日か十日にツラギに到着する予定であったが、九日にはツラギとガ島の中間にあるサボ島海域において、日米両巡洋艦部隊による海上戦闘、いわゆる第一次ソロモン海戦が展開されたのである。こ

宗谷。樺太〜小樽間の引揚げ輸送に従事後、海上保安庁の灯台補給船となる

の戦闘にまきこまれていたら、宗谷のような鈍足、非武装の輸送船は真っ先に、敵の餌食になっていたはずである。

私の戦時日記の八月九日の頁には「明陽丸救助にむかう、不時着中攻搭乗員収容」と記してある。当時のはっきりした状況は覚えていないが、明陽丸というのは、いっしょに出撃した輸送船のなかの一隻である。また不時着中攻というのは、第一次ソロモン海戦に空から参加した一式陸上攻撃機が、帰投の途中で海上に不時着したのではなかったかと思う。

ラバウルに入港したのは昼すぎであった。その日の午後〝宗谷おばさん〟が四度にわたり奇跡的に命拾いした最初の出来事があった。

ラバウル港にB17来襲す

八月九日午後、第一次ソロモン海戦の牽制のためだったのか、後方攪乱のためだったのかわからないが、B17四機がラバウルに来襲してきた。そして在港の艦船めがけて爆弾の雨をふらせた。幸いに戦闘部隊はガ島方面に出はらっていたので、大きな被害はなかったのだが、その大型爆弾のひとつが宗谷の五メートルと離れていないところに落下、岸ちかくに錨をおろしていたので、砂まじりの大水柱を艦橋にモロにうけた。これがまともに命中していたら、〝宗谷おばさん〟は痛いという暇もなく、こっぱみじんに砕けていただろう。

まったく天佑というほかはない。ラバウル航空隊の戦闘機が、離脱していくB17に追い打ちをかけそのうちの二機を撃墜した。青空をバックにして、昼日にも真っ赤な火を噴いて落ちる敵機を目撃しワーッという歓声があがった。

八月十四日、ラバウルを出港した。その後トラック島をへて母港横須賀に着いたのは、八月二十八日。二月十四日に横須賀を出港してから、半年ぶりの内地帰還であった。在泊中に乗組員の交替、船体の補修、音響測深儀や高射機銃の装着など、第一線の測量船にふさわしい装備をととのえた。

水路部にも再三出頭して、報告やらつぎの任務の打合わせをした。

九月十四日に横須賀を出港すると一路南下、二十八日にラバウルに到着した。ラバウルを留守していた間に、ソロモン海域では第二次ソロモン海戦があったのだが、わずか一ヵ月半という時の流れはここラバウルの様相にもかなりの変化をもたらしていた。湾内には、かつての大型艦の姿は少なくなり、駆逐艦とか貨物船、小型舟艇のたまり場になっていた。宗谷の測量海域は、ラバウル周辺からブーゲンビル島海域へと移動した。

十月十六日、ブーゲンビル島南方のショートランドという小さな島の周辺測量をおえて、ブーゲンビル島北端のブカ島にむけ航行中のことであった。例によって大海原のなかにただ一隻だ。夕方近くだったと思う。突如、見張員のけたたましい声が響いてきた。

「前方上空四千メートル、大型機二機、こちらへ近づいてきます」「総員戦闘配置につけ」

私も愛用の双眼鏡を首にぶらさげて艦橋へ駆けあがり、双眼鏡の焦点をあわせてみると、たしかに敵のB17であった。全員の緊張した目がいっせいに上空にむいている。B17は宗谷ごとき貨物船など目もくれないという風にすぎ去ってゆくかに見えた。

全員ホッと息をついたとたん、敵機は反転してくるではないか。しだいに宗谷の上空に迫ってくる。ちょうど真上にきたときである。私の双眼鏡の真ん中に大写しになった翼の下から、ネズミの糞みたいなものが八つ、ポロポロと落ちてきた。それがレンズの中で、みるみる大きくなってくる。大型爆弾である。もう双眼鏡で見ているどころではない、爆弾が落ちてくるときの独特の、なんとも形容のできない不気味な音が、加速度的に大きくなってくる。

ものすごい力で頭をおさえつけられるように身がすくんでくる。全身の血がスーッと引いていく。生死を考える余裕などない。もうこれまで、と観念した。ところが、である。つぎの瞬間、ものすごい音とともに艦首の両側に四発ずつ、近いものは舷側一メートルも離れていないところで、マストを越すほどの大水柱が八本立った。船は進んでいるわけだから、艦橋はその水柱の中をくぐり抜けることになる。

まるで豪雨を艦橋に叩きつけられたようなものだ。艦があと十メートルも先に進んでいたら、少なくとも二発は艦橋に命中していただろう。艦首の八センチ高角砲の砲手は吹き飛ばされていたが、命に別条はなく、砲もぶじであった。B17はラバウルかどこかに偵察にいった帰りがけの駄賃として、宗谷に爆弾を見舞ったのである。

ブカ島周辺の測量をひとまずおえて、ラバウルに帰ってきたのは、十一月二十日。わずか一ヵ月の間にラバウルは、かつての攻めの基地から、いまや守りの基地に変貌していた。

昭和十七年も十月になると、ガダルカナル島の日米攻防戦が激烈となり、陸軍部隊を駆逐艦でこの方面に運ぶ作戦がはじまった。これを援護する味方艦隊と、これを阻止しようとする敵艦隊の間で、サボ島沖夜戦、南太平洋海戦、第三次ソロモン海戦、ルンガ沖夜戦と、海戦史に残る戦闘が、まるで月例行事みたいにつぎつぎに起きた。これにともなってわが航空部隊の消耗も大きく、ラバウル周辺のわが制空権もしだいにおとろえ、これに反比例するかのように、敵機の戦爆連合編隊のラバウル空襲は日増しに多くなってきた。

十一月もおわり近いある日、またもや空襲警報が発令された。ラバウル湾内の駆逐艦、貨物船などは、われ先に湾外に脱出した。わが〝宗谷おばさん〟も重い腰をあげて、錨を引きずりながら湾口へむかった。

狭い湾口で、舷と舷がふれあわんばかりに大小の艦艇がひしめき合うことになった。敵にとってはこれほどの好餌はない。待っていましたとばかり、急降下、銃撃、雷撃の反覆である。私は艦橋にいて〝宗谷おばさん〟の脚《あし》の遅いのにジリジリしている。突然、見張員が絶叫した。

「左前方百メートル、鯨が見えます」「バカもん！　こんなところに鯨がいるか、よく確かめろ！」

「まちがいました。魚雷です！」「取舵《とりかじ》一杯、急げ！」と艦長。

その瞬間、私もはっきりとこの目で見た。左舷前方、もはや三十メートルぐらいのところに、黒い頭部を少し水面上にだして、たしかに魚雷が一本、真一文字にこちらに向かってやってくる。アッという間もなく、魚雷は艦首の蔭にかくれた。やられた！　と観念した一瞬、なんとその魚雷は、サーッと右舷後方へ流れていった。

われわれは助かったのだ。たった一メートルか、いや十センチだったかもしれない。魚雷は艦首にふれなかった。〝宗谷おばさん〟の脚の遅いのがかえって幸いしたのである。この空襲によってこうむったわが方の艦艇の損害は、ラバウル占領いらい最大のものであった。

またも起こった戦場の奇跡

十一月の末、ラバウルを出港、ブーゲンビル島南端ブイン泊地周辺の測量に従事した。そのとき何回か敵機の空襲もあったが、ブイン基地に進出している味方戦闘機の活躍で、たいした被害もなく、十二月の末にブインを出て、ふたたびブカ島のクインカロラ港に入港した。

この港を足場にして、明けて昭和十八年の一月末まで沿岸の測量に明け暮れた。そして、明日はラバウルにむけ出港という前日の一月二十八日のことである。まさかこんなところに敵の潜水艦がもぐっているなどとは思ってもみなかったので、のんびりと測量をやっていた。

復員輸送に従事後、海上保安庁に属し昭和31年から南極観測船となった宗谷

朝の七時ごろのことであった。突如、「総員戦闘配置につけ」の号令で、急ぎ艦橋に駆けのぼると時を同じくして「左舷九〇度雷跡四本！」という見張員の絶叫が聞こえた。見るとなるほど、その方向から四本の白い条《すじ》が濃紺の海面を宗谷めがけてぐんぐん伸びてくる。

敵潜の魚雷攻撃である。ただ、もう呆然とそれを凝視しているばかりであった。ものの十秒もたたないうちに、一本は艦尾を、一本は艦首をめざしてやってくる。二本はどんなにもがいても、どてっ腹に命中する進路である。ところがうち一本は、深度調整が深すぎたのか、どてっ腹の真下をくぐり抜けて反対舷に出ていった。残りの一本は完全に命中した。

これで一巻のおわりだ、と観念した瞬間、大きなハンマーで舷板を叩くようなものすごい音とともに、宗谷では奇跡が起こったのである。

これが奇跡でなくてなんであろう。その魚雷は舷板に当たった反動で回われ右して、あらぬ方向へ進んでいった。われわれがあれよ、あれよと見ているうちに、千メートルぐらい離れた浅瀬に乗り上げて、そこで爆発し、水柱を立てた。信管の故障か、あるいは当たったときの角度にわずかなずれでもあったのか、とにかく宗谷にたいしては不発だった。戦場では、人間の常識で考えられない不思議なことや奇跡が起こるものだということを、物の本で知ってはいたが、それが目の前で実際に起こったのである。それにしても、この〝宗谷おばさん〟の運の強いこと。

驚きを通りこして、これこそ奇跡だ。

この島にきてから三日に一度は、上空を舞う敵大型機の姿を目にしていたので、敵は〝宗谷おばさん〟目当てに潜水艦を寄越したにちがいない。これは後になって、みなで出した結論であった。これが〝宗谷おばさん〟が命拾いした話である。

その翌日、クインカロラ湾を出港、一月三十日にラバウルに帰投した。ラバウルに着くまでは、士官も兵たちも、潜水艦攻撃で命拾いした話でもちきりであった。

ラバウルに帰ってみると、驚いたことに、私の後任の主計長がすでに第八根拠地隊司令部に着いていた。私は自分が、昭和十八年一月十五日付で佐世保鎮守府付になっていることを全然知らなかったのである。

ラバウルの様相も急変していた。昼も夜も、敵空襲の連続である。空襲の合間に、やっとこさ引継ぎをおわって、二月五日に宗谷を退艦、ラバウル、ショートランド、トラック、サイパンと飛行艇を乗りついで、横浜に着いたのは二月十四日であった。

思えば開戦前の十月十七日に、はじめて〝宗谷おばさん〟のふところに入ってから足かけ三年、正味一年四ヵ月、華やかな戦場の片隅で、いつも一人ぼっちだった〝宗谷おばさん〟――それでも何回か奇跡的に命拾いした〝宗谷おばさん〟である。

私をひとかどの海軍士官に鍛え、育てあげてくれた〝宗谷おばさん〟やられるなよ。沈むなよ。生き残ってくれよと、何度も何度もふりかえりながら、手を振って、宗谷おばさんに別れをつげた。

私はこの後、二月二十五日付で第二十二駆逐隊主計長に補せられ、昭和十九年五月はじめに内地に生還するまで、ふたたびラバウルを基地としてソロモン海域に行動したのであるが、この間一度も〝宗谷おばさん〟の姿を見たことはなかった。

だからきっとどこかで沈んだにちがいないと思っていた。しかし戦後、太平洋戦史を書いた本で、〝宗谷おばさん〟がトラック在泊中に、敵の空襲で大損傷をうけて内地に回航され、修理改造の後、終戦まで軍需品輸送に活躍したことを知った。

戦後は南極観測船として活躍した宗谷の、ありし日の測量艦宗谷としての戦史の一齣を、思い出すままに綴り、その栄光の生涯に捧げたいと思う。宗谷のおばさん、さようなら！

捕鯨工船「図南丸」太平洋に死せず

半年は捕鯨、半年は輸送の身を戦場に転じ傷ついてなお復活した第三図南丸

元三十五突撃隊・海軍二等兵曹・艦艇研究家　正岡勝直

日本では高度経済成長の時代、物は使い捨てが当然であり、修理して使えば考え方が古いと軽蔑された。昨年の新型は今年ではもはや旧型になる、新旧交代のはげしい時代であった。船舶でも建造後三、四年で売却する場合もあったと聞くが、戦前では、修理をかさねて使用するのが当然であった。このことはあまりにもはやい時代の流れを思わせた。

このような時代に、戦前に建造されて時代に翻弄されながらも、三十三年の船齢をへた船が静かに消えていった。その名は、捕鯨工船「図南丸《となんまる》」一万九二〇〇トンである。

正岡勝直兵曹

連合軍の占領下にあって、敗戦からようやく立ちあがった日本国民は、蛋白質《たんぱくしつ》不足になやまされていた。図南丸は国民に一枚の鯨肉を配給するため、捕鯨船団の母船として南氷洋に出漁していったのであるが、それもすでに過去のこととして忘れ去られてしまった。

あの占領下に、二万トンの船を日本がよく建造できたと、船に興味を持つ人ならだれでも疑問に思うだろうが、じつはこの図南丸こそ、戦前に建造されたわが国最大の汽船である第三図南丸の生まれかわった姿なのである。太平洋戦争中、昭和十九年二月十七日のトラック島大空襲で沈没していたのを戦後、引き揚げ修理したのであった。その波乱にみちた第三図南丸の生い立ちを通じて、四分の一世紀以上にわたる日本歴史の変遷の一端とともに、彼女の一生涯を追及してみよう。

日本海軍では昭和四年以降、全艦艇の燃料を重油専焼に切りかえた。そこで海軍は海運界にたいして、油槽船の建造のさいには助成金をあたえ、その育成につとめるとともに、戦時に突入の場合は給油艦に充当するという条件で計画を行なった。だが、現在と異なり、民需における石油の需要は海軍が要望するほどではなく、そのすべてを輸入にたよった業界は、外国系資本が強力なため、海運界としては運賃の値下げなどで外国系資本の会社の圧迫を受けるために、その建造は一部業者をのぞいては消極的であった。

そこで海軍は、イギリスやノルウェーなどの国では捕鯨工船が捕鯨船を随伴し、毎年、南氷洋に出漁するのに注目した。南氷洋への出漁は、国際協定で年に一回とさだめられていたため、その時期以外は捕鯨船を石油の輸入に使用できるので、この船団にたいし検討をかさねた。

当時、五大海軍国はロンドン条約のもとに艦艇建造の制限を行なっていたのであるが、捕鯨工船の巨大な油槽や広大な甲板は、軍事輸送に非常に便利であり、かつ一船団につく三〇

○トン級の捕鯨船は、駆潜艇や掃海艇の代用となる。すなわち、五、六隻の捕鯨工船を建造して、一隻に十隻の捕鯨船を随伴させるとすれば、五、六十隻の予備的な駆潜艇や掃海艇が出来るとの計画で、海軍では大手水産業者にたいして打診をおこなった。

水産業者としても、これだけの船団を建造するには、相当の資金が必要で問題があったが、日本水産はノルウェーから捕鯨母船アンタークチック号を購入し、日立造船で捕鯨工船（図南丸と命名）の整備をおこない、ノルウェーやイギリスから捕鯨船も購入して、南氷洋捕鯨に積極的にとりくんだ。この整備の良好なことや将来性から、昭和十一年、海軍は日立造船にたいして捕鯨工船の建造を発注した。排水量一万九二〇〇トンの日本最大の汽船であり、初めての捕鯨工船なので、造船所ではノルウェーおよびイギリスに技術陣を出張させ、桜島造船所の第三船台の拡張を行なったのであった。

第三図南丸は昭和十二年五月二十六日、第二図南丸の進水終了とともに起工式をおこなった。南氷洋出漁の関係から、昭和十三年秋までに竣工することが決定されていたので、資材不足もあったが、造船所では総力を上げて昭和十三年九月二十三日に竣工した。そして付属の第一昭南丸以下九隻と、姉妹船の第二図南丸船団とともに南氷洋へと出漁していった。

当時、各国は船団を編成して南氷洋に出漁し、捕獲の量をあらそっていたので捕鯨オリンピックといわれた。しかし第二次世界大戦の勃発や東京オリンピックの中止などにより、全世界は戦争の時代に入り、ついに南氷洋への出漁は中止となった。

ついに徴用された図南丸

先に書いたように、捕鯨工船は一年のうち六ヵ月は南氷洋に出漁しているが、残りの六ヵ月間は石油輸送に使用できたのであった。高速油槽船が油槽に一万二千トン搭載できるのにくらべ、捕鯨工船は七千トンも多い。一万九千トンがその船腹にはいり、一隻で高速油槽船と旧式油槽船の二隻分を輸送できることは、石油備蓄の時代に入っていた日本にとっては非常に有効であった。

昭和十五年七月、アメリカは日本にたいする石油の輸出を許可制にしてきたが、これは遠からず石油の輸出禁止となることは明らかであった。そこで日本は昭和十五年当初より石油の積極的買付けをおこなうことになり、捕鯨工船をふくめ、北米や現在のインドネシアよりピストン輸送で石油を輸入した。そして遂に米国は七月二十六日、在米日本資産凍結令を公布し、事実上日本は石油を輸入する道が完全に途絶したのであった。

海軍は昭和十五年十一月より、和戦両極の考えを固持しつつ戦備をおこない、船舶の徴用も一部おこなっていた。昭和十六年七月、政府の対米強硬決意にともない、八月十五日、出師準備第二着作業をはじめ、しだいに船舶の徴用を増加した。第三図南丸と第二図南丸は第二着作業の第二次徴用で、十一月の上旬に徴用された。両船とも昭和十六年十一月一日付けをもって、特設運送船（雑用船）として、海軍省配属の補給隊に編入された。他の捕鯨工船は速力がこの二隻より遅いので、一般の徴用船として給油船に使用されることになった。

横須賀に回航された第三図南丸は、船内工場や倉庫などが兵員輸送用の居住区に改造され、南遣艦隊に編入された第四設営班（のちに設営隊となる）が乗船してきた。この隊は十一月二十日に編成されたばかりであり、船側も出撃準備などで連日おおいそがしだった。

ミリ攻略に初陣をかざる

昭和十六年十一月二十五日、第二雲洋丸と横須賀を出港した第三図南丸の船体は、艦艇と同様のネービーブルーにぬられ、煙突についている日本水産のファンネルマークも見られなかった。運送船のためか大砲は搭載されていなかったので、船員たちは一抹の不安を感じていた。ちょうどその翌日、真珠湾攻撃部隊は千島の単冠湾を出撃していった。このように、開戦か和平か、船長以下だれにもわからない。ただ海南島の三亜に入港することだけを幹部が知っているにすぎなかった。

佐世保へ寄港後、第三図南丸は後発してきた御嶽山丸、会昌丸とともに三亜に入港した。十二月六日、第三図南丸は三亜を出港して、十二月八日に南部仏印のカムラン湾に入港した。早朝、海軍航空部隊の大編隊が真珠湾攻撃を開始すると、船内はその開戦の報にわきあがった。上空では編隊を組んだ飛行機が、南下していった。するとマレー半島の攻略部隊がコタバル、シンゴラに上陸したとの無電が入ってきた。

つづいて十日にはプリンス・オブ・ウェールズとレパルス撃沈の快報がもたらされ、船内は第三図南丸にも出撃の命令がくだるのも近いと、最後の資材点検を行なった。陸軍の輸送船が甲板にたくさんの元気一杯の顔を乗せて入港してくる。駆逐艦や掃海艇、さらには特設水上機母艦の神川丸が後甲板に水偵を搭載して錨をおろした。支那事変いらい、神川丸は海軍に徴用された高速貨物船だ。第三図南丸は無武装だが、神川丸は船首尾に大砲を搭載して、カタパルトも見える。

その神川丸から基地員が一部乗船して、爆弾や軍需品が移載された。彼らは四年間、東シナ海方面で封鎖作戦に従事してきただけに、戦場のにおいをただよわせていた。第三図南丸が誕生する前から海軍艦艇と行動してきただけに、船そのものは貨物船の型こそとってはいるが、軍艦と思わせるようだった。彼らの口から、英領であるボルネオ北岸のミリを攻略することを知らされ、いよいよ初陣をかざる時がきたと思った。

十二月十三日、第三図南丸をふくんだ十隻の輸送船団は軽巡由良を旗艦として、第十二駆逐隊の護衛のもとに、第一掃海隊の第三掃海艇と第六掃海艇は前路掃討のためにその先頭にあった。神川丸はその水偵により対潜哨戒にあたった。

十五日夜半にボルネオ北岸ルトン、ミリ、スリア沖に入港し、上陸が敢行された。第三図南丸は上陸終了後、ミリに入港して資材などの荷卸《おろ》しを行なった。つづいて同じくボルネオ北西岸のクチン攻略が発令されて、北海丸、第二雲洋丸（海軍）秀取丸、日蘭丸、日吉丸（陸軍）は、駆逐艦と掃海艇二隻ずつの護衛をうけて二十二日、ミリを出撃した。

ミリに碇泊中、十七と十八日に連合軍の空襲をうけて、駆逐艦東雲《しののめ》が船団を守るために全砲火で応戦したが、ついに沈没してしまった。いよいよ第三図南丸も、戦場へ突入したのであった。そう思うとなんだか、からだが引き締るようであった。

開戦時、第三図南丸と共にボルネオ攻略作戦に任じた特設水上機母艦・神川丸。支那事変の勃発にともない高速貨物船から改装された。艦首と艦尾に高角砲、九四水偵と九五水偵が見える

休むまもないピストン輸送

十二月二十三日、敵の飛行艇が一機偵察に飛来したが、神川丸の直衛機が直ちに撃墜した。飛行艇はとうぜん無電で敵発見の一報を発信していることは明らかであったが、クチン上陸の成功を信じつつ航行をつづけた。二十二時三十分、いよいよクチンに突入というときに、突如として敵の潜水艦の襲撃にあった。

第三図南丸、北海丸、日吉丸、香取丸が被雷し、日吉丸、香取丸は沈没した。北海丸は擱座し、第三図南丸は中破した。その少し前、駆逐艦狭霧《さぎり》が被雷し、爆雷が誘発して沈没した。第二雲洋丸も二十六日の空襲によって、第六号掃海艇とともに沈没した。第三図南丸は十二月二十七日、破損した船体でカムラン湾に入港した。

越年後、船体修理のために第三図南丸は内地送還となり、昭和十七年二月一日に呉に到着し、母港横須賀には二月七日に帰投した。横須賀出撃後、二ヵ月ぶり

に上陸すると、開戦前に感じていた市民の不安げな顔はなく、無敵海軍の活躍にすべてをゆだねた安堵感からか、かえって一種の落ちつきを見せていた。

軍港では、哨戒に出動する駆潜艇や軍需品を満載して吃水線を深くした輸送船が、浦賀水道を出撃していく。第一段階の作戦は進展中で、艦艇のほとんどが前線に進出してしまって、商船改造の特設軍艦だけが軍艦旗を高くかかげている姿がめだつだけだった。ミリやクチンで、飛行機や潜水艦の襲撃を経験した船員たちは、このような市民の生活に同感をしながらも、戦争の実相を知らない市民に大きな違和感を持ったのであった。

第三図南丸の損傷修理を横浜造船所でおこなうことになり、二月二十六日に横浜に回航して修理を開始した。同所には高速油槽船の日章丸が海軍に一番おくれて徴用され、艤装が第三図南丸と時を同じくしておこなわれはじめた。第三図南丸は修理工事とともに、兵装もおこなわれることになり、船首に八センチ砲が一門装備されたが、二万トン近い船体にとっては気休めにすぎなかった。

四月九日の完成と同時に横須賀へ回航されて、補給が開始された。次期作戦に備えるために、内南洋への燃料や軍需品の輸送に従事することになった。四月二十四日に横須賀を出撃して、サイパン、パラオ、トラックをへて六月三日、横須賀に帰投した。

帰投すると直ちに横須賀の海軍運輸部の命令で、軍需物資の海南島への輸送にあたることになり、休む間もなく木津川丸とともに敷設艇猿島《さるしま》（昭和九年七月竣工の夏島型）の護衛で大阪で軍需物資を積みこみ、燃料を呉で搭載して目的地にむかい、六月二十九日に三亜、楡林への輸送を終了した。第三図南丸は重要船団として、つねに駆逐艦の護衛があり、その使用区分は重要地域に充当されていた。

さいわいした船体の油タンク

さて、占領したボルネオ、スマトラの油田整備もおわり、その内地還送が開始された。第三図南丸は艦船種としては雑用船であり、物資輸送が主任務であったが、開戦当初のような大きな上陸作戦はおこなわれないので、本来の石油輸送専門に復旧するため、横浜造船所で昭和十七年十一月一日から二週間にわたり作業がおこなわれた。作業がおわると、十二月二日のトラックへの燃料輸送後に、第三図南丸は南西方面との石油運送に使用されることになった。

油槽船の不足は、貨物船などを応急油槽船に改造して石油の輸送を行なうまでになったので、第二図南丸と第三図南丸を特設給油船に変更しようとの案があったが、第三図南丸だけが昭和十八年二月二十五日に、特設給油船に役務変更された。

第三図南丸はトラックを基地として、ミリ方面との作戦輸送に従事した。敵潜に会うこともなくピストン輸送をしていたが、七月二十三日、第三図南丸は富士山丸とともに駆逐艦玉《たま》波《なみ》の護衛でトラックを出発して、空船でミリに向かった。二十四日の午前八時四十分ごろ、北緯六度五六分、東経一四八度三五分付近で富士山丸は雷跡を発見した。

両船とも急速変針をして無事だったが、つづいて来襲した魚雷二本が第三図南丸の船尾付

トラック空襲に斃れたが、戦後に海底から引き揚げられて復活し、国民の栄養補給のため再就役した第三図南丸。昭和13年９月竣工、排水量１万9209トン、全長　168.86m　の当時最大の汽船

近に命中して、大爆発をおこした。第三図南丸は機関室に浸水をおこして航行不能となったが、さいわい船体の大部分が油槽だったため、これが救命袋となり波にゆらゆら揺れていた。頭にきた敵の潜水艦は、つづけて魚雷攻撃をしかけてきて、合計八本の魚雷を打ち込んだが、初めの二本が爆発しただけで残りはすべて不発であった。

トラックからは救難艦の雄島（特設工作艦）が急行し、軽巡五十《い》鈴《すず》も七月二十四日にトラックを出発した。二十五日に現地で曳航を開始したが、なかなか困難であった。しかし、救助船も増加され、三日かかってやっとトラックに入港し、第四工作部で応急修理をおこなった。

第三図南丸は内地への回航を待っていたが、米軍が中部太平洋方面にむかっており、船を内地まで曳航しながら護衛する余力がなかったので、しかたなく第三図南丸は環礁内で碇泊していた。八月三十一日には海軍の油槽船の保有量に関する陸海軍の協議により、多

数の給油船が除籍になった。負傷の身の第三図南丸も、その一船として除籍され、特設艦船としての任務を終わった。

スプルーアンス中将指揮の米機動部隊は、昭和十九年一月三十日にマーシャル群島へ来襲し、クェゼリンとルオットに上陸を開始した。いよいよトラックも危険となった。二月十七日に三群の空母部隊から発進した艦上機は、真珠湾攻撃の返礼とばかりに来襲してきた。船舶の被害は二十万トンに達し、高速油槽船の神国丸、富士丸、宝洋丸は沈没した。さらに第三図南丸にも最後の時がきた。

第三図南丸は船橋後部に爆弾が命中して、中甲板で炸裂した。このため船体前部は破壊して、大火災となった。さらに雷撃や至近弾により船体後部内にも火災が発生して、船体は猛火につつまれた。

艦上機は目標をおもに油槽船において、徹底的な攻撃を繰り返した。船体は午前十一時ごろから次第に左に傾き、ついに船底を上にしてわずかに船首の底部が海上に見えるだけになって着底した。そこは水深三十八メートルで、第三図南丸は五年五ヵ月の生命を終わった。

第三図南丸がトラックで沈んでから一年半たって、日本は戦争に敗れ軍隊はすべてトラック島から消えた。そして昭和二十五年十月二十一日に、播磨造船所の技師たちが玉栄丸と君島丸の二隻でトラックに入港してきた。第三図南丸を引き揚げにきたのだ。物資不足のなかで、サルベージ隊の苦労は非常に多かったが、昭和二十六年三月三日、七年ぶりに浮上した。ただちに玉栄丸に曳航されて、内地へ向かった。船体は赤茶けて黒く、貝殻が付着して破

口はまるでスクラップ置場のようだった。一ヵ月余りのちの四月十五日、二千浬の航海をおえて、第三図南丸は相生港に入港した。二十一日にはドックに入港して大改造工事が行なわれ、その年の南氷洋の出漁に間に合うよう、大急ぎで大修理がおこなわれた。

六ヵ月後の十月には完成し、その名も「図南丸」と改称して第六次の出漁に向かった。以来、昭和四十三年まで二十三次の出漁をおこない、昭和四十四年の北洋捕鯨をもって出漁を終了し、昭和四十五年の四月に廃船と決定したのである。

縁の下の力持ち支援艦艇の任務性能と戦い

戦史研究家　伊達　久

海防艦　三十九隻が米潜水艦の犠牲に

長い年月にわたって軍艦ではあったが、海防艦という艦種は曖昧《あいまい》な艦種であった。旧式の戦艦や巡洋艦も一括して、海防艦という名称で呼ばれていたことのせいもあろうか。しかし、昭和十二年度の第三次補充計画で、新しく小型沿岸警備艦が建造され、これを海防艦と呼ぶようになり、ここに海防艦は軍艦から分離して独立した艦種となったのである。このことから旧式巡洋艦などは、ふたたび巡洋艦籍に復帰した。だから、この海防艦にふくまれるのは新造艦であり、四隻をのぞいて開戦後に竣工したものだ。

戦前からの占守型四隻は、いままで駆逐艦をあててきた北方の警備と漁業保護を主とする任務のために建造したもので、昭和十八年にいたってもまだ、水中探信儀さえ持たなかったのである。開戦と同時に起工された御蔵《みくら》型では、まず対空兵装を強化する必要にせまられ、一二センチ平射砲のかわりに、一二センチ高角連装砲を装備することになった。

昭和十八年になると、敵潜水艦の活躍によって商船の喪失が急増し、戦局を好転させるカギは「対潜護衛艦艇の量産」という対抗手段以外になくなった。そこで海防艦の急造の要請に応じて、工事を簡易化したものが鵜来《うくる》型として誕生した。それは爆雷兵装等を近代化し、新式投射機十六基、レーダー、水中測的兵器など、いっさいの新兵器を完備したほか、対空兵装二五ミリ機銃も四梃から六梃に強化されていた。

さらに情勢が切迫し、若干性能が落ちても隻数を揃えなければならなくなったので、いままで小艦艇を建造したことのない小造船所においても工事ができるようにし、低速小型化したのが丙型（奇数番号）、丁型（偶数番号）である。丙型は速力十六・五ノットとし、高角砲は二門となったが、爆雷は一二〇個、投射機十二基という対潜重兵装艦であった。

海防艦は一七一隻を保有していたが、そのうち七十九隻を失い、しかも半数以上の三十九隻が敵潜水艦の攻撃によって沈没した。残存した九十二隻は戦後ほとんど復員輸送艦となったが、昭和二十二年四月には賠償として米国へ十七隻、英国へ十六隻、中国へ十七隻、ソ連へ十七隻が引き渡された。そのうち米英へ引き渡された三十三隻は買却され、わが国内で解体されている。

海防艦の戦歴の一例として、丙型第一号海防艦についてくわしく書くと次のとおりである。

昭和十九年二月二十九日、神戸三菱造船所において竣工、三月中に内海西部で対潜訓練し

丙型海防艦第17号。19年４月竣工。急速大量建造すべく構造簡易化直線化

二等輸送艦第151号。19年４月竣工。海岸に擱座して艦首門扉を開き揚陸

一等輸送艦第１号。19年５月竣工。艦尾に傾斜した滑りを設け両舷に軌条があり、大発に兵員物資を搭載して急速発進できた。煙突と艦橋間が船倉でデリック支柱と機銃台探照灯が見える

たのち、早くも四月五日には門司発でシンガポールに向け、船団護衛に従事した。六月三日にはシンガポール発、内地に向かう船団護衛に従事、途中マニラと高雄に寄港し、六月二十六日、内地に帰着した。

このように、休む間もなく船団護衛に従事し、昭和二十年四月六日、北緯二三度五五分、東経一一七度四〇分の地点で、敵飛行機の攻撃をうけて沈没している。

輸送艦　ガ島戦の戦訓により急速建造

一等輸送艦は特務艦（特）、略称して「特々艇」、二等輸送艦は戦車運搬艦（S）海軍用（B）を略称して「SB艇」という略号があたえられた。

昭和十八年になって、ガダルカナルにおいて多数の駆逐艦が輸送作戦に使用され、多くの損耗を出した。このため弾薬糧食や陸戦機材を高速力で輸送し、敵の制空権下を突破して第一線へ緊急に揚陸することを任務とする目的で、昭和十八年九月、高速輸送艦を設計のうえ急速に建造された。

一等輸送艦は昭和十九年五月に第一号が完成し、終戦までに二一号まで二十一隻が建造された。残存艦は九、一三、一六、一九、二〇号の五隻のみだった。

二等輸送艦は機甲陸戦隊すなわち中戦車で九、軽戦車なら十四を搭載し、陸戦隊二〇〇名および約一週間分の弾薬糧食をも搭載して全速力で海岸の砂浜へ直進擱坐《かくざ》し、艦首の扉をひらいて戦車部隊を揚陸するものであった。これは米海軍のLSTに相当する。一〇一号艦の竣工は一等輸送艦より約二ヵ月早く、昭和十九年三月に竣工、六十九隻が完成した。そのほとんどが十九年に建造されている。そのうち二十隻を陸軍が所有し、船舶兵によって運用された。また海軍が所有した四十九隻のうち、残存した艦は十隻であった。

輸送艦の代表として、第一号輸送艦の活躍は次のとおりであった。

昭和十九年五月十日に竣工し、二十日間の訓練ののち、五月三十日にはサイパンに向けて横須賀を出発し、船団護衛の任務について六月七日にサイパンに着いた。そして十一日にパラオに向けサイパンを出発、船団護衛をつづけた。六月十三日に敵の飛行機の来襲により、二罐室と発電機に被弾し、航行不能となってしまった。そして明島丸に曳航され十八日にパラオに着き、一ヵ月後の七月十八日、パラオ諸島のガランゴル島北側錨地において海上砲台となった。七月二十六日には敵の飛行機の来襲を七回もうけ、多数の至近弾をうけた。翌二十七日には、ふたたび敵飛行機の来襲をうけ、直撃弾三、至近弾多数をあびて火災浸水、その後さらに直撃弾一が命中し、ついに沈没した。

水雷艇　駆逐艦の代用として十二隻を

昭和五年のロンドン軍縮会議で駆逐艦の保有数を制限されたので、六〇〇トン以下であれば、どんな兵装をもっても、また何隻建造してもよかったので、駆逐艦の代用として、水雷艇と名づけて千鳥型四隻、鴻《おおとり》型八隻の計十二隻が、復活建造されることになった。

千鳥型は基準排水量五三五トン、水線長七十九メートル、備砲一二・七センチ連装一基、単装一基で計三門、魚雷発射管連装二の計四、魚雷八本、速力三十ノットという有力な艇であった。しかし、限定された排水量に過大な要求を盛りこもうとした設計上の無理がたたって、昭和九年三月、同型の友鶴が佐世保港外の寺島水道で夜間訓練中、風速二十メートルていどの小荒天にあって転覆するという事件がおきた。このため、つぎの鴻型は大いに改良され、基準排水量八四〇トン、水線長八十五メートル、備砲一二センチ単装三門、魚雷発射管三連装一基となった。

太平洋戦争になって、水雷艇十二隻のうち四隻は南方部隊にあって、リンガエン湾上陸作戦の掩護や基地設営など第一線で働き、八隻は支那方面艦隊に属して各地の警備についていた。だが、まもなく働き場所を変えられて、商船の護衛に活躍することになった。

昭和十八年九月、鵲《かささぎ》が蘭印水域で米潜水艦に撃沈されたのをはじめとして、十九年に六隻、二十年に三隻が飛行機や潜水艦によって撃沈された。雉《きじ》と初雁が終戦まで残存したが、初雁は香港で終戦をむかえ、そのまま同地で昭和二十三年に解体された。雉はスラバヤで終戦をむかえたあと復員輸送艦として働き、昭和二十二年十月に賠償としてソ連に引き渡された。

掃海艇　敵前上陸時の掃海で半数近く沈没

掃海艇は大正十二年六月に一号艇が完成し、一号型、五号型、一三号型、一五号型、一七号型、七号型、一九号型とつぎつぎと改良されて、七種、計三十五隻が建造された。いずれも基準排水量五〇〇トン以上、速力二十ノット、二ないし三門の一二センチ砲を備え、速力

終戦時まで残存した17号掃海艇(昭和11年1月竣工)全長72.5m、二軸の混焼罐タービン艦。手前は16号

兵装とも世界各国のなかでも優秀な性能の艦であった。

太平洋戦争開戦時には一九号までの十九隻が竣工して、南方各地の攻略戦に参加した。ことに敵前上陸時に敵前での掃海作業をおこなうため消耗もはなはだしく、十九隻中の半分近くの七隻が敵飛行機や機雷、砲台の砲撃などにより沈没した。開戦後に建造された十六隻は全部一九号型で、本来の目的をはなれ、もっぱら船団護衛に任じていた。

終戦まで残存したのは、わずかに四号、八号、一七号、二一号、二三号の五隻であった。そのうち四号と八号は、昭和二十一年八月、シンガポール沖で海没処分にされ、二一号（中国）、二三号（ソ連）が賠償として引き渡された。

このほかに昭和十六年十二月に香港を占領したとき、建造途中であった二隻の掃海艇を完成させ、一〇一号、一〇二号と命名した。一〇一号は昭和二十年一月に飛行機の攻撃をうけて沈没、一〇二号は残存して英国へ賠償として引き渡されたが、買却されて浦賀で解体された。

掃海艇一号の戦歴は、つぎのとおりであった。

開戦と同時にマレー一次上陸作戦に従事し、つづいてスマトラ、ジャワの上陸作戦にも従事した。のち昭和十七年三月〜五月まで、シンガポール海峡の東口水路掃海の任についた。南方作戦が一段落すると六月に内地に帰還して、以後、佐世保防備部隊に編入されて、九州西岸海面や大隅群島付近の防備哨戒にあたった。昭和十八年四月には横須賀防備戦隊に編入され、終戦近くまで以後、横須賀付近の海面や三陸沖海面の防備哨戒に従事していたが、昭和二十年八月十日、岩手県山田湾において、敵飛行機の攻撃をうけて沈没した。

駆潜艇　八タイプ全六十一隻の船団護衛艦

第一次大戦中、潜水艦の異常な発達に呼応して駆潜艇が出現したが、わが海軍も各種船型の駆潜艇について研究をおこない、昭和八年にいたって第一号型駆潜艇の建造に着手して、はやくも翌九年三月には竣工した。昭和十五年に独立した艦種となり、二〇〇トン以下の小艇は、駆潜特務艇として分類された。一号型二隻、三号型一隻、四号型九隻、一三号型十五隻、二八号型三十四隻、他に五一号等が建造された。一号型、三号型、四号型は二〇〇トン級であったが、一三号型、二八号型は四〇〇トンと船型が大きくなったため、耐波性にすぐ

35号哨戒艇。昭和15年４月、樅型駆逐艦・蔦の連装発射管２基(艦橋前と後檣前)を撤去、煙突間の２番砲を機銃に換装して哨戒艇となった。艇尾に掃海具。昭和17年９月、空襲により沈没

れ、もっぱら遠距離の船団護衛などに従事した。

六十一隻中、終戦まで残存したのは三分の一の二十一隻であった。このうち五隻は、賠償として引き渡され、四隻はシンガポール沖で海没処分され、残りは国内で解体された。

駆潜艇一号の戦歴は、つぎのとおりである。

支那事変中は揚子江や南シナ海で活躍、太平洋戦争開戦と同時に、第三艦隊の第一根拠地隊所属としてフィリピン攻略作戦、つづいてメナド、マカッサル、ジャワ攻略戦に従事した。

昭和十七年三月、ジャワ作戦も一段落し、あらたにできた第二南遣艦隊の二十一特別根拠地隊所属となり、以後スラバヤを基地として、ジャワ海方面において活動した。終戦までの間、修理期間中をのぞいて、ほとんど休む間もなく船団護衛に従事し、敵飛行機や潜水艦と日夜戦いつづけた。終戦をスラバヤで迎え、昭和二十一年七月十一日、シンガポール南方海面で海没処分された。

哨戒艇　旧式駆逐艦や外国艦を転用

哨戒艇といっても新しく建造されたものではなく、旧峯風型一等駆逐艦二隻、八〇〇トン級樅《もみ》型二等駆逐艦八隻と若竹型二隻の計十二隻であった。ワシントン条約にもとづき、代艦を急ぐため三年前に廃艦処分になったが、昭和十五年に情勢の変化にともない、これを哨戒艇として残されたものである。

太平洋戦争がはじまるや、上陸作戦に大いに活躍し、あとは他の艦艇とおなじく、船団護衛に活躍した。哨戒艇の被害はなはだしく、十二隻中、三六号一隻のみが、スラバヤで終戦を迎えることができた。終戦後、ジャワとシンガポール間の引揚輸送に従事したが、昭和二十一年七月、オランダ海軍に接収された。

このほかに、哨戒艇と名のついたものが九隻あった（一〇一号から一〇九号）。これらの艇はいずれもスラバヤ、マニラ等で沈没していたものを、浮揚修理したものであった。一〇二号は米駆逐艦スチュアートで、スラバヤの浮ドックで修理中、戦況逼迫《ひっぱく》のためドックとともに自沈したのを修理したもので、昭和十八年終わりごろからセレベス海方面で対潜哨戒を行なっていた。米側ではまさか自国艦を修理更生したとは気がつかず、潜水艦乗員や飛行機搭乗員は、思わぬところで米国駆逐艦らしい艦を見かけたと報告した。しかしすぐ、幻影だと一笑に付されてしまった。このためか一〇二号は爆撃もされず、雷撃もうけることなく終戦まで残存し、戦後アメリカ海軍に引き渡された。

哨戒艇一号（島風改造）の戦歴は、つぎのとおりであった。

開戦と同時に、フィリピン攻略作戦に従事し、つづいてメナド、マカッサル攻略作戦に参

敷設特務艇							
	竣工年月日	建造所	沈没年月日	原因	場所	除籍年月日	記事
戸島	大4. 3.20	舞鶴	20. 7.30	飛行機	舞鶴	20.11.30	
黒島	4. 5.25	〃			(下関)	20.10. 5	復員輸送艦となる。22.10.3、中国へ引き渡す
葦崎	5. 5.12	〃	20.11.17	座礁	新潟早川	20.10. 5	函館より舞鶴へ復員輸送中
加徳	5. 4. 4	〃			(大牟田)	20.10. 5	復員輸送艦となる。米国へ引き渡したが返還され海上保安庁の巡視船となる。27年5月、老齢除籍
円島	6. 5.16	〃			(高雄)	21. 4.30	
黒神	6. 5. 1	呉			(佐伯)	20.10. 5	掃海用艦となる。22.11.14、英国へ引き渡す(舞鶴で解体)
片島	6. 5.19	舞鶴			(〃)	20.10. 5	掃海用艦となる。22.10.3、ソ連へ引き渡す
江之島	8. 3.31	〃			(馬公)	21. 4.30	
似島	9.10.15	呉	19.10.12	飛行機	澎湖諸島	20.11.30	
黒埼	10.12.24	内田造船	20.11.15	座礁	八戸	20.11.30	掃海用艦となり、掃海に従事中
鷲崎	10. 9.30	横浜鉄工所			(舞鶴)	20.11.30	復員輸送艦となる。22.11.24、英国へ引き渡す(佐世保で解体)
第1号	昭17. 2.28	浦賀造船所				22. 5. 3	
第2号	17. 4.10	〃	17.12.31	触雷	スラバヤ	18. 3.20	
第3号	17. 6.30	〃			(トラック)	22. 5. 3	
第4号	17. 8.20	〃	19.11.20	潜水艦	ニコバル諸島	22. 5. 3	
第101号	17. 9.20整備完	英国	19. 6.16	飛行機	サイパン	22. 5. 3	旧英国防潜網敷設艇バーライトを香港で拿捕整備

(注) 番号敷設艇は19.2.1、敷設特務艇と改名。場所欄中の( )は終戦時の所在を示す。

(出典：丸スペシャル №47 1981年1月　潮書房発行)

加した。昭和十七年四月の西部ニューギニア攻略作戦をへて、五月より八月まで浦賀で修理した。八月九日、横須賀発サイパン、トラック、ラバウルを経て、三十日ガダルカナル島に陸軍部隊を揚陸した。以後はラバウル方面において船団護衛や哨戒などに従事した。昭和十八年一月十二日、あけぼの丸を護衛中、カビエンの西七十浬《かいり》の地点において、米潜ガードフィッシュの雷撃をうけて沈没した。

砲艦　御紋章をつけた江上軍艦

砲艦という名は明治時代の小軍艦にもあるが、これとはまったく別な河用砲艦であって、排水量二〜三〇〇トンであった。政治的、国際儀礼的使命のうえから、堂々たる国際法上の「軍艦」として日本海軍を代表する権限をもっており、排水量二〇〇トンか三〇〇トンでも、艦首には立派な菊の御紋章をつけていた。いずれも揚子江を、かなりの上流まで航行できるように設計され、乾舷の低い、吃水は一・二〇メートルぐらいの箱型で、航洋

敷設艇・那沙美。艇首に機雷揚収用ローラーとダビットに茸型通風筒

敷設特務艇・黒埼。初代測天型の11番艇。高い前檣や後檣の位置が特徴的

電纜敷設艇・初島(15年10月竣工)。陸上から電纜を繰り出しつつ沿岸要地の水中に聴音器付き機雷を敷設。艇首のケーブル用リール、煙突前方の大型デリック、石炭専焼罐で朦々たる黒煙

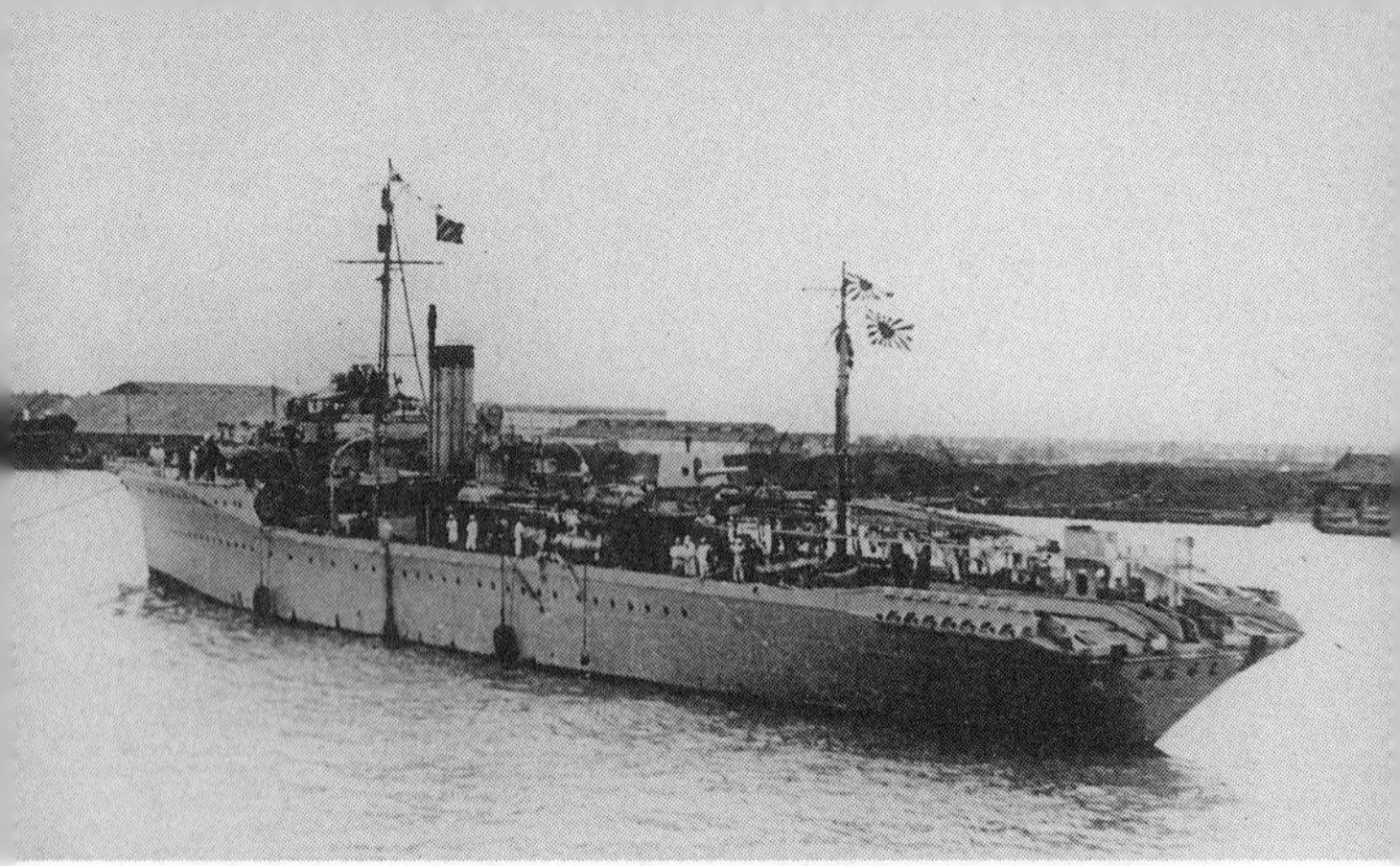

急設網艦・白鷹(昭和4年4月竣工)。急設網艦は泊地や前進基地に迅速に機雷付き防潜網を展張する敷設艦で機雷敷設も可能。両舷に敷設軌条を有し緩傾斜する艦尾の様子が特徴的である

性はなかった。

河用砲艦は九隻建造され、明治末期に完成した鳥羽、大正年間に竣工した比良、保津、勢多、堅田の四隻、昭和に入って熱海、二見、伏見、隅田の四隻であった。

三〇〇トン以下の砲艦では、とても旗艦設備をもつことは不可能なので、排水量一千トンで旗艦設備をもつ橋立、宇治の二隻が建造された。けっきょく日本の砲艦は、揚子江方面の警備を目的として建造されたものであった。

このほかに太平洋戦争中に六隻の砲艦を捕獲し、多々良、唐津、須磨、舞子、鳴海、興津と命名された。終戦までに五隻が沈没し、残存したものはほとんど、上海で航行不能の状態であった。

敷設艇　機雷や防潜網が主兵器

敷設艇は二十一隻で、そのうちの十五隻は昭和十三年から十九年にかけて建造された測天型であ

った。測天型は基準排水量七二〇トン、速力二十ノット、機雷一二〇個搭載可能であった。そのほかに対潜兵器も備え、駆潜艇の役割も果たした。終戦まで残ったのは五隻で、ほかに一隻、佐伯湾で大破していた。五隻は賠償として接収された。

このほかに、特務艇に属する駆潜、掃海、哨戒、敷設特務艇があった。これらはすべて漁船式船体に似た設計であって、このうち敷設、掃海特務艇は鋼製、哨戒、駆潜特務艇は木製であった。木製の哨戒、駆潜特務艇は、合計二三〇隻が完成したが、木造の利点を生かして、終戦の前後にかけてB29が落とした感応機雷の掃海に活躍した。

そのほか、防潜網の敷設を主任務とする急設網艦があった。防潜網を搭載しないときは、機雷敷設艦としても使用できるようになっていた。最初の艦は昭和四年に完成した白鷹《しらたか》（一三四五トン）で、急設網六浬分を搭載する。また、これを搭載しないときは機雷一〇〇個を搭載した。

その後、約十年たって白鷹を新式化した初鷹と蒼鷹《あおたか》の二隻（一六〇〇トン）が建造され、昭和十四年に完成した。初鷹級は、防潜網二十四組を装備していたが、これを搭載しないときは機雷十個を積んだ。昭和十六年に就役した若鷹（一四三頁写真）は、対空兵装を強化された点をのぞけば、初鷹級と同じものであった。これらの急設網艦は、戦争中は本来の任務よりもむしろ、船団護衛などに多く使用された。終戦時には若鷹のみが残存した。

以上、列挙した艦艇は、いずれもちがった目的をもった小型艦であったが、構造上、砲艦と輸送艦をのぞいた他の艦艇は、ほとんど差別なく激戦に使われた。すなわち進攻作戦時においては上陸作戦のために、また昭和十八年以後は商船の被害が増大してきたので、ほとんど船団護衛に使われるというように活躍してきた。昭和十九年以後は、簡易化された海防艦の大量建造に追われ、他の艦艇はあまり建造されなかった。これは三〇〇トンぐらいの小艇でも、構造上なかなか量産できなかったことに原因があったように思われる。これらの艦艇を簡易化し、もっと量産できるようにしておくべきではなかったかと思われる。

太平洋戦争は日本海軍が伝統的に予想していた「艦隊決戦」の様相をとらず、基地争奪戦に明け暮れ、さらに海上交通の攻防戦がくり返された。艦隊第一主義に終始していた日本海軍としては、この事態に応ずる準備が不十分であった。そのため小艦艇はその労苦にくらべ、報いられるところがあまりにも少なかった。また、軽視していた米潜水艦の驚くべき活躍と、強力な航空兵力の息もつかせぬ猛攻の前に、日本小艦艇部隊はほとんど無力であった。彼らは誤った海軍政策の、痛ましい犠牲者であったといっても過言ではないだろう。

奇略と妙手の忍術軍艦　愛国丸と報国丸

仮装巡洋艦二隻を擁し通商破壊作戦に参入した二十四戦隊の航跡

当時第二十四戦隊参謀・海軍中佐　伊藤春樹

見るからに精悍《せいかん》な重巡高雄《たかお》や利根型とならんで、巡洋艦の変わりダネといえば、まず第一に仮装巡洋艦をあげねばなるまい。

開戦前、日本は六百万トンを上まわる外洋船を保有していた。その優秀な商船隊は、帝国海軍の艦艇とおなじように、七つの海に日の丸を誇らしげにひるがえしていた。海の女王とうたわれた豪華客船の浅間丸や竜田丸、鎌倉丸（いずれも一万七千トン級）は、開戦の直前に海軍に徴用されて運送船などになった。

伊藤春樹中佐

また日本郵船がサンフランシスコ航路に就役を予定して建造中であった一万八千トン級の姉妹船新田丸や八幡丸、春日丸などは、竣工を待たず特設空母に改装されて、それぞれ冲鷹、雲鷹、大鷹と船名を変えて、航空機運搬用空母または商船護衛用の空母として、旭日の軍艦旗をかかげた。

しかし、こうした商船改装空母や各種の徴用船は船体が脆弱で速力が比較的におそいため、そのほとんどすべてが米国潜水艦の攻撃をうけて、悲惨な最後を遂げてしまった。ただわずかに病院船として、多くの傷病兵を内地に送還した氷川丸《ひかわまる》（一万一六〇〇トン／二四七頁写真）などは生き残り、戦後もシアトル航路に就航していた。船齢すでに三十三年、いまや横浜港内の岸壁に繋留されて、ユースホステルとしてその老体を休めている。

このように太平洋戦争中、危険海面を黙々として輸送任務に従事した六百余万トンの大商船隊の活躍は、その行動が軍艦とちがって地味であったために、いまだにあまり知られていない。

ただ建造の中途で設計を変更、準正規空母に姿をかえた飛鷹、隼鷹およびこれから詳しく述べようとする仮装巡洋艦（正式には特設巡洋艦）報国丸と愛国丸の活躍は、正規の軍艦にくらべても決して劣るものではなかった。とくに報国丸、愛国丸両船の行動は、まことに神出鬼没、仮装巡洋艦の本領を発揮した特異のものであった。

恐るべき女王の正体

では、仮装巡洋艦報国丸と愛国丸とは、一体いかなる船（軍艦）であったのか。

報国丸、愛国丸の両船はともに、大阪商船が南アフリカ航路用として建造し、開戦直前に貨客船として竣工した。報国丸は一時、大連航路にも就航していた。総トン数はともに一万四〇〇〇トン、最高速力二十・五ノット、巡航速力十六ノット、ズルザー式ディーゼルエンジン（軸馬力約六千馬力）二基を装備する優秀船であった。そしてなによりも、日本との間をノンストップで往復できる長い航続力は、高速ではあるが航続力の短い正規巡洋艦には求められない特長であった。

長期間、補給をうけずに大洋を安全に航行できるこの優秀な行動力と、普通の貨客船よりすぐれた速力（当時は最新のもので普通十六ノットていど）は、通商破壊を主任務とする仮装巡洋艦には、もってこいの性能であった。だが、めざす相手が敵性国の商船だからといって、護衛艦をつけていることは当然予期されねばならないし、また大洋上で、いつ、本物の軍艦に出くわさないともかぎらない。

こうした場合を予想して、開戦の約二ヵ月前、十月初旬ごろから急速に、必要な改装工事と兵員の充当にとりかかった。まず仮装巡洋艦にとって、いちばん苦手である敵の巡洋艦や駆逐艦、そして目的の獲物をできるだけはやく発見するため、九四式水偵（複葉、三座双浮舟水上偵察機）を一機ずつ搭載した。これは零式水偵にくらべれば非常に旧式であったが、耐波性が強く洋上における偵察機として十分な活躍が期待された。

そのうえ旧式の一四センチ砲を八門、後甲板には五三センチ魚雷の連装発射管を二基および若干の機銃を搭載した。二百余名の乗員は艦長以下ほとんどが応召で、機関員や航海関係者は大阪商船時代の船員がそのまま徴用された。だから乗組員の平均年齢は三十歳という老兵、いや古強者《ふるつわもの》ぞろいであった。

迷彩を施した愛国丸。左シェルター甲板に14cm砲、艦橋上部に煙突が見える

これだけの武装をすれば、少しばかり旧式の兵装でも敵の商船を仕留めるには十分すぎるほどで、たとえ相手が軍艦であっても、旧式の護衛艦ぐらいならまず互角《ごかく》以上の勝負をすることができる能力をもっていた。ただ困ったことが一つあった。それは、今までに日本海軍には仮装巡洋艦を使用して、通商破壊戦を実施した経験はもちろん、その訓練はおろか、参考書さえないことであった。司令部幹部は困惑した。

このときふと私の頭にひらめいたのは、十数年前の兵学校生徒のころ、薄暗い図書館の片隅で、心をおどらせながら読みふけったドイツの囮《おとり》船ゼーアドラ（うみわし）号や、ウォルフ（おおかみ）号の戦記であった。とくにゼーアドラ号の活躍は、私の心に新たな勇気と自信をあたえてくれた。

連合国から恐れられたQ船

ゼーアドラ号については、ご存知の方も多いと思う。簡単に記すと、第一次世界大戦のとき、優勢な英国艦隊のために北海の出入口を封鎖されたドイツ帝国海軍は、多数のUボートのほかに、一隻の旧式帆船に対し北海突破の密命をくだした。

ゼーアドラ号の指揮官（艦長フォン・ルックネル大尉）は、商船出身の帆船乗りの名人、生粋の海の男であった。一〇・五センチ砲をひそかに船艙につんだゼーアドラ号は、厳重な北海の封鎖線を突破し、海の難所である南米の南端ケープホーンをまわり、とつぜん南太平洋にその姿をあらわした。ルックネル艦長は、まことに奇抜な戦法をとった。

それは、連合国の軍艦に遭遇するや、ユニオンジャック（英国国旗）をかかげ、なにくわぬフリをしてこれをやりすごす。獲物である連合国の商船に出会うと、その近寄るのを見はからって、やにわにドイツ軍艦旗をかかげて停船を命じ、敵船が帆船と見くびって停船命令に応じないと、船艙にかくしてあった大砲をもち出し、ドカンと砲撃をくらわすという、意表をつく奇襲戦法であった。この戦法はみごとに功を奏し、多くの連合国商船を撃沈し、連合国からQ船《キューシップ》（Q Ship）と恐れられた。

私は、これだと心にふかく決めた。外国商船とおなじように船体の上部は白く、下部は黒く塗り、船首と船尾の船名などは丹念に塗りつぶし、上甲板の大砲、発射管と飛行機は、カンバスで厳重につつみ、大きな積荷に見せかけた。また、万一の場合を考えて、変装用の婦人服まで用意した。これは本物の巡洋艦にでも出くわした最悪の場合、乗務員の一部を女装させ商船と思いこませて、うまくやりすごそうという窮余の一策であった。

通商破壊戦に仮装巡洋艦出撃す

昭和十六年十一月二十一日、二隻のQシップ報国丸と愛国丸は、ひそかに呉軍港を出港した。司令部の幹部と両艦長のほかには、まだその目的はもちろん、行き先さえも知らされていない。

十一月二十六日（ハルノートが野村大使に手交され、日米交渉が事実上、決裂した運命の日）マーシャル群島の南端ヤルート島に寄港した両艦は、乗組員に最後の上陸を許可して、その日の夕方、予定作戦海面にむけて錨をあげた。カヌーに乗って、日の丸の国旗をふりながら、リーフの外まで見送ってくれた原住民の姿が、いつまでも私の心に焼きついたように残っていた。

ここで初めて、全乗組員に対してQシップの目的の大要が艦長からしめされた。乗員たちの顔に異様な緊張した空気がただよった。両艦の作戦行動区域は、ゼーアドラの場合とおなじように、南太平洋だった。目的は、米西岸あるいはハワイと豪州東岸のあいだに網を張り、連合国商船を攻撃することであった。

「ニイタカヤマノボレ、一二〇八」（X日は十二月八日、各隊はあ号作戦命令にもとづいて、予定の作戦行動を開始せよ）との電報命令を受信した両艦は、ただちに横距離を視界限度までにひらき、水偵を発進させ獲物をもとめて作戦行動を開始した。

地点は南緯二六度、西経一二五度、奇しくも「戦艦バウンティ号の反乱」でその名を知られたピットケイアン島の南東、約一〇〇浬《かいり》の洋上であった。焼けつくような南の太陽は、まさに水平線から昇ろうとしており、青い南太平洋の海はよく晴れていて海上は静かであった。

英商船を撃沈

毎日おなじように、単調な索敵行動が繰りかえされた。しかし、めざす獲物はなかなかおいそれと視界のなかに入ってこなかった。海軍電信所やNHKから放送されてくる真珠湾奇襲の大戦果や、マレー沖航空戦の勝報を聞きながら、われわれの心ははやった。

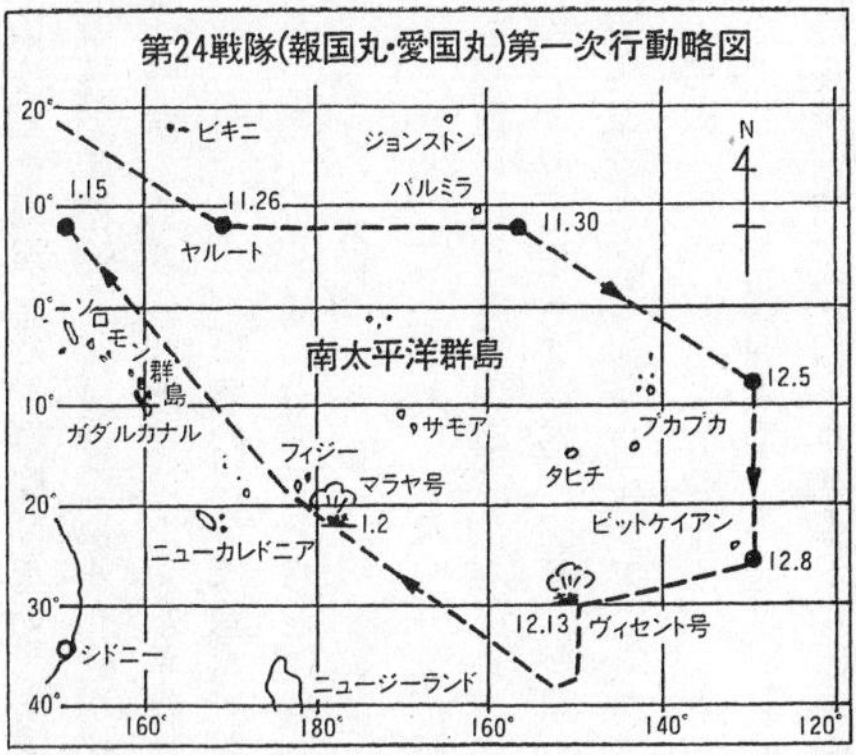

駆逐艦長出身の精悍な先任参謀・新谷中佐は、私の肩をたたきながら、「少しはこっちにも獲物を残しておいてくれなければ」と悔しそうに苦笑した。

十二月十三日、時折りスコール、視界不良。偵察機の発進を見あわせて、今日も駄目かと昼食のあと遊歩甲板で休んでいると、当直の信号兵があわてて報告してきた。

「右三〇度、黒煙一本、遠距離！」急いで艦橋にかけ上がって望遠鏡でたしかめると、まさしく黒煙だ。

いまどき石炭をたく軍艦はない。敵船に間違いはない。報国丸と愛国丸は、二十ノットの戦闘速力に増速し、巨体をふるわせながら、この獲物をめざして立ちむかっていった。

やがて二本の商船マストが水平線に浮かび上がってくる。距離は七千メートル、敵船は少しも気づかず、反航の体勢で急速に接近してくる。距離三千、敵船のブリッジの上では、船員たちが不思議そうにこちらを眺めている。なかには手をふっている者も見える。船首には「ヴィンセント」と、はっきりと船名が記されている。もはや、逃がす心配は絶対にない。

しかし、こちらもひったくりや海賊船ではない。名誉ある帝国海軍軍艦だ。戦時国際法にさだめられた海戦法規にしたがって、堂々と名乗りをあげた。報国丸はその前部マストに、スルスルと万国信号旗と軍艦旗をかかげた。信号旗の意味は、「機関を停止せよ、われ日本帝国軍艦、汝を臨検せんとす」である。

これを見たヴィンセント号は、われを商船と見くびったものか、反転して逃走姿勢をとった。このとき報国丸の一番砲は、敵船の前方にむけて、一弾をブッ放した。一四センチ砲弾は、航路前方、約三百メートルの水面上に大きな水煙をあげて落下した。ここで観念したヴィンセント号は、ようやく航進を停止した。救命艇で敵船に乗りこんだ臨検隊からは、ただちに手旗信号で「船名はヴィンセント、積荷は羊毛と木材、行き先ロスアンゼルス」と言ってくる。

乗員が退船するのを待って、「右砲戦、距離二五、目標敵商船」片舷三門の一四センチ砲は、一斉に火を噴いた。だが積荷が木材ではなかなか沈まない。乗員が退船する寸前、タヒチ島の電信所あてに五〇〇キロサイクルの緊急電波で、「怪船（Q Ship）の攻撃をうく、SOS、われヴィンセント」という意味の遭難電報を発信したことを知っていたので、グズグズしてはいられない。

少しもったいないと思ったが、二本の魚雷で最後の止めをさした。ヴィンセント号は国旗をかかげたまま、その姿を没し去った。臨検隊員を収容し、敵船の乗組員三十六名を救助しおわった報国丸と愛国丸は、敵の追跡の目をくらますため、一時、常用航路をはずして急速に南下した。南緯四〇度、南半球といっても風は肌寒く、海上は荒れていた。

怪飛行機の勇躍

愛国丸。昭和16年8月末竣工後すぐに特設巡洋艦籍に編入。煙突後方にキャンバス製のダミー煙突を展張している。後部甲板上に零式三座水偵2機

年が明けて、昭和十七年一月元旦。第一線では正月などない。乾燥野菜と缶詰の鯨肉で、心ばかりの戦勝の新春を祝って、作戦行動はいつものとおりにつづけられた。

一月二日、快晴。位置はフィジー島沖の南東、約十浬、海上は平穏、視界は良好。水偵二機を発進、東北にむかって獲物をもとめて北上しつつあった。正午すこし前、電信員が一通の英文緊急電報をとどけてきた。見ると、「われ怪飛行機の攻撃を受く、位置南緯……SOS、マラヤ」とある。索敵機の行動から推定すると、米船マラヤ号が、わが水偵の爆撃をうけつつあることは確実だ。両艦は、この傷ついた獲物にむかって急航した。

やがて、一条の黒煙が水平線上に浮かんできた。マラヤ号にわが水偵の投下した六番通常爆弾（六〇キロ爆弾）が艦尾に命中、大火災を起こしているのであった。両艦が現場に到着したときには、同船はすでに猛火につつまれて沈没の寸前、乗員は救命艇に移乗、海上に漂流していた。時刻は日没にちかく、落日に燃える南太平洋の夕焼け空には、マラヤ号の炎上する黒煙が、不気味なシルエットをうつしていた。

乗組員を救いあげた両艦は長居《ながい》は無用とばかり、すでに味方部隊が占領中のソロモン群島をへて、二月上旬、母港の呉軍港にぶじ帰投した。われわれの獲物は少なかったかもしれない。しかし怪船と怪飛行機のSOSは、米豪海軍の心胆を寒からしめたにちがいない。だが母港では、こんな小さなことはツユ知らず、緒戦における戦勝の喜びにわき立っていた。

仮装巡洋艦インド洋に現わる

母港で燃料弾薬の補給、乗員の休養をすませた両艦は、昭和十七年四月上旬、インド洋にその姿をあらわした。インド洋は南太平洋とちがって、豪州西岸とインドや英本国間を航行する連合国商船も多く、第一次の作戦で英船二隻を拿捕《だほ》し、積荷もろともシンガポールまで回航するという大戦果をあげた。さらに六月から七月にかけて、第八潜水戦隊の大型潜水艦と協同し、合計二十二隻の敵船を撃沈、大型船一隻を拿捕するという大戦果をおさめた。しかし、その頃から、ようやくインド洋方面における英海軍の商船護衛力も強化され、その幸運もながくは続かなかった。

昭和十七年十一月十一日、第三次の作戦行動において、報国丸もついに最悪の日を迎えねばならなくなった。ソロモン方面における戦況も、日ましにわれに不利に傾きつつある頃であった。

その日、報国丸は豪州西北の洋上で、一隻の大型タンカーを発見した。待望の大きな獲物に出会ったのだ。報国丸は速力をまし、この獲物をめざして急行した。距離八千メートル、報国丸の一四センチ砲は、一斉に砲門をひらいた。タンカーもけなげに、その小さな備砲で応戦してきた。しかし、大きさは同じくらいでも、こちらは歴戦の仮装巡洋艦。その報国丸にはとうてい及ばないのは当然だった。

タンカーの巨体は、たちまち猛火につつまれた。ところがその時、番犬のようにタンカーのそばについていた一隻の小型護衛艦が、にわかに報国丸の前に出現した。そして目前にせまった同艦は、応戦の火ぶたを報国丸にあびせてきた。不幸にして一弾は、報国丸の後部甲板に命中、火災を発した。さらにわるいことには、そこには味方潜水艦に補給するための、多数の魚雷が格納されていたからたまらない。万事休すだ。魚雷はつぎつぎに誘爆し、上甲板は、たちまちにして一面の火の海となってしまった。敵の護衛艦もまた報国丸の放った数弾をうけて、沈没の寸前にあった。

数時間のあいだ、母艦（船）をのがれた敵味方の乗員は海上に漂いながら、焼け沈んでゆく船を見まもっていた。そのころ、付近を航行中の僚艦愛国丸は、報国丸の急をきいて、いちはやく現場に急行しつつあった。愛国丸は海上に漂流する日英両国の乗組員をのこらず救助し、シンガポールに帰投した。タンカーの名はオンディア号（一万余トン）、護衛艦は英海軍のベンガル号、そして沈没地点は、奇しくも第一次大戦のとき、ドイツ軽巡洋艦エムデンが最期をとげたココス島の近海であった。

特設巡洋艦二隻のインド洋通商破壊戦

拿捕船回航班長が綴るオランダ油槽船回航と報国丸最後の周辺

当時「愛国丸」乗組・海軍少佐　安永文友

われ油槽船ゼノタ号を拿捕せり

「呉にて愛国丸に乗艦し、同艦長の指揮下に入れ」

命令をうけた私は、部隊編成などの情報が、佐世保鎮守府でははっきりしないので、とりあえず単身、呉に赴任してみた。ところが、呉鎮守府でも回航班の情報がつかめない。愛国丸は数日後に入港の予定とあるだけで、中央に行ったらわかるだろうという返事だった。

安永文友少佐

私は、この返事を幸いなことにして、東京の自宅に舞いもどってきた。翌日、軍務局に大前敏一中佐をたずねると、「そんなときは、呉の水交社で待機しているんだよ」と一喝されてしまった。大前中佐とは、私が佐世保で拿船《だせん》係をしていたときに、しばしば会っていたので、いわば旧知の間柄である。そこで回航班についての情報や方針を、いろいろと聞くことができた。それによると回航班は今度はじめての試みで、兵隊は佐世保からくるという。私は愛国丸の入港に間にあうように、東京からふたたび呉に帰った。

愛国丸に乗艦すると、部下も兵曹長につれられて、すでに到着していた。そこで艦長はじめ上級士官から、回航班についてのこまかい知識をあたえられた。

ところで、当のその愛国丸は大戦のはじまる前から、太平洋に出動して敵の通商破壊に従事し、こんど修理と補給のために呉に帰ってきていた。そして、その戦訓によって二つの回航班を愛国丸に乗艦させ、その修理のすみしだいに、インド洋方面の作戦に出動するとに定められてあったのだ。

大阪商船会社が南アフリカ航路用に建造した新船は、一万トンの豪華をきわめた貨客船であったが、その本来の航海に従事することもなく、特設巡洋艦報国丸、愛国丸となり、かなり高度の武装がほどこされてあった。すなわち、一四センチ砲八門、連装魚雷発射管二基、航空機二基、一二・七ミリ機銃二十梃その他であった。

こんどの出動には、洋上で潜水艦に給油したり曳航したりするので、その訓練もふくめて、艦本来の戦闘訓練などで昭和十七年の四月上旬をすごして、呉を出港したのが四月十二日で、そのままペナンへ直航した。愛国丸はペナンで第六艦隊の指揮下に編入され、潜水艦六隻をふくむアフリカ東部攻略部隊となり、休むまもなく、数日後にはペナンを出港した。

まずオランダ油槽船を捕う

インド洋の東部で訓練をくりかえしながら、愛国丸はスマトラの北端から南インド洋にぬけた。その途中で、しばしば同航の潜水艦に曳航給油をおこなった。

洋上の対潜警戒、索敵航行も、回をかさねるにつれて、最初のころの緊張度がなくなり、さらには食後の士官室でも、無駄ばなしが花を咲かせるようになった。時刻は日本時間をそのままつかっているので、朝が十時ごろになり、十六時ごろ昼食となる。そして日没ともなれば、外部の灯火はすべて消されて、各出入口も遮光のために二重おおいとなり、暑くるしい艦内は、いっそう圧迫感におそわれる。

五月八日、午前の配置教育のときに、私はなんの気もなく、敵船への移乗を想定した訓練を実施した。これを見て他の分隊では、なにをやっているのか、と言わぬばかりの顔をしていたが、私はかまわず一応の訓練をやりとおした。これが後から考えると、非常にいい結果をうむことになる。

五月九日の朝食のあとで、士官室にくつろいでいると、とつぜん「戦闘配置につけ」のブザーが艦内に鳴りわたった。おたがいに顔を見あわせながら、「訓練にしては、ちとおかしいね」「いや、本物だ」「敵商船らしい」つぎつぎに情報がくる。急いで服装をととのえて、艦橋に上がっていった。

以下は、その当時の報告書の一部である。

——昭和十七年五月九日、インド洋作戦に従事中の、甲先遣支隊付属の報国丸、愛国丸は、明十日に施行されるべき洋上補給点にむかって針路を南西にとり、一路、原速にて両艦が並航して進航中、愛国丸が午前八時ごろ、はるか前方に一商船の片影を認めたり。ただちに僚艦に通報するとともに、その商船にむかって行動を起こせり。長大なる前檣と後檣の間隔が異状にひろく、かつ後方に煙突らしきものあるは、一見して油槽船と想像せられたり。当時の天候は晴曇相なかばし、南東の季節風は十四、五メートルにおよび、海上すこぶる波高し。

はじめ、その商船は針路を北西にとるがごとく、ちょうど味方両艦の前方を左右に通過せんとせしも、やがて本艦などの近接するや原針路を変更し、あるいは同航のごとく、あるいは反転のごとく不定なりしも、報国丸よりの威嚇砲撃によりついに停止せり。後より判明せることとなるも、このとき船長の所持せる、かなり高度の無線暗号書を海中に投入せりという。その間、その商船はオランダ国旗をかかげ船名符号を表示するなどして、反撃に出ることもなく、後部に有する砲台にも人員を配置せず、初期より抗戦の意志なきもののようであった。

やがて本艦との距離半浬《かいり》に近接するや、命により、愛国丸より臨検隊が派遣せられ、小官もまたこれに同行して同船におもむき、臨検ならびに拿捕決定に立ちあい船長を訊問した結果、別項のごとき事情が判明し、かつ同船は去る四月三十日、豪州ゼラルトンを発し、ペルシャ湾アバダンにむけ重油積みとりのために航行の途中であった。

乗船後ただちに無線電信ならびに船内武器を押収《おうしゅう》し、いちおう危険のないことをたしかめるや、このむねを愛国丸に通報するとともに、第九回航班の移乗を開始されたき旨を信号す。

このときまでに乗員一同は恐怖心と好奇心あいなかばし、眼前に展開しつつある諸種の現象を異状な関心をもってながめていたが、小官一同を集め、愛国丸艦長の命により帝国海軍

昭和17年7月、シンガポール・セレター軍港に碇泊中の愛国丸。全長160.8m、速力20.9ノット1万437総トン。18年10月には特設運送船となり、19年2月17日、トラック大空襲により沈没

これを拿捕し、ペナンに回航する旨を宣言し、生命財産の保証をあたえ、各自いままでの職場を忠実に継続するよう厳命せり。ときに午前九時三十分、オランダの国旗を降下し、あらかじめ用意せる帝国軍艦旗を掲揚せり。（以下略）

声涙ともにくだる船長の命令

敵の商船が停止すると、その前檣の檣頭に、寝具に用いるシーツをかかげた。これは商船には白旗を所持していないため、その代用として思いついたらしい。こちらの艦橋から見ていたら、そのあわてたさまが手にとるように見えた。

回航班の移乗は波が高いために困難をきわめ、本艦常備のカッターを往復させるのだが、つねに風下に向かわせるように私自身が敵商船を操船して、愛国丸との関係位置を調整させた。それでも往復の途中は、波間にかくれて、カッターは、ときどき見失われるようであった。

時間節約のために一部の荷物のみを積載したが、移乗完了までには四時間を要し、正午すぎ万歳をとなえてペナンに向かった。愛国丸では総員が見送ってくれて、三層にわたる旅客船型の甲板には、乗員たちが鈴なりになり、万歳の声がインド洋を圧するばかりであった。

私の回航班は全員で二十名たらず。そのなかで、航海のわかるのは私ただ一人だけ。これでは、どうしても航海当直は、いままでどおり敵の航海士を使用するより以外に方法がない。正午の位置を出させて針路は私が定めた。部署をきめて、要所要所には、銃剣所持の部下を立たせたが、これは船長の要請ですぐにやめた。俺はもう完全に降伏したのだからやめてくれというのだ。

夕刻、船長は乗組員を集めて、声涙ともにくだる挨拶をしていた。昨日は他人《ひと》の身、今日はわが身——私は、そばで聞きながら、他人事ならぬ気がしてならなかった。

「これから、どうなる運命かわからないが、戦争が終わったら、きみたちには出来るだけのことはしてあげたい」と船長は、オランダ人十二名、下級船員中国人三十八名の前で、粛然と話していた。

「しかし、いまは、どうにもならない。私は船長だが、一切の権限は……」と語りかけて、私の方を指さして、「あの士官がにぎっている」といった。船員たちは頭をたれて聞いていた。これらの中国人たちは、いずれもシンガポール出身だった。

最初の晩が、もっとも心配だった。乗組員の間に兵隊をまじえ、突発事件にそなえる用意をして、山と川の合言葉もきめて、私は船長の隣室で軍刀をにぎったままで寝た。船長も、かなり緊張していたらしい。私は、ことっと音がしてもすぐに眼がさめた。彼も同じだったようだ。真夜中まで私の室の動静に注意していたらしい。

機関長に反抗する下級船員

翌日は各種兵器の試射をし、船内の検査をおわって、昨日わりあてた各部屋の修正と入れかえなどで、だんだん落ちつきを取りもどしていった。話し合ってみると、船長も人間的にはなかなか立派な紳士で、私と同年輩だった。「お前もマリーン出身なら、俺の気持もわかるだろう」と船長はいう。「うん、よくわかる」と私も同調した。

ところが、ここでおもしろいことが起こった。機関部の中国人が、オランダ人の機関士のいうことをきかなくなった、と機関長から苦情が出たのだ。言葉のわからない兵隊は、それ一大事とばかり警急呼集をかけた。「なんだ、なんだ」と回航班一同が、武装もものものしく集まってきて、よく事情を聞いてみたらこうだ。

乗組中の下級船員の中国人たちは、いまだかつて、せっかくの大砲を一度も使用したのを見たことがなかった。ところが、きのう船を拿捕すると、日本人は今日すぐに試射してみる。そして、てきぱきとオランダ人を指図していく。この光景を見て、すっかり日本人を信頼し、いままでのようにオランダ人士官に従順でなくなったらしい。そこで機関長からの申し出となったらしい。仕方がないからしばらくのあいだ機関室に、銃剣の武装兵一名を交代で配置

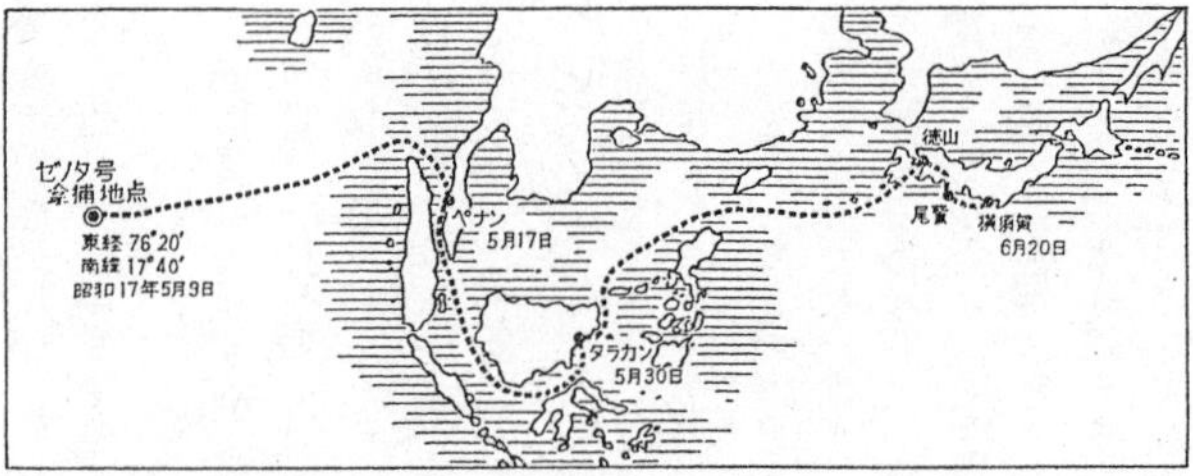

することにした。

スマトラに近づいて、日本機の哨戒圏内に入り、やっと安心して中央に無線連絡した。そして五月十七日午後六時、ペナン着。在港の日本艦船がいっせいに砲門を本船にむけて配置についている。

「これは、どうしたことか？」私は、いまにもぶっ放そうとしている味方艦船にびっくりして、信号兵に「ワレ拿捕船」と信号を送らせて、ようやく事なきをえて根拠地隊司令部に出頭したら、いの一番に、「きみは、オランダの国旗をかかげて入港したのか」と、きついお小言をくった。

そこで私は「海軍の旗章条令どおりにしてきました。軍艦旗は、ちゃんと所定の位置に掲げておきましたが」とこたえると、参謀は「そうか、旗章条令どおりか」とつぶやいて、急に語気をやわらげた。

その後、本船は連合艦隊から以後の行動についての指令のくるまで、ペナン港に待機していたら、タラカンに寄って油を積んで、徳山に回航せよといってきた。

そこでペナンを出港したものの、タラカン付近の海図が不備で非常に困惑したが、船長と研究してどうにか三十日の夕刻、タラカンの桟橋に横付けした。もちろん水先案内はいないし、海図も外国版がぜんぜん手に入らない。あるのは日本版の大尺図だけだ。そのうえ回航班には暗号書もすくないので、事前連絡がなかなかとれない。

ここでも、近々のうちに第二艦隊が補給に入港するので、本船に積む油はないという返事だった。そこで私は、こういう命令をうけておりますが……と言って、GF（連合艦隊）命令を見せたら、「これは、こっちのほうが強い」と、ぶつぶつ言いながら職員は帰っていった。そして、そのあとから「明日六千トン積むから、その用意をするように」といってきた。

大瀬すなわちゼノタ号

タラカンから徳山間は、敵潜水艦の跳梁がひどく、情報の入手、航路の選定がむずかしい。日出日没時には総員を戦闘配置につけ、ジグザグコースをとるなど、あらゆる努力をして、六月十日の午後三時、徳山港外についた。

ところが、徳山についたら横浜にいけという。「まあ、ちょっと休ませて下さい」と徳山港外に一泊した。この船には当時、日本内地ではめずらしいキャンバスや砂糖などがたくさんあったので、軍需部の所望にまかせて分けてやったら、新鮮な野菜や魚類などが支給された。

ところが、暑いなかをさんざん苦労してきた班員たちは、その健康状態が思わしくなかったのか、あるいは、この新鮮な野菜や魚類をとったのが原因だったのかしらないが、徳山を

特設巡洋艦艦名一覧表											
艦名	基準排水量	徴用年月日	沈没年月日	沈没場所	沈没原因	艦名	基準排水量	徴用年月日	沈没年月日	沈没場所	沈没原因
金城山丸	3,262	昭16・2・3	昭17・5・4	トラック北西	潜水艦	能代丸	7,189	昭16・5・1	昭19・9・24	マニラ港	飛行機
浅香丸	7,398	15・12・24	19・10・12	馬公	飛行機	報国丸	10,439	16・8・29	17・11・11	インド洋	砲撃
金龍丸	9,309	13・8・31	17・8・25	ソロモン	潜水艦	盤谷丸	5,350	16・8・27	18・5・20	ヤルート島	潜水艦
金剛丸	8,624	16・8・6	17・3・10	ラエ	飛行機	浮島丸	4,730	16・9・3	(20・8・24)	舞鶴	機雷
愛国丸	10,437	16・9・1	19・2・17	トラック付近	〃	清澄丸	6,991	16・11・6	19・2・17	トラック付近	飛行機
粟田丸	7,398	16・8・17	18・10・22	沖縄沖	潜水艦	赤城丸	7,389	16・11・23	19・2・17	〃	〃
西貢丸	5,350	16・8・21	19・9・18	14—20N 120—05E	潜水艦	護国丸	10,439	17・7・27	19・11・17	33—31N 129—19E	潜水艦

(出典：丸 Graphic Quarterly No20 1975年4月　潮書房発行)

出てから大半が下痢にやられてしまった。私自身が高熱を出していてどうにもならない。うるんだ目で、串本の沖、大島の内側を指でおさえて、ここに投錨しろと船長に命じた。

船長は命じられたとおりに投錨したが、あとで考えると、前の晩、土佐の沖で、ほとんどの班員が下痢をして衰弱していたとき、よくもまあ、敵の船員たちが反抗して、われわれを倒して逃亡を企てなかったことか、と感心したり、空恐ろしくなったりもした。

本船が投錨するとすぐに、当地の警備艇がやってきた。驚いたことには、その警備艇には第九回航班員の名簿があり、土地の医者も連れてきた。

ひととおり診察して、大したことではないので、二、三日養生すればいいだろうと言って帰っていった。ところが私には、警備艇になぜ第九回航班の名簿があったのか、いまでも不思議でならない。

熱も平熱になり気分もよくなったので、いよいよ最後の航海についた。尾鷲湾から船団が毎日、東京へ出るからといわれて尾鷲まできてみたが、一向にそれらしいものもない。とうとう単独航海を決意して、遠州灘を東にむかった。神子元島の灯台も灯火なく、二等運転士に起こされて船橋にいったときには、あやうく大島に乗りあげるところだった。

それでも六月十七日の未明、東京湾に入り、船形《ふなかた》の沖に投錨した。機雷海面は横須賀鎮守府の教導でとおりぬけ、夕刻にいたって、横浜の日本石油横浜製油所の桟橋に横付けされた。油陸揚げののち、本船は民間に払い下げられる予定であったが、検分にきたお歴々が、その船のりっぱさに驚いて、払い下げをとりやめて、急に海軍の特務艦に編入されることになった。そこで本船は六月二十日の午前、横浜港の第七号岸壁に転繋し、横須賀捕獲審判所に引きわたされた。

こうして私たちは、ぶじに任務を終えて、つぎの作戦に出動すべく、呉に向かった。そして本船の敵の乗組員たちは、のちに上海へ護送されたとのみ聞いている。帝国海軍に、しばらくのあいだ名をとどめた特務艦大瀬とは、このゼノタ号につけられた別名である。

愛国丸艦上で見た報国丸沈没の真相

軍隊とは、どういうものなのか。私は近頃わからなくなっている。もともと戦争というものには、平和な時代では想像もできないような美談や誤解をうむものだが、それが、その人や遺族にとって、幸か不幸かは別として、あの戦争の一つの現場にいた私は、やはり目撃した事実を、正直に明かさずにはいられない。それが義務だと思うからで、けっして死者に鞭うつ気持はすこしもない。

昭和十六年九月、大阪商船会社が南アフリカ航路用として建造した一万トンの貨客船二隻が、南アフリカ航路につくことなく海軍に徴用されて、それぞれ報国丸、愛国丸となったこ

昭和17年9月、セレター軍港の報国丸。愛国丸とは迷彩が異なる。右は特設運送船の第二図南丸(65頁参照)。報国丸は15年6月竣工で、16年8月海軍籍編入。写真撮影当時、前後の船倉内に補給用弾薬や魚雷ガソリンの格納所を設置したが、これが11月11日に被弾誘爆沈没の一因ともなった

とは、すでによく知られている。初代の艦長は、報国丸が藍原有孝大佐、愛国丸が岡村大佐（いずれも予備役）で、乗組員の大部分は船つきの船員で、召集予備軍としてのこっていた。武装は一四センチ砲八門、五三センチ魚雷発射管連装二基、偵察用飛行機二機、七・七ミリ機銃数梃であった。

報国丸と愛国丸は昭和十六年十二月八日、太平洋戦争が勃発すると、仮装巡洋艦として南太平洋に出て、通商破壊作戦（商船攻撃）をおこなっていた。そして十二月十三日には、米国商船ヴィンセント号を、昭和十七年一月二日には、おなじく米国商船マラヤ号を、それぞれ撃沈して緒戦の戦果をかざり、二月十二日、呉に帰役した。その後、整備をおわると四月

十二日、ふたたびマレー方面へ出撃した。

四月二十日には第六艦隊に転属され、インド洋方面の通商破壊戦にしたがっていた。そして五月九日、オランダの油槽船ゼノタ号を拿捕し、八月十日、補給のために一度シンガポールに帰り、ここで任務をとかれた。

そして十月——。報国丸には今里博大佐が、愛国丸には大石保中佐がそれぞれ新しい艦長として着任していた。二隻の仮装巡洋艦は作戦のつごうで陸軍部隊を、シンガポールからラバウルまで送ってくると、三たび通商破壊のためにインド洋に出撃していった。

報国丸、危険な突進を開始

インド洋では、わが第七戦隊によって敵は多数の商船を撃沈され、また、その後、第六艦隊の先遣部隊による通商破壊や第七戦隊の再出撃にそなえて、英国側も機動部隊をセイロン島のコロンボに配置するなどして、ようやく戦備をととのえつつあった。そういうところへ、報国、愛国の二隻がとびこんでいく結果となったのである。

十一月七日の早朝のことだった。両艦がジャワ〜スマトラ島間のスンダ海峡を通過してインド洋に入ったとき、スンダ海峡の片隅に潜水して警戒配備についていた敵の潜水艦に、聴《ちょう》取《しゅ》発見された。さいわい直接の被害はなかったが、敵潜はその後、浮上して、コロンボあてに長文の暗号電報を発信した。さっそく、インド洋全域に敵の警戒電が発せられた。

多少の不安はあるにはあったが、両艦は強行進撃することになり、ほとんど真西にむかって、無電封鎖のままで航行をつづけた。あるいは単縦陣となり、あるいは並列となって、間隔をひらいたり縮めたり、日夜の別なく警戒態勢を厳重にして索敵をつづけた。

こうして西に進むこと三日、十一月十一日の未明、一隻のスループ（千トンたらずの護衛艦）にまもられたタンカー（油槽船）一隻を発見した。南緯四度五〇分、東経八八度五分付近である。艦内は日本時間をそのまま使用しているので、未明といっても、時刻は九時ごろであった。天候は快晴、風波また静かであった。

発見と同時に、両艦とも戦闘配置について増速した。私はいまでも、このときに、なぜ飛行機を発艦させなかったかと疑問に思う。しかし想像できる理由は、飛行機を発艦させるには艦を一時停止して、飛行機を艦側に吊り出さなければならない。見敵必殺をモットーにしていた当時の艦長は、気分的にも艦を一時停止させることができなかったのだろう。

しかし、燃料タンクにガソリンを満載している飛行機を、甲板に積んだままで敵との砲戦に入ることは、それだけ危険なことは、わかっていたはずである。また、そうした危険を承知のうえで合戦にのぞむならば、それだけの心づかいが必要とされなければならない。つまり、敵のスループの備砲は三インチ半の大砲が二門あるだけなのだから、敵の射程外にあって、これを撃沈するのが最上の方法である。ところが報国丸は、「最初に護衛艦を撃沈して、つぎに商船を処理せんとす」という信号を送りながら、しゃにむに突っ込んでいった。もちろん、報国丸は先任艦である。愛国丸は、この指示どおりに行動した。

すでに彼我の距離は、わが方の射程内である。報国丸は早くも発砲した。そして、ぐんぐん敵に接近していった。敵はかなわないと見てか、タンカーを置きざりにして、どんどん逃げていく。タンカーの方は、銃座に人はいるが発砲してこない。そして、だんだんタンカーの船足が遅くなった。

不運は不運を呼ぶものか

スループは、わが方より速度が遅いようであった。このため、どんどん逃げていくようだが、報国丸との距離がしだいに縮まりはじめた。

このとき敵のスループが発射した砲弾が、報国丸のマストのヤードに命中した。たいした被害ではないが、ヤードの破片が方々に散った。ところが運わるく、破片が飛行機の燃料タンクに命中した。あっというまに、タンクが破れガソリンが火を噴きだした。いや、そればかりか、流れ出したガソリンが、甲板の塗水道（甲板の外側のはしにある水を流す溝）をとおって、下の甲板に流れはじめた。そして、それがぜんぶ火になる。

飛行機の積んであるのは遊歩甲板であるが、そこから下の上甲板に流れる。そしてまた、上甲板の塗水パイプを通って下甲板に流れおちる。六百メートルはなれた斜め後方の愛国丸から見ていると、あれよあれよと思うまに、三層の甲板が火の海になった。

はじめは塗水道だけの油の火で、三層の甲板がそれぞれはっきりわかったが、火はいつまでたっても消えない。そのうちに木の甲板に火がついたらしく、だんだん火のかたまりが大きくなっていった。たちまち火だるまになり、全艦が炎につつまれてしまった。艦長は応急

17年8月、シンガポール在泊の報国丸。9月にはガ島への緊急輸送に従事

班長からの報告をうけて、「もう手のほどこしようはないか」といったという。

私の同僚だった第七回航班長は、このとき自分の船室に伝家の宝刀が置いてあるのを思いだし、取ってくるといって、みんなの止めるのもきかず艦橋を降りていったという。それが最後だった。彼が部屋についたと思われるころ、いままで水平だった艦が、とつぜん垂直になった。

私は慄然とした。報国丸は艦尾を水中に没し、燃えさかる炎の中に、船体中央部から船首の方が水平線上に直立しているのだ。

しかし、その瞬間、報国丸は急速に海中に没し去った。そのあとにはボートが五、六隻うかんでいて、水中にもがいている者を救い上げている。だが、こちらは砲戦の真っ最中である。救助にいきたくても救助にもいけない。

敵のスループはなかなか避弾がうまくて、命中弾をあたえることができない。敵の艦長は、あるいは砲術出身者だったかもしれない。高め修正弾から低め修正弾へ、こんどは挾叉《きょうさ》が出て命中だと思う十五秒くらい前に、敵は変針して弾丸は横にそれる。それをずっと繰りかえしている。こちらの大砲は八門あるが、片舷の四門しかつかえない。

敵は自分の射程外と思ってか、いっこうに撃ってこないが、全力をあげて回避している。そして逃げ足が、だんだん速くなる。

敵のタンカーに魚雷命中

延々一時間の砲戦がつづいたけれど、敵はとうとう逃げのびた。こちらは報国丸のボートのことが気がかりでならない。砲員も、もうくたくたに疲れている。そこで追撃をあきらめて、ボートのところに引き返した。

四隻のボートが浮かんでいる。泳いでいるものは全部すくいあげたというが、ボートの中は血でいっぱいだった。ボートから救助をはじめるときになって、ふと見ると、一万トンの愛国丸の艦橋は、海面からかなり高い。タラップに横付けしたボートに向かって、艦橋から艦長がさけんだ。

「元気を出して上がってこい」

兵隊は、無邪気なもので、はいと声をそろえていった。私は、このときの情景を思いうかべるたびに、なんども涙がこぼれおちる。

戦い敗れて、多くの負傷した同僚たちを乗せて、力いっぱいボートを漕いできた兵隊たちが、身体ひとつで僚艦に救われにくる。しかもなお、このときになっても序列をみださず、ある者は肩にかつがれて、ある者は戦友の手をかりて上がってくる。愛国丸の看護兵が、それらの傷ついた兵たちを、てきぱきと病室につれていく。

収容には、いくらも時間をとらなかった。が、敵のタンカーの処分をしなければならない。私は回航班がこのタンカーに移乗して回航するむねを進言したのだが、どうしても聞き入れてもらえなかった。艦長は、敵の機動部隊が進発してくるという情報をうけていたからだった。「一刻もはやく、この危険な海域から去らねばならない」艦長はそう考えていたのだろう。

敵のタンカーに命中した魚雷は、一本が中央部の船倉に、もう一本が後部の機関部あたりに命中した。タンカーの乗組員はびっくりして、みんな海にとびこんだ。その敵兵めがけて、愛国丸の機銃が唸りをあげた。敵兵たちは水中で立泳ぎをしながら、こっちを向いて手を合わせている。撃たないでくれ、といっているのだ。

「どうだろう、沈むだろうか」と艦長は、私にきいた。「大丈夫、沈むと思います」私は自信をもって答えた。ところが、これは戦後ずっとあとになって知ったことだが、私たちが去ったあと、敵の乗員たちはみんなタンカーのところへ泳ぎついて、応急修理のうえシドニーまで辿りついたという。「あれがね」と、私は首をかしげた。

気ばかり焦《あせ》っていた艦長は、私の「沈むだろう」という答えに、これ幸いと一路スンダ海峡にむかった。とうとう敵の哨戒機にもつかまらなかった。

ところで、愛国丸の射撃をうけた敵のスループは、いったん戦場をのがれたものの、やっぱり被弾がもとで、セイロン島に辿りつかないうちに沈没してしまったという。戦果は五分五分というところかもしれない。

先任艦長指揮のもとに

まるで夢のような気がしていた。今朝まで轡《くつわ》をならべていた僚艦いまやなし。戦争のならわしとは言いながら、なんという悲しいことか！　明治の帝国海軍のはじめから〝先任艦長指揮のもとに〟ということが多くの場合まもられ、実施されてきたが、あるいは、これが悪かったかもしれない。

艦長は、それぞれの自艦の戦闘能力を発揮することで一杯であるはずだ。戦場全体の判断は、もう一段上のほうから、なされるべきではなかったのか。

特にすぐれた人ならば、そのとっさの判断が戦局全般を左右する。だがあの場合、なにを好んで突っこむ必要があったろうか？　これは後に研究会でもだいぶ問題になったが、先任艦長に敬意を表して、とうとう発表されなかった。

それからまた二年たった。ある日、私は、予備学生出身の海防艦乗組の若い将校たちを連れて、兵学校を見学した。すると、その参考館に「インド洋上で壮烈な戦死をとげた今里少将」と題した大きな画架を見た。そのとき私は、なにか不思議なものが感じられてならなかった。「そんなものかな」という気持だが、なぜか、その戦死の情況を知りながらも、そのときは学生たちに話してやる気持にもならなかった。

特潜母艦「日進」ブーゲンビル沖の痛恨

輸送任務に出撃して対空戦闘の果て沈没した特潜母艦に捧ぐ鎮魂譜

当時「日進」機銃指揮官・海軍少尉　柴　正文

柴正文少尉

昭和十八年七月二十二日、水上機母艦日進《につしん》はソロモン海域のブーゲンビル島東方海上において、百数十機の敵機と交戦、数発の被弾により沈没した。当時、海軍少尉として同艦に乗り組んでいた私にとって初陣と呼ぶべきであろうか、この戦闘が敵とあいまみえた最初の体験であった。

その頃の思い出は部分的にはなまなましく昨日のことのように脳裏を去来する一方、関連する全般情勢についての多くは忘却のかなたに去り、若干の手持ち資料も散逸してしまっている。さいわいにも当時の日進航海長の鶴丸広次氏（当時少佐、海兵五八期）および乗組員小島光造氏（当時中尉、海兵七〇期）がかなり詳細な記録を保持しておられ、また畏友佐藤清夫君（海兵七一期）が関連資料を提供してくれたので、それらのデータを援用させていただきつつ当時を回想してみることとする。

昭和十七年十一月十四日、海軍兵学校を卒業したわれわれ七十一期の海軍少尉候補生五八一名は、即日、六隻の軍艦に配乗し、実務練習を開始した。実務練習とは平和な時代の遠洋航海にかわるもので、期間は約二ヵ月。六隻の軍艦とは第一艦隊旗艦の長門をはじめ伊勢、日向、扶桑、山城に、この頃あらたに戦列にくわわった最新鋭艦武蔵をくわえた最強力戦艦部隊であった。これらは、その頃までの帝国海軍の戦略構想のうえでは、きたるべき日米艦隊決戦の最後の鍵をにぎる〝虎の子〟部隊であったのである。

実務練習においては、行動海域は瀬戸内海にかぎられ、外洋に出ることはなかった。しかし、天測や実弾射撃をふくむ各術科訓練、航海中および停泊中の当直勤務、部下の身上取扱要領など第一線部隊の初級士官としての必須実務を、夜を日についで反復演練させられた。

昭和十八年一月十二日、実務練習が終了、上京して一月十五日、参内拝謁ののち、少尉候補生たちは南に西に北にそれぞれの新任地にむけて勇躍出発していった。候補生たちの新配置は、約百名が霞ヶ浦航空隊の飛行学生（三九期）、若干名が南西方面第一線の陸上基地であったほか、大部分は連合艦隊所属の海上部隊であった。

当時、連合艦隊は、西太平洋全域に展開していたが、その主力はトラックやラバウル方面に所在していたので、この方面に向かうものがもっとも多かった。それらのものは、陸路呉に引き返し、一月十八日、呉を出発してトラックに進出する武蔵や瑞鶴などに便乗して出発した。また二十三日、横浜発の鎌倉丸に便乗して南西方面に向かうもの、大湊経由北千島方面に向かうものなどがあった。

日進。高速敷設艦として計画され14cm 連装砲３基を装備したが、水上機母艦からさらに甲標的母艦に変更して昭和17年２月竣工。ディーゼル艦なので罐用煙突がない。艦尾に水偵と射出機

ともあれ、一月十五日を期に三年有余の寝食を共にした五八一名のクラスメートは、たもとをわかった。その後、終戦までの二年七ヵ月の従軍により、五六パーセントにあたる三二七名が帰らぬ人となったのである。

開戦後、一年余を経過したこの時期、緒戦の赫々たる戦果に酔っていたころとは異なり、戦勢不利に傾きつつあった。人員の損耗は、いまだそれほどのこともなかったが、急速に戦線を拡大していったため、第一線部隊での初級士官充足率は低く、新少尉候補生たちの戦列加入は渇望されていた。そのためにわずか二ヵ月の実務経験しかない候補生たちも、第一線部隊に着任するや、その日からおおむね一人前の初級士官として迎えられ、遇せられ、そして責任をあたえられて活躍することになる。

私の新配置は水上機母艦日進《にっしん》乗組。そのとき日進は、連合艦隊主力とともにトラック島泊地に停泊していた。したがって南方組の一人として陸路、呉に引き返し、

武蔵に便乗して一月十八日呉発、二十二日トラック着、日進に着任した。

もっぱら輸送作戦に使用

この頃のトラック環礁内は、いまだ敵航空機や潜水艦の攻撃にさらされることのない安泰な艦隊泊地であった。真冬の内地を出てわずか四日後であったが、トラックはもちろん常夏の地、純白の通常礼装に身をつつみ、総員集合の壇上で新着任幹部としておもはゆく紹介を受け、ここに初級士官としての勤務と生活を開始した。

日進の艦種は水上機母艦と称されていたが、じつは特殊潜航艇（真珠湾攻撃をおこなったものと同型）の母艦であった。基準排水量は一万二五〇〇トン、ほぼ一等巡洋艦なみの大きさであったが、装備や性能はまったく異なり、後部に特潜（特殊潜航艇）用の広い格納庫を有し、艦尾に大きい射出口が開いていた。

特潜搭載定数は十二隻、射出機は二基、収容用のデリック六基と特徴ある大型ガントリーをそなえていた。砲装は二連装一四センチ砲三基（六門）と三連装二五ミリ機銃八基（二十四門）。主機械は当時の大型艦としてはきわめてめずらしくディーゼルエンジンで、最大速力は二十八ノットであった。乗員は艦長伊藤尉太郎大佐（海兵四二期）、副長田中英一中佐（海兵五〇期）以下の約六百名であった。

日進における私の配置は当初、砲術士兼測的士、のち六月一日に少尉に任官すると同時に幹部に若干の異動があって、機銃指揮官に転じた。二五ミリ機銃二十四門の射撃指揮官として対空砲火の全責任が、当時、十九歳九ヵ月の若者のうえに課せられたのであった。なにもかもがはじめての経験で、無我夢中の勤務に明け暮れたが、後記するような日進のめまぐるしい行動のなかにあって、初級士官としては願ってもない修練の場があたえられ、しだいに自信らしいものを身につけていったように想起する。

日進は、昭和十七年二月に竣工して以降、私が乗艦するまでの間にガダルカナルやショートランドなどへの輸送にしばしば従事し、数回の会敵と若干の被害を乗りこえて、そのつど任務を達成していた。私が乗艦したのちの行動も、つぎに述べるようにめまぐるしいものであった。ただ、この艦の本来の任務である特潜作戦に従事する機会はなく、広い格納庫と高速とを利用しての輸送作戦にのみ終始した感がある。

昭和十八年二月　トラック発、呉を経由して舞鶴着、入渠。三月＝舞鶴発内海西部（特潜基地）経由呉着。四月＝呉発ダバオ経由スラバヤ着。五月＝スラバヤ発ラバウル着（魚雷艇輸送）、同発呉着。呉発北千島幌筵海峡着（運貨筒輸送）、キスカ撤収作戦支援。六月＝幌筵発大湊、横須賀を経由して呉着。

陸軍部隊を乗せて死出の旅へ

このようにして輸送に明け暮れていた日進にたいし、またまた特殊な輸送任務が下令された。それはマーシャルおよびギルバート方面に進出する陸軍の南海第四守備隊を、宇品から現地まで急速輸送することであった。

日進は七月五日、呉を出発して宇品に回航し、同守備隊の人員約七百名、兵器、弾薬、食糧を満載して同九日、宇品を発って臼杵湾において機動部隊と合流、そしてトラック島にむけ豊後水道を出撃した。

この機動部隊は、瑞鶴、翔鶴の二大空母と重巡五隻、護衛駆逐艦八隻からなる堂々たる陣容であったが、はからずも日進にとってはこれが死出の旅路となった。同月十四日にトラックに着いた。

昭和十八年の二月には日本軍はガダルカナル島から撤収、四月には山本連合艦隊司令長官が戦死するなど、戦勢日に日にわが方に不利にかたむいて行っていた。そして六月三十日、敵は突如ガダルカナル島とブーゲンビル島の中間にあるレンドバ島に上陸してきた。ここに第二のガダルカナル戦ともいうべき彼我の激突がくりひろげられた。七月十九日までにわが方は、巡洋艦神通および五隻の駆逐艦を失っている。また十七日にはブイン・ショートランド方面に敵機二百機による空襲があり、この方面海域一帯が機雷原と化した。

南海第四守備隊は、当初マーシャル・ギルバート方面進出が予定されていたのであるが、この戦勢から急きょ行き先がブーゲンビルに変更された。日進は七月十九日、トラックを出発して二十一日、ラバウルに着いた。さらにこの日の夜八時にラバウルを発ってブーゲンビル島北東をまわり、一路、同島南岸のブインをめざした。日進には萩風、磯風、嵐の三隻の駆逐艦が護衛についた。また二十二日の朝からは八機の戦闘機が上空直衛についている。日進のそれまでに経験した前線輸送にくらべ、今回の情勢は格別にきびしいものであった。

二十一日の夜、はやくも敵偵察機の触接を受けている。山本長官が戦死したころから、わが軍の行動が事前に敵に察知される事例があいついでいた。日進の行動についても敵はいちはやく察知し、牙をむいて待ちかまえていたのかもしれない。運命の時は刻一刻とせまりつつあった。

巨大な渦に呑みこまれた日進

日進の航行そのものは順調で、七月二十二日午後一時四十五分、ショートランド湾東水道入口のオバウ島北方二十浬《かいり》にさしかかった。このまま進めば、約二時間後の四時にはブインに着いて、揚搭の目的は達成されそうであった。しかしこのとき、左前方(東南方)遠距離、乱雲の切れ目に突如として敵機の大編隊が発見された。艦内にけたたましく「対空戦闘」のブザーと号令がひびきわたり、全員戦闘配置についた。機銃指揮官である私は、もちろん艦橋上面の指揮所にかけあがった。

「左対空戦闘」「左一三五度、高角四五度、来襲する敵爆撃機」砲戦号令は順調に口をついて出た。通常の訓練ならこのあと四つの機銃群(右舷一群、左舷二群、各六門ずつのグループ)にそれぞれ重点指向すべき目標を指示し、照尺を下令、各群からの「目標よし」「射撃用意よし」の報告をえて、機を見て「射ち方はじめ」と令するところである。

その訓練は平素いやというほど行なわれてきた。しかし、情勢はいちじるしく緊迫していた。当初、けし粒をばらまいたように見えた敵影は、ぐっと大きくなり、いくつかの梯団にわかれてつぎつぎに来襲する態勢が確認される。

先頭梯団はまもなく急降下態勢に入ろうとしている。こういう際の号令は、「各群砲撃はじめ」となる。この号令は、重点指向目標や照尺および射撃開始の決定を、すべて各機銃群指揮官の判断にまかせることを意味する。各群は即応して射撃を開始した。

やがて敵先頭梯団は急降下にうつった。左舷ほぼ正横から数機が急速に接近してくる。鳥が糞《ふん》を落とすような感じでパラパラと爆弾が機体をはなれるのが目撃される。飛行機と爆弾とがべつべつにグーンと艦にせまってくる。

引き起こした敵機が艦上すれすれに通過してゆく。ものすごい爆音だ。搭乗員の顔が見える。機銃弾はなかなか当たらない。爆弾のほうもそう簡単に当たるわけではない。ヒュルヒュルという不気味な音をのこして、艦の近くに、また遠くに水柱があがる。

最大戦速二十四ノットに増速した艦は、右に左に転舵、のたうちまわる格好で敵の襲撃をかわしつつ航行をつづける。しかし、敵機の梯団はつぎからつぎへ止め度もなくつづき、午後一時五十二分、最初の命中弾が艦橋前方左舷で炸裂した。轟然たる爆発音と大震動のあと、火炎と爆煙、甲板上をかけまわる人影、倒れている負傷者が見おろされる。

そのあとも機銃での応戦は間断なくつづけられたが、つぎつぎと命中弾があり、そのたびの弾片や爆風によって、身近の、また見おろす露天甲板上の戦友たちが、バタバタと倒れていった。

二時ころであろうか、会敵後十五分、最初の命中弾から八分ばかりにして戦闘は終結した。

館山湾に仮泊中の日進。水線長188m、速力28ノット、航続16ノット8000浬

日進は左舷に急激な勢いで傾き、みるみる海面がせりあがってきた。甲板上の人々はころがり落ちるようなかたちで海中に放りだされた。やがて日進は、巨大な渦をのこして海底深く沈んでいった。

乗艦者の八六パーセントが戦没

海中に放り出された私は、日進の残した巨大な渦に巻きこまれ、海中深く引きずり込まれていった。半透明灰色の海中至近の距離で、伊藤艦長がゆるやかに四肢を動かしておられる姿が見うけられた。

やがて目の前は暗黒にかわった。それはどのくらいの時間で、どのくらいの深さまで巻きこまれたのであったかわからない。人生二十年、これが最期か、という思いが脳裏をかすめ、水の中ながら熱い涙がほとばしり散るように感じた。しかし、ややあって突如として目の前がかっと明るくなり、私は海面におどりあがるような勢いで浮上した。

見わたす海面は一面に重油でおおわれ、渦の余波で大きく円をえがいて流れていた。ほどちかい場所で猛烈な火炎があがっていた。搭載していた航空ガソリンが流出、引火したものであろう。木材など大小の浮遊物にまじって生存者たちの頭がぽつんぽつんと見うけられた。だが、いずれも重油で真ッ黒によごれ、顔の見定めはつかない。上空にはいつまでも敵機がいた。波間にただよう生存者めがけて容赦のない機銃掃射がつづけられた。

三隻の護衛駆逐艦が空のボートをおろして退避していった。元気な生存者がこれに泳ぎつき、自分たちで漕ぎながらつぎつぎと波間の仲間をひろいあげていった。日没後、これらの駆逐艦が引き返してくれてボートは収容され、何人かの者たちは救助された。

だが、この日、日進に乗艦していた一二六五名のうち八六パーセントにあたる一〇八七名の人々はいまもなおソロモンの海で眠っている。すなわち、日進＝四八二名戦死（生存者七十三名）、海軍便乗者＝三十五名戦死（生存者十四名）、陸軍部隊＝五七〇名戦死（生存者九十一名）で、私の初陣は惨憺たるかたちで終わった。

若き日にひたすら祖国のためと信じ、死を賭して戦ったことに悔いはない。ただ、それは結果として生き残ったものの感懐にしかすぎないかも知れない。現実に命を捧げた人たちへの後ろめたさは、永遠に消え去ることはないであろう。とくに最後まで持ち場を守って勇戦した部下の機銃員たちにたいしては、なおさらである。

水雷艇「鳩」モンスーンの中を突っ走れ

八四〇トン鴻型四隻で水雷隊を編成、中国大陸沿岸を海上封鎖

当時「鳩」乗組・海軍少尉　相馬五郎

「大型ジャンク一隻発見——左舷十度四〇〇〇、左へ進みまーす」

トップ（前檣）の見張員が鋭く、緊張した声で伝声管をふるわす。私は艦橋の一二センチ双眼鏡にとびつく。焦点を合わせると、みよし（艇首）に大きな鬼の首の飾りをつけた大型ジャンクが、帆にいっぱいの風をはらんで全速力で走っている。

副直将校の航海士がただちに「先任将校、増速します」と報告すると、間髪をいれず「よーし、配置につけーっ」

ここからはもう、号令だけの世界に様相が一変する。

「両舷、前進強速」「見張員報告せよ」

「見張員、ジャンク三五〇〇」「ジャンク三〇〇〇、速力五」

道木正三艇長（大尉）が艦橋にのぼってこられた。艇は、ぐーんと艇首をジャンクの方にふりむける。ジャンクが視界いっぱいに大きくなる。スマートな船体の白い塗装が、目に痛

いようだ。

「ジャンク近づきます。距離二五〇〇」

「臨検用意、臨検隊整列」航海士の菊地予備少尉が臨検将校として、艦橋まうしろの甲板に隊員を整列させる。艇長は、まだ若い商船学校出の予備少尉に、こまかい注意をあたえた。航海士の頰に薄っすらと朱がにじんでくる。

鳩と同型の鴻型水雷艇の後部。右端煙突後方下の40ミリ機銃台と2番砲越しの後檣に軍艦旗が翻る

ジャンクに追いついた。近づくと、馬鹿でかさと船体の汚れだけが目立ってくる。吃水線の深さからみると、積荷は相当なはずである。艇はジャンクの五十メートル前で、ぴたりと停止する。艇長の経験によると、ジャンクといえども、うっかり見くびって横付けなどすると、ダイナマイトを投げ込まれ、あやうくこちらが無理心中させられようとした苦い思い出があるそうだ。

艇は一二センチ砲を大型ジャンクに向け、応戦準備を万全にする。乗員はもちろん戦闘配置について、息をころして成り行きを見まもる。臨検隊のボートは波に見えがくれしつつ、ジャンクに漕ぎ寄せる。

網梯子に一人がとりついた。ついで二人目……中国服の男が三名のぞきこんでいる。顔をひっこめた。三名が同時に顔を出した。すわッ、と全艇員が思わず立ちあがる。しかし、航海士を迎えるためだとわかって、こちらは溜息にならぬため息を吐く。二名の水兵を甲板に残し、航海士を指揮官とする臨検隊が船倉に消えた。キリキリと刻むような緊張が、艇内全員に重苦しくのしかかってくる。

鳩ってどんな艦種だ

この、いまにもピリリと引き裂かれそうな不安と息づまる空気のなかで、私はまったく反対の過ぎた日のことを取留《とりと》めもなく思い出していた。

昭和十五年十月十五日、時には薄っすらと冷たさを感じさせる風に頰をなでられながら、私は警戒駆逐艦沢風《さわかぜ》から水雷艇鳩《はと》乗組の電報をうけとった。「鳩ってなんだったかな」私は内令提要という赤本（秘密図書）を調べて、すぐ水雷艇であることがわかった。

艦長から、さっそく、どこにいるかわからぬ水雷艇の鳩あてに、「相馬少尉、いずれに向け赴任せしむべきや」が打電された。折返し、鳩艇長から返電がきたのを見て驚ろいた。「旅順にむけ、赴任せしめられたし」――なんとまあ、はるかなる遠きにいることよ。しかし、ぐずぐずしてもいられないので、約一週間後、大連に到着した。二年前、遠洋航海の

鳩と雉、鷺、雁で11水雷隊を編成した鴻型水雷艇。揚子江遡江作戦中の光景で12cm砲3基、煙突後方の機銃は40ミリから25ミリに換装。その左2番砲との間に見えるのが53cm 3連装発射管

途中に練習艦隊でおとずれたときの記憶が、あざやかによみがえった。

旅順のポプラ並木道を、馬車にゆられて約一時間、見おぼえのある旅順水交社の看板がとびこんできた。さっそく要港部に電話すると、鳩は要港部岸壁に繋留中ということがわかった。私は宿舎で、真新しい第一種軍装に着がえて、着任のために鳩にむかった。

突然——。

「よおーっ、待ってたぞぉー」と舷門から声がかかった。聞きおぼえのあるのもそのはず、クラスメートの酒井少尉だった。すっかり外地勤務がイタについて、キビキビした先任らしい態度である。私は酒井を見ているうちに、身うちに武者ぶるいのような、決意のような、渾然たる力の湧くのをおぼえた。

大型ジャンク拿捕曳航中

さて臨検隊が船倉に消えてから、まだ十分と経っていないのだが、鳩の全員は緊迫感でいまにも足がなえそうだっ

た。

「おそいな」誰いうとなく、そんなつぶやきが交わされる。機銃手は引き金の手を、ズボンにこすりつけている。多分あぶら汗がしたたる思いなのに違いない。

——私の想念が、またもとにもどる。

水雷艇の鳩は、昭和十五年十一月十五日付で、僚艇雉《きじ》、鷺《さぎ》、雁《かり》の三隻をあわせ、第十一水雷隊を編成（司令は海軍中佐・北村昌幸）した。ただちに支那方面艦隊に編入され、名実ともに外戦部隊となったわけである。

鳩が北村司令にひきいられて中支沿岸封鎖の任についたのは、東シナ海名物の北西季節風《ノースウエストモンスーン》が吹きすさぶ十二月中旬であった。このモンスーンと三角波にもまれて、木の葉のごとく翻弄される、わずか八四〇トンの小艇生活がはじまった。

あるときはローリングのために炊飯ができず、ピッチングのために用便ができないという幾日間かが過ぎていった。しかも、たった四隻で数百浬《かいり》にわたる（日本列島の約半分の距離）海域を、封鎖するのである。「まるで、ザルで水をすくうようだ」という声が上がるほどで、その効果たるや、きわめて怪しい。

東シナ海特有のミルクコーヒー色と灰色の雲にとざされた陰うつな空。この二色だけを見つめて暮らすのも、そうとうな神経の図太さを要求される。

——私が、緊張をときほぐそうと、チェリー（煙草）の一本をくわえようとしたとき、ジャンクの甲板に信号兵が走り出た。

「艦名不詳、発航地上海、乗艦者男十一名、その他一切の質問に答える気なし。指示を乞う」艇長の決断は速い。「拿捕を宣言し、曳航準備をなさしめ引き上げよ」

十二ノットの巡航速力をもつ本艇であるが、このジャンクを曳航すると九ノットになってしまう。それでも鳩は、堂々と東シナ海を行く。すでに「水雷艇鳩、大型ジャンク一隻、曳航中」と報告している。

風も凪ぎ、ローリングもゆるやかになってきた。さわやかに、高々と「両舷前進半速、入港用意」の声が艇内を透っていった。

第五駆潜隊キスカ湾 血染めの奮戦

四四〇トン駆潜艇三隻を率いて敵に挑んだ駆潜隊司令の戦闘報告

当時五駆潜隊司令・海軍少佐　三瓶寅三郎

横須賀を盛んな見送りをうけて出港したのは、昭和十七年七月二十九日だった。もう真夏に入って、好天の日がつづいていた。

突然「キスカ行きを命ず」の電報をうけたのが七月十五日で、出発まで十日あまりしかなく、その準備に忙殺されて、まとまった訓練など行なう暇などなかった。行き先が寒冷不毛の地アリューシャンだったこともあったが、電報をうけたときに、こんどは生きては帰れぬと覚悟をきめていた。なぜなら、七月十五日にキスカ港外で哨戒中の第二十五駆潜艇と第二十七駆潜艇が、米潜水艦グラニオンの雷撃をうけて二隻とも、一瞬のうちに撃沈されてしまったからだ。したがって、その後任のわれわれにも、一〇〇パーセントの危難が待ちうけているはずであった。

三瓶寅三郎少佐

アリューシャン列島の一年の大半は霧か吹雪に見まわれており、列島の島々には蘚苔類《せんたい》が幅をきかせて、ほかの植物といっても、ほとんど育たないところである。なぜ、こんな人間も生活できにくいところが作戦上、重要な位置をしめていたかといえば、当時、アメリカが日本を攻撃するコースとして、中、北、南の三つのコースが考えられていた。

中央コースとは、すなわちハワイ→ミッドウェー→ウェーク→グアムであり、南コースはハワイ→パルミラ→カントン→フィジー→豪州であった。ところが、日本軍にいちはやくハワイを攻撃され、またグアム、ウェークもわが占領下に入り、南コースにおいては東南太平洋の制海空権がわが方に握られ、まったくコース寸断の憂き目にあい、対日攻撃は絶望的となったのである。

ここにおいて、残されたのは唯一つの北方コースだけである。米国は早くから残る第三の道〝北方コース〟が対日進攻の最短距離であること、しかも米国領土内のため、作戦の際ここを通過する艦隊および空軍は、日本の脅威をうけないという利点に目をつけていた。ただ、アリューシャン方面は十一月はじめから翌年の四、五月ごろまで、酷寒の気象、降雪の天地、濃霧の世界となって港湾は凍結し、飛行機も潜水艦も基地にただうずくまらなければならない。しかし、いまはもう氷も解け、ガスも晴れる日が多い季節である。

アリューシャン列島のほぼ中間に位置するところに、列島最大のウナラスカ島があり、ここに有名なダッチハーバーがある。米国はこのダッチハーバーの軍事施設化を急いで、対日進攻に着々そなえていたのである。そしてさらにリューリューク湾にも海軍基地を設けて、

13号駆潜艇。13ミリ連装機銃右に爆雷投射機と装塡台各2基、檣上に軍艦旗

ここにも相当の施設を構築していた。これに対して、わが方もアッツ島およびキスカを攻略し、小部隊を送って十二月頃までに、これらの島々を占領して敵の部隊をおさえておくつもりであった。だが、予想もしなかったミッドウェー作戦が不成功に終わったので、敵がアリューシャン列島を通過する北方コースを南下して、本土に進攻するおそれが大きくなってきた。

そこで、急いでアッツ島とキスカの兵力を増強せねばならなくなったのである。敵の反撃も、日ましに激しくなり、アリューシャン列島をめぐる彼我の死闘が展開されていった。

決戦の日も間近し

大湊を出港してから海上にもしだいに慣れ、波も大きなうねりとなって、四〇〇トンそこそこの駆潜艇は、まるで木の葉のように上下左右の浮き沈みの波のなかに任せるしか方法はなかった。私は第五駆潜隊司令として第十五号駆潜艇（艇長＝木村清四郎大尉）に乗り、二千メートル間隔をもって第十四号、第十三号艇があとに続いていた。いつどこから、敵潜の攻撃があるかもしれず、千島からアリューシャン列島に近づくにしたがって、見張りを厳重にしていた。

相手は水中に姿を消しているのだ。いつ、どこから突然に襲いかかるかも知れない。一瞬の油断が取りかえしのつかない事態をまねくことになるにちがいなかった。

わが海軍では、駆潜艇などあまり重要視していなかったが、開戦近くになって、あわてて改良されることになり、吃水を増し、水中聴音機やソーナーの能力を上げて、昭和十五年に完成したのが第十三号型で、排水量は四四〇トン、全長四十九メートルである。速力は初期の艇の二十〜二十三ノットから十六ノットと低下したが、その反面、操縦性がよくなり、局地防禦や基地沿岸または近距離の船団護衛用に適していた。

しかし、駆潜艇の敵は潜水艦だけではなく、空からもある。その攻撃をうければ、身軽さを利用して逃げの一手しか方法がなかった。この弱点を、キスカでは連日攻めつけられたのだ。戦争であるからには、どんな敵ともわたり合うのが当たり前だったが、われわれをもっとも悩ましたのは、空からの攻撃であった。

忍法〝水すまし〟で避退

北海の六、七、八月といえば、この海域には濃霧が発生する時期で、一ヵ月のうちに陽の目を見るのは二、三日くらいのものである。横須賀を出港していらい八日目の八月五日、そ

第５駆潜隊の旗艦・第15号駆潜艇(昭和16年３月末竣工の13号型)。艦橋前方８cm高角砲。艦尾に爆雷投下軌条、その前の13ミリ連装機銃前方に　爆雷投射機と装填台　各２基がある。爆雷36個

の日は比較的に海上も見通しがよかった。

「島かげを発見！」という見張員の声に、みな甲板上に集まってきた。漁船にもみたない艇で、悪天候のなかを無事に目的地まで大したこともなくたどりつけたことに、私は安堵《あんど》の気持でいっぱいだった。それも各艇の艇長をはじめ航海士全員を一丸とした団結によるものと思っていた。

やがて、はっきりとキスカ富士も見えてきた。島全体には木もなく、のっぺりとして寒冷不毛の地という実感がひしひしとハラにしみてきた。港内には一隻の輸送船が、後部を撃破されたのか、船首を天につきさすように無残な姿をさらしていた。

われわれが繋留した近くには、三隻の潜水艦が停泊していたし、また波打ちぎわには、数機の水上機が翼をやすめていた。私は上陸して報告をしなければならないので、キスカの第五警備隊本部にいくと、司令の佐藤俊美大佐が椅子から立ちあ

がって迎えてくれた。

まず報告をすませると、司令はキスカの現状と敵の様子を一応説明してから時計を見て、「もう奴《やっこ》サン（敵機）のやってくる時間だよ。いま着いたばかりですぐとは御苦労だが、いますぐ帰艇して準備してください」と椅子から立ち上がった。

いそいで艇に帰って全員に準備を命じ、錨を上げ終わったとたん、東の方からにぶい爆音が聞こえてきた。空襲警報が鳴りひびき、すでに全員は各部署についている。駆潜艇の武装といえば、八センチ砲一門と、一三ミリ機銃があるだけだから、まともに飛行機とは戦えるものではない。それでも、なかには小銃をもってきて待機する者もいたが、当たるはずもなかった。

だんだんと爆音が近くなる。こちらも相手の出方をみて、身軽さを利用して逃げようと、敵機から眼を離すことができない。やがて、空の要塞B17と判明するぐらいに近くなってきた。ゆうゆうと銀翼を連ねてやってくる。近くにいた三隻の潜水艦も定期的な空襲に慣れたものか、いつのまにか安全な退避場所に入って姿を消しているようだ。

パッ、パッと爆弾を投下するのが見えた。好サンの目標は地上にあったから、われわれの近くには逸《そ》れ弾《だま》しか落ちてこなかった。そんなときは「面舵《おもかじ》」とか「取舵《とりかじ》」といったように、回避運動をつづける。三艇とも、それぞれ相当に離れたところにいたが、爆弾が海上に落下して、大きな水しぶきをあげ、いままで見えていた艇を、すっぽりつつんでしまった時には、はっとすることもあった。

しかし、その日の爆撃では三艇とも、少しの損害もうけることがなかった。

みごと爆雷投射で敵潜水艦を仕留む

キスカはアッツと異なって、六月の上陸いらい連続攻撃をうけていた。このころには敵は基地をダッチハーバーから、キスカとのほとんど中間にあるアトカ島に移し、『ルーズベルトの定期便』が一日十回という烈しさになっていた。

最初のころは、爆撃機だけしかやって来なかったが、われわれが参加したころには、アトカ島から来るのか、戦闘機もひんぱんに姿を見せるようになった。駆潜艇にとって戦闘機は、はなはだうるさい相手なので、夜明け前から日暮れまで、各艇は分散していた。

八月下旬のことだった。その日も、敵機の攻撃にそなえて分散していた。まず第十五号艇は、港口で丘を楯に錨鎖をつめて待機していた。また第十四号艇は入江にひっそりとしずまりかえっている。第十三号艇は、ちょうど哨戒の任務で港外に出ていた。

めずらしく、その日は晴れ上がって、見通しは相当遠くまで可能であった。各員を配置につかせ、幹部は艦橋で今日一日の予想をたて、その対策をねっていた。突然、見張りからの報告――「潜水艦の艦首」

「どこだ、どこだ」みんなの視線が見張りの示す方に集中する。なるほど艦首の前方、約七、八百メートルに見える。ハッとするほど近いところだ。海上はベタ凪だが、潜望鏡には白波はもちろん、さざ波も見えない。これは敵潜が最微速力で港内をのぞきにきたものだと判断した。馬場機雷長が、いちはやく駆け下りて抜錨を命じている。

キスカにきて初めての敵潜水艦だったので、みなが撃沈してやろうと張りきっている。高角砲をブチ込みたいと思ったが、いまは錨作業中のため、それも駄目だ。そこで体ごとブチ込んでやろうと目標にむかって突っ込んでいった。突進しながら、ここぞと思うところに、一つ一つ爆雷を投射する。それがつぎつぎと地響きをあげ、水しぶきをあげる。

艇を引き返して、効果を見る。

「油が浮いています」という見張員からの報告だ。そこで今度は油の浮いている地点に、もう一回、爆雷を投下する。これで敵潜も最期だろう。爆雷の静まった海上には、二、三十メートルの幅で、油が数浬《かいり》以上も流れだしている。航海長も「撃沈は確実です」と勝ちほこった顔をしている。

ところが、第十五号艇が幸先よい凱歌をあげたすぐあとに、空からのお返しがやってきた。

われわれは、これら戦闘機には、まったく手をやいていた。そのときの戦闘機の目標は、明らかに水上機基地の銃撃と、潜水艦にあったらしい。駆潜艇には目もくれない様子だ。爆音で、いちはやく潜水艦が潜航しはじめる。その航跡を目標に、戦闘機が執拗に掃射していく。

暗夜に燃え上がる荼毘の炎

九月二十九日、キスカ富士に初雪が降って、真白い姿を浮きぼりにしていた。いつもの通り、夜明けとともに各艇は分散していた。突然、けたたましい空襲警報が鳴りひびく。その日も、戦闘機の爆音がきこえてから数分もしないうちに、潜水艦上に掃射をはじめている。そのときは、もう潜水艦は水中に姿を消したあとだった。

やがて、敵戦闘機が帰りかけた。（奴サン帰ったか、ヤレヤレ）と思ったとたん、急に向きをかえて、われわれに向かってくるではないか。

「来たァ」と思ったときには、すでに艇首の方から一連射をあびていた。逃げる暇などない。艇尾からまたやってくる。一瞬に三掃射していた。

艇長伝令は胸を貫かれて即死だった。私も思わず伏せをしていた。そこには操舵長が倒れている。今沢航海長も、右大腿部に強い打撲傷をうけて動けないでいる。いそいで艇内をまわると、あちこちに倒れている者がいて、まったく惨憺たる有様をみせていた。見ると馬場機雷長も腹部に重傷をうけて、無残な姿で横臥していた。そのときの負傷者は、十数名にもなっていた。私は口惜し涙が出て、どうにもならなかった。

その日、暗くなってから戦死者を陸上で荼毘《だび》に付した。暗い夜であった。燃え上がる荼毘の火が、だんだんと強くなるにつれて、私の脳裏には、その日の戦闘状況がはっきりと浮かんできた。やがて火も消え、あたりがまた夜の暗さにもどっていった。

第十三号艇も、港外で敵戦闘機に出合い、川村喜一艇長は右眼を打たれ陸上に収容されていた。第十四号艇も同じように、帰途の敵戦闘機とまっこうから出くわしたからたまらない。香山辰雄艇長、荒井航海長も即死だった。

八〇〇トン小冠者〝八掃〟セレベス海の死闘

戦勢傾斜と共に機雷掃海でなく対潜対空戦闘に明け暮れた掃海艇の戦い

当時「第八号掃海艇」先任将校・海軍大尉　大久保平男

小艦艇の任務はまことに地味で、艦隊のような華やかさは、全然ない。敵をもとめてこれを粉砕するのではなく、敵の攻撃に対しては先制して撃破はするが、できるだけ敵を回避して損害を少なくし、戦力を増強するのが主な任務で、縁の下の力持ち的な存在なのだ。

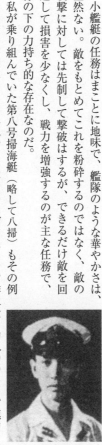

私が乗り組んでいた第八号掃海艇（略して八掃）もその例外ではない。簡単にこの〝八掃〟の要目をあげてみると、排水量＝約八〇〇トン、速力＝二十ノット、タービン機関、ボイラーは石炭重油混焼、主砲一二センチ単装二門、二五ミリ機銃数基、爆雷投射機二基、同投下機二基、特攻魚雷二（終戦直前搭載）、乗組員＝約一三〇名となる。

大久保平男大尉

だから、これから私が記憶をもとにして綴るところのものも、いわゆる戦記とは少しかけ離れたものとなることは否《いな》めないし、月日その他に多少あいまいな点があることを了解していただきたい。

『第八号掃海艇乗組を命ず』——私がこの命令を受け取ったのは、昭和十九年九月下旬、私が航海士（当時中尉）として勤務していた甲型海防艦対馬《つしま》の修理が、シンガポールのケッペル造船所で約半年もかかって、やっと終わりに近づいたころであった。

数分差の運命のいたずら

第二南遣艦隊（在スラバヤ）所属の八掃は、セレベス島のマカッサルを基地としていた。いわゆる現地転勤である。そのため、できるだけ身軽な状態で転勤する必要があった。ひとそろいの軍装のほかは不必要なものをまとめて、やがて船団を護衛して内地に帰る対馬の機関長付、名倉中尉にたのんで後任者の着任を待った。

そのころ南西方面（ボルネオ、ジャワ、マレー、スマトラ方面）は、もはや内地との交通網を分断される直前にあった。戦局は深刻な様相を呈し、セレター軍港に入港してきた艦隊も、数日後にはまたいずこへともなく出動して行った。レイテ海戦の直前である。そのころシンガポールにはまだ空襲はなかった。

ようやく十月中旬になって後任者が着任してきた。引継ぎを完了した私が対馬を退艦したのは、対馬が修理をおわって、海上試運転にでる前日であった。あわただしい中を、艦長以下の全乗組員が岸壁に整列して退艦する私を見送ってくれた。生きていつまた会えるかわからない一瞬だ。隊列を過ぎて、廻れ右、挙手の礼をしたときは、熱いものが胸にジーンと込みあげてきた。

翌早朝、シンガポール空港をあとにした私は、ジャカルタ経由スラバヤへと飛んだ。そして、さっそく八掃の動静を聞くため、スラバヤ根拠地隊に出頭して副官に挨拶した。

「大久保中尉、第八号掃海艇乗組を命ぜられ、ただいま到着、動静をうかがいにまいりました」南方焼けのした前額部のやや薄くなった精悍な顔の関谷副官は、ちょうど着任したばかりの予備学生出身の士官に対して指示をあたえているところであった。「やあ、ご苦労さま、八掃はいまマカッサルにおる。便ありしだい出発してくれたまえ。艇長も待っとったぞ」

「はっ」「便は追って知らせる。それまで水交社で待機していたまえ」

その待機中に私はレイテ海戦を知った。武者ぶるいするような気持で二、三日後にまた機上の人となり、マカッサル根拠地隊に出頭したのだが、ここでもまた運悪く、八掃はボルネオ南東岸のバリックパパンに向けて出港したあとだった。バリックパパン行きの便は、二、三日後にならないと無いという。

ここでは、連日連夜の空襲に見舞われたが、敵の目標は主に港湾施設と空港に集中され、岸壁の倉庫はほとんど破壊されてしまった。その空襲の間隙をぬって、大艇でマカッサルを出発した。バリックパパンまでは一時間足らずで、便乗者は防備隊に転勤するという兵曹長と私のふたりだけだった。

途中で、今朝われわれが待っていた桟橋が、出発直後に空襲をうけ破壊されたことを機長に知らされて、数分差の運命のいたずらに思わず身の引きしまるのを覚えた。空から見るマカッサル海峡の濃紺の海面に波頭が白く、ちょうど久留米絣の模様のように美しく、戦争という現実とは妙に対照的だった。

バリックパパンの夜は蒸し暑い。空襲警報のあい間に、基地の下士官が持ってきてくれた一杯の椰子《やし》酒（椰子からとったと称する即製の酒）を飲んで、しばらくまどろんでいた。すると真夜中に、とつぜん八掃からの迎えがやってきた。ヘッドライトを消した車に乗って数分後には、桟橋に横付けされていた内火艇の人となった。

湾内に投錨している灯下管制下の八掃に、いよいよ深夜の着任である。小さな舷梯をのぼって当直将校に案内され、先任将校も待っている艇長室に入った。種子壽美夫艇長以下の乗組員の暖かい出迎えをうけた。前任者の中野大尉は引継ぎをおわりしだい退艇しなければならない。空襲下のあわただしい中で、戦闘配置にいたるまでの細かい引継ぎを行ない、ささやかな別れの盃を汲みかわして三時間後に中野大尉は退艇した。夜明けまでまだ間があった。

双胴の悪魔P38を撃墜

私の八掃での職名は先任将校、正式には『第八掃海艇乗組、航海長職務執行』である。小艦艇の組織そのものは、戦艦と変わりがない。艇長の下で兵科の各科（砲術科、水雷科、航海科、通信科、運用科など）の長を兼務するのが先任将校。そのほかに機関長、主計長、軍医長などがいる。いずれも八掃乗組を命ぜられた大尉、中尉である。

掃海艇といっても、緒戦当時、敵地進攻に先立って行なわれたような、機雷堰《せき》の掃海任務はなくなり、海防艦や他の小艦艇同様に、輸送船団の護衛、対潜掃蕩が主な任務で、時には兵員輸送にも従事していた。そのため、パラベーンなどの掃海用具はジャワ東部北岸スラバヤの軍需部に陸揚げし、かわって爆雷や対空砲弾、さらに終戦まぎわには敵の水上艦船に体当たりするための特攻兵器として、魚雷をも搭載した。

さて、引継ぎを終わってやれやれと思ったのも束の間、休む間もなく警戒警報、砲術長としての私は艦橋の上にある指揮所に位置した。総員静かに配置についている。夜露にぬれた鉄兜が黒々と星空に動く。艇はいつでも動きだせるように、錨鎖のたるみを取り、機関の準

第7号掃海艇。第8号掃海艇は14年12月竣工の7号型2番艇で、南方海域で共に行動した。艇尾後檣の両舷に掃海索展張器。同型6隻の5隻が戦没

備も完了している。そのままの状態で緊張した時がつづく。二十分、三十分、東の空が白みはじめた。監視所から発光信号が飛ぶ。

「空襲警報発令」艇は敵機の来襲にそなえて湾内を微速で動きはじめた。静かに、そしてすべるように。そのとき突如、艦橋左舷後部見張員からの報告。「飛行機、左二六〇度、遠い、こちらにくる」

東の空からやってくる機数は六機。「取舵《とりかじ》一杯、前進半速」反転して艇首をそちらに向ける。同時に私は、「対空戦闘、左三〇度の敵編隊」の号令を下す。

ロッキードP38、初めて見るロッキードだ。双発双胴の不気味な姿を朝日にかがやかせて、本艇に向かってくる。測距員からは刻々距離が報告される。敵針、敵速、高度から、対空弾を用意した一二センチ主砲の砲手に射撃諸元をあたえ、艇長の「射ち方始め」の号令を待つのだ。二五ミリ機銃は射距離に入ったらいつでも射撃を開始するように、機銃群指揮官の通信士に指揮させている。本艇の主砲は水上砲なので、仰角に限度がある。あまり近づかないうちに射たなければならない。まもなく主砲の射距離に入る。

「艇長、射距離に入ります」「よし、射ち方始め、発射用意、射て!」

轟然と二門の主砲が火を噴いた。編隊の真上で第一弾が白い煙をあげて炸裂する。つづいて第二弾、敵は編隊をといて向きを変えた。目標を陸上、岸壁の施設に向けたようだ。艇の二五ミリ機銃も一斉に火を噴いた。陸上砲火はほとんど鳴りをひそめている。敵機は高度を下げて、岸壁倉庫に爆弾の雨をふらせて通り過ぎた。パッと黒煙が上がった。

　八掃も向きを変えて敵機が二度目の攻撃に反転してくるのを待った。反転してきた敵機に対して、二度目の対空砲が炸裂した。今度こそという祈りを込めて——。途端に一機が、白煙をたてて内陸のジャングルの方に向かって行った。

「やった！」と誰かが叫んだ。敵は本艇に対する攻撃をあきらめたようだ。しかし、今度は超低空で海岸につないである大発に向かって、機銃掃射の波状攻撃をはじめた。まるで赤子に襲いかかるライオンのようだ。無防備な大発のまわりに屏風を張りめぐらしたように水煙をたてて掃射していった。

　配置をとかれて、朝食の握り飯にありつけたのは九時ごろだった。その日の午後、補給をおわった八掃はタラカンに向けて、バリックパパンを出港した。約一昼夜の航程だ。翌日の午後、タラカンに入港する予定の輸送船の護衛強化のためである。しかし、輸送船は八掃の到着を待たずに、タラカン入口でロッキードP38の攻撃をうけて沈没してしまった。輸送船を護衛していた特設砲艦の甲板は、機銃掃射をうけて蜂の巣のようになっていたが、さいわい機関に異常がなかったので、八掃とともにスラバヤに帰投した。

　当時、スラバヤを基地として活躍していた艦艇には八掃のほかに、敷設艦若鷹、水雷艇雉《きじ》と雁《かり》、二号哨戒艇、十二号掃海艇、特設砲艦南海丸、一号駆潜艇、三号駆潜艇、五号駆潜艇、そのほか特設駆潜艇数隻。若鷹をのぞいてはいずれも小艦艇であった。

　総員戦闘配置につけ

8号掃海艇と共にスラバヤを基地として活躍した敷設艦・若鷹（昭和16年11月末竣工）。初鷹改良型の急設網艦で、機雷100個または防潜網24組を搭載。1600トン、全長91m、速力20ノット

八掃は休むひまもなく、対潜掃蕩や船団護衛に出動した。レイテ海戦では一敗地にまみれ、比島の攻防は熾烈さをくわえ、南西方面の部隊は完全にとり残されたかっこうだった。しかし、敵はとり残したまま放置したわけではなかった。南方方面の基地にたいする空襲は日増しに激しく、わが輸送網にたいする敵船の配備も増強された。ジャワ海、マカッサル海峡も例外ではなかった。

艦船の通航する要点には、必ずといってよいほど敵の潜水艦が待ち受けていた。そして、潜水艦による攻撃が不可能な浅い所とか、水路の出入口には磁気機雷を必ず投下していた。陸上施設よりも先ず海上輸送網を壊滅して孤立させ、各個に撃破していく意図は明らかだった。

昭和二十年にはいってからは、ニューギニア方面やフロレス海東部は、完全に敵の制海空権下にあった。それでもわれわれは日本の勝利を願って、海上輸送網の確保のために戦った。改E型と称する戦時

標準船が南方に姿をあらわし始めたのもこの頃で、南方から油を運ぶためにはるばる日本からやってきた商船の人々には、同じ商船出として頭のさがる思いだった。

　対潜掃蕩と船団護衛に明け暮れ、昭和二十年の元旦はどこで迎えたかも記憶に残っていない。そして、対潜掃蕩と船団護衛のほかに新たな任務が加わってきた。転進部隊の輸送や物資輸送がそれである。

　ミンダナオ島の南西に連なるスル列島のホロ島から、陸軍部隊をボルネオ東部北岸沖のタラカン島まで輸送する任務を与えられ、スラバヤを出港したのは、昭和二十年も二月に入ったころであった。航続力の関係から、速力は第一戦速の約十六ノット、重油と石炭を混焼させて蒸気をつくり、タービン機関をまわす八掃は、庫内から甲板上にあふれるほどに石炭を満載した。

　新任務を完遂するまでは、敵潜の攻撃を避けなければならないので、できるだけ浅い所をえらんで航海することにした。スラバヤからボルネオの南東にあるラウト島に向かい、マカッサル海峡はボルネオに接航してマンカリハット岬まで北上する計画をたてた。マンカリハット岬は、モロタイ基地からの敵機がセレベス島を通り、ボルネオ西岸のミリ方面を爆撃するときの通路に当たる。またマカッサル海峡からセレベス海に入る輸送船の起点として、敵の潜水艦が待機するのにもっとも好都合な場所であり、わが方にとってはいちばん警戒しなければならない所である。

　果たせるかな、バリックパパン沖を通過するころから「マンカリハット岬空襲警報発令」

とか、「○○時○○分、敵コンソリ何機北西に通過」の情報のほかに、付近の潜水艦情報もしきりに入り、急に通信科員がいそがしくなってきた。

敵の潜水艦は、二隻以上の集団で攻撃してくる。岬の南方一浬《かいり》ほどの所で待ちうけ、虎視たんたんと狙っているのだ。われわれは何とかこの窮地を切り抜けて行かねばならない。集団攻撃を回避するため、ギリギリの接岸航行で向かって行くことにした。左側は岸のマングローブの枝に手がとどくほどまで近寄り、水中電波探信儀では右舷側を警戒した。

スラバヤを出港してから三日目の午後である。すでに総員配置につき、爆雷戦も用意されている。岬が目と鼻の先に近づいてきたころ、探信儀は明瞭に潜水艦を探知した。

「右四〇度、二千メートル」「面舵《おもかじ》一杯、第三戦速」同時に雷跡三本、魚雷は浅深度のため明瞭な航跡を残して突進してくる。舷側のそばを音を立てるように通りすぎ、つづけざまに海岸のマングローブを噴きあげる。「投射用意、射て!」

探信儀で捕捉した敵潜の頭上を、爆雷をばらまきながら乗りきるように通りすぎた。ダダーン、ダダーン、ダダーン! 艇尾につきあげた爆雷の水柱からして、どうやら命中の手ごたえを感じた。直ちに反転して第二回の攻撃に移る。交差させた攻撃をくわえて、また反転する。

「艇長、油が出ています」一同思わず万歳を叫ぶ。油の湧出で撃沈を確認した後、艇首をふたたびホロ島に向けた。

われわれは、このすこし前に司令部から「セレベス海およびスル海方面、敵機動部隊遊弋中」の情報を受けていた。「艇長、敵さん大分ウヨウヨしているようですね」「先任将校、ホロ島には明日の明るいうちに入って、夜中に出港、危険水域を明後日の明るいうちに脱出することにしよう」「はっ、ホロ島の東側に直航して入れば、日没までには着きます。そちらに針路をとります」

セレベス海に入って、艇内はさらに緊張した。私は晒布《さらし》の腹巻をしめ直すとともに、腹巻の中の短刀をそっとおさえた。八掃着任直後に、金工長にヤスリで作ってもらった白鞘の短刀である。

途中、何事もなくホロ島には予定より早く着くことができた。すぐ陸軍部隊の乗艇を開始した。ただ一機残っていた零戦が、夕陽が沈むまで警戒してくれた。狭い八掃の甲板上は足の踏み場もない。数百人の将兵の約半数は栄養失調にかかっており、乗艦したとたんに倒れる者、戦友の肩にすがって歩く者、そのほとんどが疲労困憊していた。

わが八掃は危険水域を早く離脱するため、急いで夜間にホロを出港、第二戦速でスル列島の北側を南下、つぎの夜はタウイタウイ島の西方の島蔭の浅い所にかくれるように停泊した。夜は、航跡が夜光虫のために光り、偵察機に発見されるおそれがあるからだ。果たせるかな、夜半爆音が頭上を旋回したが、無事だった。

つぎの日、あたえられるだけの医薬品と食糧をあたえて、ホロ島から輸送してきた陸軍部隊を無事タラカンに上陸させた。そしてタラカンの港外にでた直後、タラカン島は空襲をうけて油井と貯油タンクから濛々とした黒煙がたちのぼるのが望見された。上陸したばかりの部隊の無事を祈って、八掃はマカッサル海峡に入った。

シンガポール沖に自沈

昭和二十年三月から五月にかけてはスラバヤ、マカッサル、バリックパパン間の船団護衛と対潜掃蕩に明け暮れた。空襲も一段とはげしくなり、艦船の通航する浅い所には磁気機雷が投下され、新たな危険がくわわった。

スラバヤ港南水道を八掃に続航して出港した駆潜艇が触雷して、轟沈してしまった。またバリックパパンからスラバヤへの帰途、わが八掃も触雷した。天井に突き上げられるようなショックと轟音に、泥水をかぶった艇は一瞬そのまま沈んでしまうような感じだったが、なんという運の強さか浮きあがってきた。

罐室当直員が四、五名ほど頭に軽傷を受けたていどで浸水もなかった。ただ、機関は台座が破損して運転不能になってしまった。沈没をまぬがれたのは本当に奇跡的である。加えて運よく、この時は単独行動でなかったため、僚艦に曳航され、潜水艦の攻撃に遭《あ》うこともなくスラバヤに入港、損傷修理をすることになった。

この修理には一ヵ月以上もかかった。戦局はますます悪化し、出撃する僚艦はつぎつぎに轟沈されはじめた。四月三十日には敵はタラカン島に上陸、七月一日にはバリックパパンにも上陸してきた。修理をおわった八掃は、パンジェルマシンに撤退したバリックパパンの部隊をスラバヤまで輸送した。七月中旬ごろのことである。

八掃が終戦を知ったのは、それから約一ヵ月後に、スラバヤよりマカッサルに向けて物資を輸送していた航海の途中で、マカッサルに入港する前日だった。誰もが信じなかった、いや信じたくなかったのだ。空襲もパッタリ止んだ。それでも現実に武装解除をするまでは、皆の心の隅にまた出撃命令がくるような気持が残っていた。しかし、現実はすぐやってきた。

ここで蛇足ながら、八掃の末路について一言付記することとしたい。

九月に入って自らの手で武装を解除した八掃は、スラバヤで連合軍に引き渡す準備を進めていた。最後の所轄長会議が十月一日、第二南遣艦隊の司令部で行なわれ、八掃の艇長も出席した。その留守中にインドネシア独立のノロシがあげられ、暴動がおこり、そのまま艇長は帰ってこなかった（艇長はのちに無事復員された）。

難をひとまず港外に避けた八掃は、ジャカルタに回航して局地復員輸送につくため兵員室を改造、スラバヤ東方のプロポリンゴからまず引揚げの第一陣を、シンガポールの南にある集結地レンパン島に輸送した。その後、レンパン島とパレンバン、メダンなどの間を往復して局地輸送の任務をおわった八掃は、昭和二十一年七月、シンガポールに回航、連合軍総司令部の命によって処分されることになった。

乗組員は一応、セレター軍港の重巡高雄に移乗することとして、その前日、総員で八掃の最後の身支度をおこなった。各水密隔壁には乗員の手で穴があけられ、最後の夜を過ごした。つぎの日、回航要員だけを残した八掃は、シンガポール海峡の南側、もっとも深いところに投錨、私の手によってキングストン弁が開放され、約三十分の後、艇首を沖天高くあげ、音を立てて自沈した。時に昭和二十一年七月十日午前十時、八掃は永遠の眠りについた。

戦後に船長としてシンガポール海峡を通るたびに、私は当時をまざまざと思い浮かべ、ひそかに八掃――第八号掃海艇の冥福を祈るのだった。

特設掃海艇「第二朝日丸」艇長の機雷最前線

貨物船改装二八三トンを駆って裏方任務に徹した予備士官の体験

元「第二号朝日丸」艇長・海軍少佐　隈部五夫

太平洋戦争がはじまってから、関門海峡の西口にあたる響灘の防禦海域に、わが軍は係維機雷を敷設した。これによって敵艦を撃沈することはなかったが、それなりの効果はあったかも知れない。

戦争末期になって、マリアナ基地を確保した米陸軍航空軍第二一爆撃兵団は超空の要塞Ｂ29を飛ばして、二五〇〇キロはなれた関門海峡に、本来、海軍の兵器である感応機雷を投下した。このころ、瀬戸内海と外洋をつなぐ唯一の航路となっていた関門海峡を航行する艦船は、これら投下機雷の上を航行しなければならなかった。

ところが掃海用具の不適切さもあって、掃海ははかどらず、多くの艦船は感応し沈められた。さらに航空機と組み合わされた機雷は、これまでのように味方陣営の前で敵を待つので

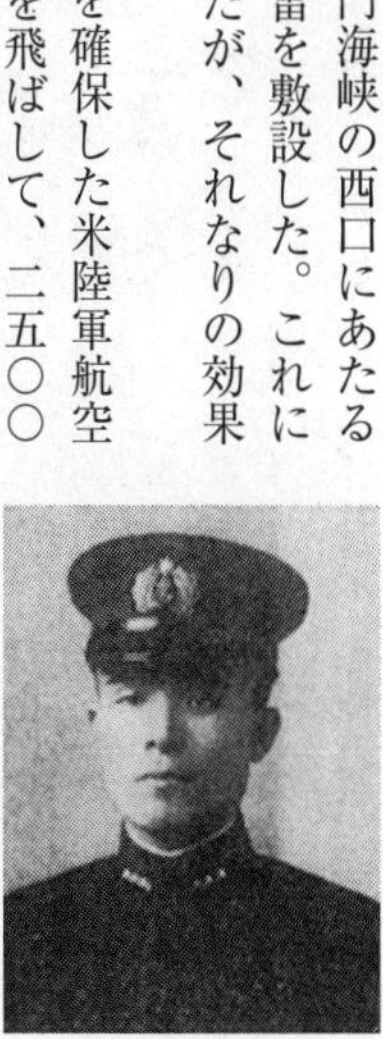
隈部五夫少佐

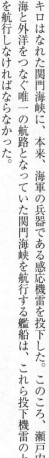

なく、敵陣の背後に深く攻め入り艦船を捕捉撃沈した。その威力は恐るべきものがあり、関門海峡の東口では昭和二十年五月二十五日に、「機雷による海峡封鎖を恐れ全艦船出港せよ」との命令による航行であったが、私の目の前だけでも十九隻の艦船が感応、撃沈または爆破された。

米軍戦史家カール・バーガー氏著『B29』によれば、戦争中に沈んだ日本船舶八九〇万トンの九・三パーセントは、この投下機雷によると記されている。さらにこれまで概数または総数で報ぜられていたため定かでなかった投下機雷の数も、同氏は一万二九五三個と明記している。これらの数字によって明らかにされているように、機雷は防禦兵器という通念は消され、効率のよい攻撃兵器となり、海上戦闘に複雑なあらたな道を開くこととなった。

私は昭和十六年九月十二日より二十一年六月五日までの応召期間中、特設掃海艇の第二号朝日丸と海防艦一五四号に乗り、米軍の感応機雷とわが軍の係維機雷の掃海にたずさわった。以下に私の見た機雷戦を記してみたい。

次つぎと犠牲者の出るなかで

特殊艦艇のなかに、掃海艇という駆逐艦に似た小型艦があった。しかし太平洋戦争がはじまってからは船団護衛の任についたので、おそらく掃海することはなかったであろう。開戦直前に小型商船を改装し、召集された海軍予備士官を乗り組ませた一〇六隻の特設掃海艇があった。掃海はこれら特設掃海艇が受け持つこととなったが、戦線は後退につぐ後退で、つ

呉防備戦隊所属の特設掃海艇。貨物船や捕鯨キャッチャーボート等を徴用

いにその出番はなかった。

特設掃海艇は二隻ないし六隻が一隊となり、二十五の掃海隊に編成された。防備隊その他の要所を基地として、主として潜水艦の哨戒にあたり、敵を発見したら掃討にうつった。機雷のない設定航路があれば、通航する船舶にその航路の指示をおこなった。艇ほんらいの任務である掃海訓練は、事情の許すかぎりおこなったので、係維機雷の掃海に関しては自信を持ち、波の高い海でも実施するまでに成長した。

その掃海隊に三年以上もいながら、米軍の感応機雷について何の知識も持っていなかった。この感応機雷は日本近海に投下される前に、台湾の高雄に投下されていたといわれていたが、なぜか知らされていなかった。

元来、掃海隊は裏方である。波頭を蹴って敵に突進し、魚雷を発射するほど勇ましいことはない。ところがわれわれは敵兵一人もいない海上で、つねに触雷の危険にむかって突進している。つぎの瞬間の生命の保証はない。軍人はおなじ戦闘に参加するなら、このように敵を撃つことなく、ただ敵側から一方的に痛めつけられるだけの配置を志望する人はいないだろうと思いつつ、掃海隊から逃れることはできなかった。

鋼球に火薬をつめ、触角をつけ、鋼索で錘《おも》りにつなぎ、そして海中に沈めたものが係維機雷と呼ばれている。船が触れたら爆発する。水面下にあるから発見することはできず、船は避けて通ることができない。太平洋戦争がはじまってから、関門海峡の西口には、この機雷が敷設された。毎日哨戒していて、ここまでは敵の潜水艦も入ってはこないとおもわれた海域であった。

哨戒艇としては安心する一方、もしわが艦船がその上を航行することでもあれば、大事となるので心配した。しかし指定航路を艦船が知ってからは、航路を指示する必要もなくなって気が楽になった。

機雷は係維索が切れないかぎり、錘りによって海底に固定され、潮の流れによって頭をふることはあっても、持場をはなれない忠実な番人である。つねに爆発の準備をととのえて、敵の近づくのを待っている。しかも大量の火薬をもち、水圧のくわわる船底で爆発するので、艦船に大きな損害をあたえる。もし機雷を敵の艦隊の前面に大量に敷設することが可能ならば、有効な攻撃兵器となるであろうが、艦艇による敵前敷設はのぞめないので、防禦兵器の域を脱することはできなかった。

三年以上も特設掃海艇に乗り、事情のゆるすかぎり掃海訓練を実施していたが、ついに一度も機雷掃海の機会はなかった。戦争が終わって、沈まなかった艦艇は、その母港に集結した。動ける艦艇は復員輸送に出ていった。ところが私の海防艦は「掃海艇に改装し掃海せよ」との命令がくだされた。そこでわれわれは「せっかく生きて帰れたいまになって、また戦闘と同じ掃海などできるか」と反発したが、結局は命に従うこととなった。艦が呉の所属であったので、豊後水道の水上艦艇および潜水艦にそなえた機雷堰《せき》と、日向灘の上陸用舟艇を目標とした深度の浅い機雷の掃海を実施した。掃海方法は、甲乙二隻の掃海艇が鋼索を引き、機雷の係維索を鋼索の摩擦によってこすり切り、浮上した機雷を後続の処分艦が銃撃するだけの作業であった。

それでも掃海索の組み合わせを変え、浅深いずれの深度の機雷もかならず捕捉する方法で、敷設機雷は一個も残さず処分することができた。上陸用舟艇を目標とした機雷は、深度が浅く、水面に露出したものもあって、危険度が高かった。艦船が触れるのを待つ機雷にむかって掃海艦が進むのであるから、触雷の危険はつねにつきまとっていた。日向灘では処分艦が浮上した機雷に触れて大破し、同じころ、対馬海峡で掃海中の海防艦大東《だいとう》が触雷した。悲しいことであり、掃海することの危険の大きさのあかしとなった。艦長以下の殉職された方々のご冥福をお祈りする。

容易ではなかった掃海作業

私が乗った海防艦第一五四号は、昭和二十年四月十日に編成された第七艦隊に、同日付けで編入された。任務は関門海峡東部の、投下機雷の監視と掃海部隊の指揮であった。そのため四月十九日に福岡・部崎《へさき》灯台の南東一五〇〇メートルの地点に投錨し、任務についた。

この日までに、関門海峡には機雷が投下されて沈没した艦があった。この機雷を磁気機雷と呼んでいたので、それだけの知識しかなかった。知らないことは有難いことで、部崎までの航行も平気であった。後日、陸上に落下した機雷の起爆装置を調査し、その性能が判明したときには驚かされ、よくもこの危険な海を航行したと、ぞっとしたことをおぼえている。

数日後、掃海艇としてこの海峡に適した小型漁船二隻と、大発二隻が配属された。それまで磁気機雷と呼んでいたから、掃海用具も磁気用の鉄棒（磁鋲）を鋼索につるし、二隻の掃海艇で引く用具であった。さらにこちらが発音弾を持っていたところをみると、上層部では投下された機雷のなかに音響機雷のあることはわかっていたのであろう。

海軍対潜学校出身の機雷長とともに私は、小型漁船と大発に乗って、各艇が掃海に慣れるまで掃海訓練をおこない、やがてその成果をみた。掃海方法は係維機雷の対艦式掃海とかわることはなく、船が小型で、海が静かなだけに容易であった。艇尾から出た鋼索に鉄棒をつるして海底を引くので、障害物があればと心配したが、引っかかることもなかった。発音弾を投げても、舟艇を損傷することはなかった。掃海の効果は悪く、私が掃海しているあいだに、ただ一個を処分しただけであった。円形になった掃海索の先端で、艇よりもっともはなれた地点だったので被害はなかった。体につたわった振動と立ちのぼった水柱をみて、掃海艇が機雷に近いか、または機雷の直上であったならとおもったとき、掃海の前途は容易でないことを知った。

機雷を投下する飛行機は、五月中旬からは飛来する回数がふえた。昼間は偵察のB29一機が高い空を北上し飛び去った。夜になって足摺岬の電探所は「敵機接近」の警報を出した。

そこで艦はただちに総員配置について、敵機の接近を待った。やがて轟音をたてて近づいてきたB29は、機雷を投下して飛び去った。一機から七ないし九個の機雷を投下した。月夜でよく見える空に、爆音を追っている双眼鏡で、落下傘をつけた機雷が落ちてくるのを見ることができた。落下傘は小さく、機雷の落下する角度と方面を保持し、目標からはずれないようにしてあったようである。

投下機が去ると、ただちに第七艦隊司令部に部崎信号所をつうじて、投下機雷の個数と方位を通報した。そして夜が明けてからの掃海の計画を立てた。掃海隊は夜明けを待って出動し、夕方、暗くなるまで掃海索を引いて走った。発音弾を投入した。しかし効果はおもわしくなかった。

そのような中にも、もっとも恐れられていた掃海艇の感応による沈没があった。船体が小さく、感応爆発の衝撃は大きく、骨折、内出血、肢体切断という重傷で、艇長以下の生命がうばわれた。決してむくわれることのない危険な作業にたおれた艇長以下の乗組員の冥福を祈っている。

犠牲の多かった機帆船

B29は電探によって位置をたしかめ、梅雨空の雲の低い夜も、雨の夜も機雷を適確に投下していった。しかし電探をつかっても関門の海面は狭く、機雷は陸上や海岸にも落下した。磁気機雷というので、陸上に落ちた機雷に鉄を近づけたら感応して起爆するのではないかいた。それら専門家たちは、陸上に落ちた機雷の起爆装置をおさめた頭脳部を、スパナをもちいてネジをもどし、本体より取りはずして艦に持ち帰って調べた。

この調査の結果、起爆装置は磁気、音響、水圧変化に感応爆発すること、その二つを組み合わされたものがあること、回数起爆装置のあることなどがわかった。しかも水中に落下して塩または砂糖のとける時間と、一定の水圧が必要なことも判明した。この起爆装置を見たとき、いま実施している掃海方法は、ほんの一部に通用するだけで、すべての機雷を処分することはできないことを知った。

この機雷に残る疑問が一つある。機雷の寿命である。起爆装置の回路を一定の期間をへたあと酸によってとかし、電路を切断する装置があったと記憶するが、今はその詳細を確かめるすべがない。

掃海の終わるのを待つ仮泊中の艦船は、敵機の攻撃をおそれて、航行許可を急ぎたてた。長時間の仮泊をゆるされない軍艦や物資輸送中の商船をみて、懸命の掃海をおこなったが、効果はあがらなかった。そのため司令部は急がされ、決断をせまられ、ついに航行禁止を解かざるをえなくなった。

そこでまず小型船の航行禁止をとき、その航行をみて、中型船、大型船に順次ひろげられるのがつねであった。機帆船の犠牲が多かったのは、ここに原因があった。機帆船は家族的であって、子供が乗っていた。いたいけな子供をなぜにと思うと、いまも心がいたむ。

歳月は流れたが、機雷は昨日のことのように鮮明に思い出される。立ちのぼる水柱につつまれて沈んだ船が眼前に現われる。水柱の崩れた海面に、浮いて流れた木片がちらつく。ペルシャ湾の機雷の報道を読むとき、さらに深海で音に感応する高性能機雷の記事を見るとき、海ゆく船に乗っている人のことが気になる。

魚雷艇誕生の顚末と設計開発の実情

大型八〇トン級に二五トン級の二五〇隻と魚雷をもたぬ隼艇一〇〇隻

当時T型魚雷艇設計主務・海軍技術少佐　丹羽誠一

丹羽誠一技術少佐

小さな艇を軍用に使うことは、古いむかしから行なわれていた。すでにクリミヤ戦争（一八五四～五六年）などに水雷艇が使われ、日露戦争（一九〇四～〇五年）の旅順戦には艦載水雷艇が大きな働きをしている。排水量が三千トンを越えて軽巡とも間違えられる現代の駆逐艦の前身たる水雷艇を考えると、モーターボート型の魚雷艇とはおよそ縁の遠い感じがするが、明治十三年に初めて日本海軍にできた第一号水雷艇の排水量は四〇トン、日本海海戦に活躍したのも五三トン、八〇トン、一二〇トンの小さなものであった。

島づたいの戦闘や海岸ぞいの戦闘には、大きな軍艦はなんといっても具合が悪い。それには快速の小艇に、適当な武器を持たせてどこかの隠れ場所から、敵の根拠地や通航中の艦船をめがけて奇襲する。発見されてもからだの小さいのと速いのとで、なかなか弾丸が当たらない。そのほか哨戒や潜水艦狩りもやれば、煙幕張りもおこなうなどと、魚雷、爆雷、機銃、ロケット、煙薬などで様々な役をさせるには、小艇が非常に都合がよい。

第一次大戦中には、大艦にたいする魚雷攻撃をおもな任務とし、イギリスのCMBやイタリアのMASなどの武勇が伝えられ、艇の設計もその方向を重視してすすめ、ここに新しい艦種の魚雷艇があらわれた。

第二次大戦には航空機の発達により、駆逐艦でさえも航空機の護衛なくして敵地ちかくを行動するのは危険になり、このような海域で作戦できるのは魚雷艇だけとなった。こんどの大戦には小艇の活躍に適する戦場が多く、ソロモン群島の補給路遮断、スリガオ海峡の夜戦、英仏海峡や地中海における船団の攻防などに赫々たる武勲をたてている。

だが航空攻撃によって沈んだ魚雷艇は、たしかに多い。しかしこれは、ほかの艦種の入りこめない海峡に作戦した艇に多く交戦の機会があったためである。航空隊側の報告は口をそろえて、これらの小艇の攻撃しにくいことを伝えている。

速力が大きく、標的面積が小さいこともさることながら、軽快な旋回性がその原因である。したがって魚雷艇を沈めたのは、速力のはやいものより格闘性能のよい航空機であり、今日の航空機のジェット化は、魚雷艇にたいする戦力を増したとは言いがたい。

列国の情熱に刺戟されて

日本海軍が高速艇にはじめて目をつけたのは、第一次大戦における英伊の魚雷艇が、めざ

Ｔ１型の第２号魚雷艇(16年10月竣工)。鶴見沖で試運転中。基準排水量17トン、ガソリン機関２基、速力38.5ノット。7.7ミリ単装機銃２基、魚雷落射機２基に45cm魚雷２本。同型艇６隻

ましい働きをしたときである。戦いがおわると英国ソーニクロフト社からイギリス海軍の標準型ＣＭＢ55型二隻を、またドイツのエルフ社から十六・五メートル型一隻をそれぞれ買いもとめた。

一方、国内においても海軍設計の五〇フィートＶ型艇、墨田川造船所の高橋式つかさ型五六フィート高速艇を建造し、試験的に主力艦に搭載して、艦載水雷艇として使った。

支那事変中、上海において四五フィート税関監視艇二隻を手にいれた。これはブリティッシュ・パワーボート社の建造によるもので、横須賀にまわされ実験に供されたのが、のち日本海軍の高速艇に非常に大きな影響をあたえた。また広東でも、最新のソーニクロフト五五フィート型を入手し、おなじく横須賀において実験した。

昭和十四年（一九三九）、列国の情勢に刺戟されて、いよいよ魚雷艇建造にとりかかることとなり、実験艇Ｔ０型一隻が計画された。船体は横浜ヨットにつくら

せ、艤装は横須賀工廠でほどこして性能実験をおこなった。一方、先進国の技術をとりいれるため、英、伊などの魚雷を比較し検討したすえ、イタリア海軍の標準型魚雷艇ＭＡＳ五〇一型を買いもとめ、横須賀において前記の諸艇と、比較実験をおこなった。

このＭＡＳは領収試験において、五十ノットをこえる高性能を出したが、のちこれをそのままコピーした一八メートル追跡艇をつくったが、ようやく四十ノットを出したにとどまった。これらの研究実験の結論としてうまれた魚雷艇Ｔ１型の六隻は、日本海軍でもっとも成功した型である。

まだ洋上決戦の夢をすてきれない軍令部の首脳は、大型魚雷艇としてドイツの一〇〇トンクラスを要求した。そこで生まれたのが、つぎの型である。第一艇は四台の主機械をフルカン接手で二軸に結合（Ｔ51ａ）したが、第二艇以後は直結四軸（Ｔ51ｂ）で、木材と鋼鉄との混合した構造であった。この型は主機械製造のおくれ、完成後の主機械および軸受の不具合、船体強度および耐波性の不足などにより、昭和十九年七月、八隻をもって建造を中止した。

日本の魚雷艇はナゼ振わなかったか

昭和十七年、作戦の要求により小型魚雷艇が急速かつ大量につくられることになった。そこで簡易船型、簡易構造を設計し、主機械に適当な船用機関がないので、航空機の中古機関をできうるかぎり使い、各工廠が主体となって傘下工場を総動員し、建造を急いだ。

日本魚雷艇要目一覧

型	T 0	T 1	T 14	T 15	T 25	T 32	T 35	T 38	T51 a	T51 b	H 2	H 61
建造年	1940	1941	1944	1944	1944	1943	1944	1943	1943	1944	1943	1944
船型	V 型	V 型	V 型	1 段ステッパー	V 型	V 型	V 型	V 型	丸 型	丸 型	2 段ステッパー	V 型
全長	19.000	18.300	15.000	15.200	18.000	18.000	18.000	18.000	32,400	32.400	18.000	19.000
深	4.300	4.300	3.600	3.800	4.300	4.300	4.300	4.300	5,000	5.000	4.420	4.384
巾	2.100	2.100	1,600	1.800	2.000	2.000	2,000	2.000	2,800	2.800	2.186	1.914
吃水	0.640	0.650	0.621	0.636	0.677	0.723	0.723	0.723	1,166	1.166	1.836	0.734
排水量	19.6	22	14.5	15	21	23.5	24.3	24,2	89.6	86	23.6	25.6
機械	94式	94式	71号6型	71号6型	71号6型	ヒ式650	71号6型	金星41型	71号6型	71号6型	火星11型	51号10型ディーゼル
軸数	2	2	1	1	1	2	2	2	2	4	2	2
馬力	2×900	2×900	920	920	920	2×500	2×920	2×700	4×920	4×920	2×1,050	2×300
速力	35	38	33.3	32.62	25.8	21.5	38	27.5	29.8	29	35.6	17.5
兵装	2−18"T	2−18"T	2−18"T	2−18"T	2−18"T	2−18"T	2−18"T	2−18"T	4−18"T	2−18"T	2−20MG	3−25MG
	1−7.7MG 5−D C	2−7.7MG	1−13MG 2−D C	1−13MG 2−D C	1−25MG 2−D C	1−13MG 2−D C	1−13MG 2−C D	1−13MG 2−D C	2−25MG	3−25MG		
航続力	30−270	30−210	28−240	28−240	24−370	19.5−300	33−290	26−220	28− 410 16−1200	28− 410 16−1200	36−140	
乗員	7 実験艇	7	6	6 試作艇	7	7	7	7	18	18	7	7

しかし船体構造は、適当な指導者をもつ工場はだいたい順調にすすんだが、多くのところは適任者に欠け、いざ就役してみると、いろいろの欠陥をしめした。機関部にいたっては、工事がおくれがちで捗らず、完成したものも具合の悪いところだらけで、その無理な工事はついに呉工廠における技術中尉の割腹事件までひきおこした。そして、とうとう満足な結果をうることができず、航空発動機の使用をあきらめて、七一号機械のみによることとなった。

ソロモン海域における米魚雷艇の活躍が日ましに激しくなり、魚雷艇隊の推進および舟艇機動部隊の護衛用として、魚雷をもたない魚雷艇、すなわち大型機銃専門の隼艇が同時につくられた。

その後、主機械の節約のため、小型の一軸艇が試作され、そのうちT14型が生産にうつされた。全期間をつうじて、魚雷艇が約二五〇隻、隼艇は約一〇〇隻がつくられたが、ついに、めざましい活躍をみることがなかった。

諸外国の魚雷艇が、それぞれ立派な戦果をあげているにもかかわらず、日本の魚雷艇がかくも不活発であった原因は（米海軍作戦記録には日本魚雷艇という名称は一回もでていない）関連工業の基盤の弱体と、海軍当局の魚雷艇にたいする認識の不足にあった。

おくれた戦力化

H2型は、当時の第一線航空発動機たる火星一一型二基をもつ一八メートル隼艇であるが、MASの船型をそのまま使った鋼製艇で、四十ノットをだす計画であった。だが完成排水量は計画排水量よりはるかに上まわり、ハンプ速力を越えることができず、わずか十三ノットにとどまった。

そこで設計をかえてブリッジを縮小し、防弾板をへらすなどによって排水量を減じ、またプロペラの設計をもかえて、ようやく三十五ノットに増すことができた。しかしこれも、空冷発動機の冷却法の不備のため、現地ラバウルでは発動機が過熱して、二十ノット以上の連続航行ができなかった。

七一号六型機械は、MASの主機械イソタを模した九五〇馬力のガソリン機関で、もともと航空エンジンの機関を艦政本部系の工場でつくったのであるが、外注部品の精度、納期ともにあきたらず、したがって生産はすすまず、艇の建造計画は改訂につぐ改訂をせまられ、また試運転に入った艇も事故をぞくぞくおこして、戦力化はおくれた。

もっとも多くつくられたのは金星四一型空冷発動機二軸のT38、H38の二種であって、こ

昭和19年５月、銚子港外航走中のＴ38型魚雷艇。航空機用空冷金星41型エンジン搭載、排水量24トン、速力27.5ノット。兵装は13ミリ単装機銃１基に爆雷２個、魚雷２本と落射機２基搭載

の発動機はそうとう使い古されたものであり、またすでに部品のストックが不十分であった。

そのうえ艤装《ぎそう》および運転調整にあたった工廠の工員が、この種のエンジンについての知識を欠いていたため、艇体は昭和十八年の夏ごろから、ぞくぞくと出来あがったにもかかわらず、十九年にはいって建造隻数を切りさげられるにいたった。

そしてあまったエンジンを修理部品として使用するまでは、いたずらに未完成調整中の艇を工廠ポンドに並べるばかりであった。

また、完成した艇の性能は、いずれもはじめの計画に達しなかったが、これは主として排水量の増加によるもので、そのなかでも、諸外国の実例にくらべては

なはだしく重量のふえたのは、機関部重量であり、一般艦艇なみの金物類、管、弁などは高速艇の常識の二倍程度の重さとなった。

ついに手も足も出ず

かくてようやくH2型八隻を第一陣として、横須賀から、ラバウルにむけて送り出したのは昭和十八年の九月であった。そのあと前線進出は船腹の不足のため難しくなり、なかにはトラックから輸送船にひかれてラバウルに向かう途中、雷撃された輸送船とともに沈んだものもある。

また大型魚雷艇の第一艇である一〇号魚雷艇は、自航によってトラックに入港する直前、空襲にあって沈没した。

このようにわが魚雷艇は、もっとも必要とされたソロモン方面の決戦には間にあわず、内南洋および南西諸島などに展開したものも、圧倒的な敵空軍の優勢により、性能の不足も手伝ってほとんど活躍の機会をえなかったのは、いかにもこころ残りである。

江上艦隊「勢多」に戦闘準備が発令された日

下駄艦といわれて揚子江に浮かぶ砲艦の素顔と戦争勃発前後の日々

元「勢多」乗組・海軍主計中佐　瀬間　喬

瀬間喬中佐

満州事変が起きたのは、昭和六年九月である。同年初夏のころ、北支警備の任にあたったわが第二遣外艦隊の旗艦球磨《くま》は、旅順港内の東港岸壁に繋留されていた。旅順は帝政ロシア統治時代の面影を多分にのこす、エキゾチックな感傷をそそる町であった。

そのころのある日、軽巡球磨は当時、旅順にあった関東軍司令部の参謀数名の来訪をうけた。しばらく雑談したあと彼らがもちだしたのは、「軍艦の大砲で、海上から見える鉄橋をとおる列車を一発で仕留めることはできないだろうか」ということであった。

これは、はなはだもって物騒な話である。これにたいして艦隊側は、「艦は錨を前後にうって艦をなるべく固定しても、潮の干満があるので海の深さがつねに変化するため、錨鎖の張りや緩《ゆる》みはさけられないし、また潮汐の流れがあるため艦の位置はつねに多少変化するので、鉄橋と艦との距離はつねに変わる。このような関係から、初弾一発で仕留めることは困難である」むねを回答した。

さらに、その年の八月には非公式ながら関東軍司令部から「九月に入ったら、艦隊の一艦を山海関（万里の長城の起点）に在泊させておいてもらえないか」という要請打診の話がもたらされた。艦隊側はこれにたいして「当隊作業予定の関係上ご要望にそいがたい」と回答して、これを断わった。そして九月中旬まで、青島《チンタオ》で涼しい夏をすごしたあと、球磨は青島を出港して旅順に回航した。

この航海の途中に、満州事変の突発を無線電信で傍受したのである。しかし、原因その他いっさいの事情は不明であった。まもなく、球磨は旅順港外に到着した。約一ヵ月在泊の予定であったが、司令官・津田静枝少将の意向により、港内岸壁の横付け繋留を見合わせ、港外に錨泊した。やがて陸上からの諸情報を綜合的に検討した司令官は、ただちに抜錨、青島にむけて出港を命じた。

思うに、本事変は関東軍の謀略的な軍事行動とにらんだ司令官は、とくに中央からの指令のないかぎり、この種の軍事行動には協力すべきでないとの判断にもとづき、艦隊旗艦を山東半島の南岸に回航することにきめたものであろう。ただし、麾下の駆逐艦は平常どおり旅順、芝罘《チーフー》、秦皇島などの、わが居留民所在地またはわが国の権益に関係ある箇所に警泊していた。

ところで、第二遣外艦隊とは、いかなる性格と任務をもった艦隊であるのか。これは旅順および青島を根拠地として、南満州に接するわが租借地の関東州から満州沿岸、北支沿岸諸地のわが国の権益および日本居留民の生命、財産保護ならびにその地方海域に出漁する漁船、漁民の保護推進を任務としていた。当時は巡洋艦を旗艦とし、駆逐艦四ないし八隻をもって編成され、親補職たる司令官の指揮下にあった。

満州事変の勃発によって、中国国民のあいだに反日感情が高まったが、中国各地にはたくさんの日本人居留民が生業についていた。それらの人々の保護のため前記の各地、たとえば青島をはじめとして威海衛、芝罘、秦皇島、葫蘆島、営口などに警泊またはしばしば巡航して、その任務にあたっていた。

また、第一遣外艦隊のほうは中支、南支、長江（揚子江）沿岸などで同様の任務に服していた。こちらは砲艦、駆逐艦など合計十余隻で編成され、遠くは四川省の重慶、広東までも進出して、居留民の保護に任じていた。

事変勃発当初は、関東軍と海軍の艦隊が協同して作戦するようなことはまったくなかった。しかし、月日をへるにしたがい、関東軍独自の行動にひきずられるようになった。すなわち閣議決定にもとづき、渤海湾内に一部の艦艇による行動が指示されたりした。昭和七年四月ごろだったか、営口付近において球磨が一四センチ砲五門をもって陸上の敵を制圧したことが一度あった。これが満州事変中、ただ一回の海軍による武力行使であった。

やがて満州事変にたいする中国民衆の反日感情が激化するにつれ、上海は抗日運動の中心となった。昭和七年一月、托鉢《たくはつ》中の日本人僧侶が殺害された事件に端を発した上海事変は、さいわいにして五月五日に停戦協定をむすんで解決したが、これは満州事変の付録のようなものであった。

下駄艦といわれた河用砲艦の陣容

昭和八年五月には、新しい艦隊編制が施行され、従来の第一、第二遣外艦隊は発展的解消をして、第三艦隊となった。第三艦隊の編制は年度によって若干の変動があったが、支那事変の勃発した昭和十二年七月はつぎのとおりである。

▽第三艦隊編制——出雲、第十戦隊（天龍、龍田）、第十一戦隊（八重山、安宅、鳥羽、勢多、堅田、比良、保津、熱海、二見、栗、栂、蓮）、第五水雷戦隊（夕張、第十三駆逐隊、第十六駆逐隊）。

その警備担当区域はきわめて広範囲で、かつ細部にわたって規定されていたが、現実には出雲は長官直率、天龍、龍田は北支、十一戦隊は揚子江流域と中支、五水戦は南支の警備にあたっていた。

昭和十二年七月七日、支那事変勃発のとき、谷本馬太郎第十一戦隊司令官は砲艦保津《ほづ》で上《かみ》（宜昌～重慶間）、中《なか》揚子江（漢口～宜昌間）を視察中であったが、八日に宜昌上流で事件の第一報をうけた。十日には漢口につき、旗艦を八重山に変更した。

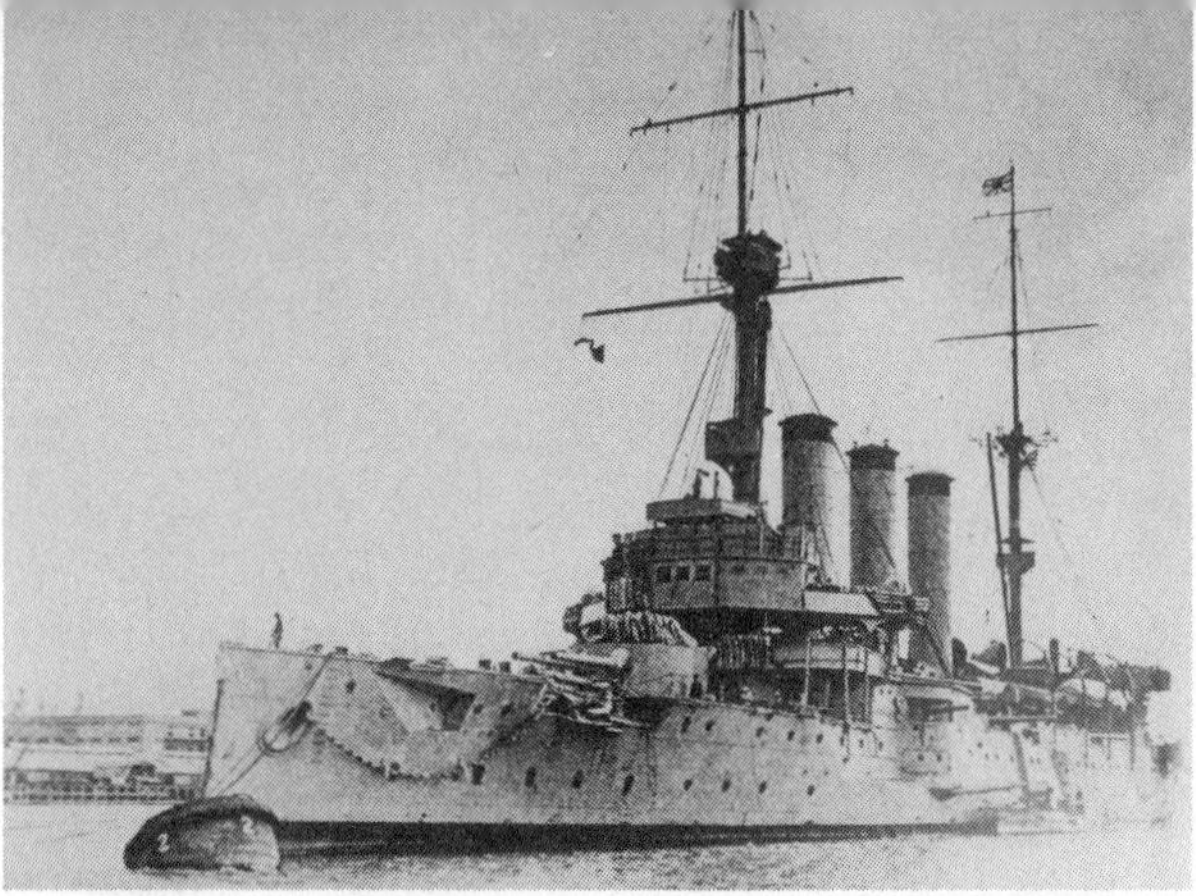

第三艦隊旗艦として上海に碇泊中の出雲。明治33年竣工の装甲巡洋艦だが、日露戦争から一次大戦や支那事変などをへて昭和22年の解体まで、じつに47年の長期間にわたり在籍した功労艦

長谷川清第三艦隊長官は、連合基本演習のため台湾方面に行動中であったが、事件発生を知ると演習を中止し（八日）、十戦隊、五水戦を固有警備地に復帰せしめた。そして、みずからは出雲《いづも》をひきいて九日に高雄を発《た》ち、十一日に上海に入港した。

ほんらい十一戦隊の旗艦であった安宅《あたか》は内地（呉）で入渠中、堅田《かたた》は上海で特定修理中のほか、十一戦隊所属の各艦は重慶、沙市、長沙、宜昌、漢口、大冶、九江、蕪湖、南京、上海などに警泊中であった。十一戦隊の各艦中、八重山（敷設艦）と二等駆逐艦の栗、栂、蓮以外は全部砲艦である。

砲艦は十一戦隊旗艦の安宅（八五〇トン）をのぞき、ほかはいずれも三〇〇トンていどの小型の河用砲艦であった。下駄にマストを立てて浮かべたような格好をしているので、俗に〝下駄艦《げたぶね》〟といわれていた。しかし、船体にくらべて不釣合いな巨砲を有し、外見も一般軍艦と異なっていた。重量軽減――すなわち吃水増加をさけるため、あらゆる努力がはらわれており、また三峡の険《けん》や幾多の灘《たん》を突破して、一五〇〇浬《かいり》上流の重慶まで行動できるように速力（上流の急流）、旋回力（上流の急カーブの狭水路）、航続力ともに艦型に比して格段に強力であった。無線通信能力も、すぐれたものを装備していた。

艦長は中・少佐であるが、〝海軍士官は軍服を着た外交官〟といわれたように、英、米、仏、伊など諸外国の同種艦や中国の陸上官憲との国際儀礼の関係上、貴賓《きひん》来艦可能の予備室や来賓と会食可能な広い艦長室をそなえていた。このように外交上、威信保持上、小型艦であるにもかかわらず、金色燦然《さんぜん》たる菊の御紋章を艦首にいただいていた。

河用砲艦中、比良《ひら》と保津は三菱神戸造船所で、勢多《せた》と堅田は播磨造船所で建造され、そのあと分解して輸送し、それぞれ漢口と上海で組み立てて、大正十二年に完成したものである。昭和四年、五年に完成した熱海《あたみ》と二見《ふたみ》以後は、天候や海上の模様などをじゅうぶん検討したうえ、好天時をえらんで回航用の諸施設を仮設し、艦船の護衛のもとに、建造した佐世保から揚子江まで自力回航したものである。

しかし、修理の場合は吃水が浅く航洋性がないため、駆逐艦や安宅のように、日本に帰るということはとうていできず、上海の江南船渠《キャンナンドック》などでおこなうよりほかなかった。いわば揚子江はりつけの艦で、乗っている人は転勤や補充交替で年ごとに変わっても、艦はいつまでも揚子江に居残らねばならなかった。

熱海(昭和4年6月竣工)。勢多型の河用砲艦を改良したのが熱海と二見の2隻で少し小型化して205トン、全長46.3m、吃水2m、8㎝短高角砲1基。三井玉野で完成、自力で回航された

これら砲艦のうち、この稿にもっとも関係の深い勢多の要目や乗員などについて述べておく。
▽要目＝長さ五十五メートル、幅九メートル、基準排水量三三〇トン、吃水一メートル、速力十六・五ノット。
▽兵装＝八センチ砲（水平、高角両用）二門、一五センチ迫撃砲（曲射）一門、七・七ミリ機銃（舷側固定）六門、一三ミリ機銃（固定）一門、他に陸戦用機銃若干。
▽人員＝兵科士官二名（艦長、先任将校）、機関長一名、軍医長一名、主計長一名、兵科准士官（掌砲長兼運用長）一名、機関科准士官（掌機長）一名、下士官（兵科二十一名、機関科五名、主計科二名）、兵（兵科三十名、機関科十六名、看護科一名、主計科二名）——兵科下士官兵のうち通信関係八名。雇員（判任官待遇・通弁一名）、傭人（剃夫一名、割烹一名）。
このうち艦長は中、少佐。先任将校以下各科長

（いずれも正式辞令は乗組）は大尉または中尉であった。剃夫とは散髪夫の、割烹とはコックの正式名称である。

難所の灘の遡江

揚子江は長江ともよばれ、その河口は対岸が見えないほど広い大河であった。じっさいに軍艦が行動する範囲は、河口から漢口までの約六三〇浬、漢口から重慶までの約七四〇浬で、そのうち一万余トンの汽船（ということは、三艦隊旗艦出雲＝基準排水量九一八〇トン、吃水七・三九メートル）がさかのぼれるのは漢口までであった。そして、増水期に漢口から宜昌までの三七八浬をさかのぼれるのは、十一戦隊旗艦の安宅（八五〇トン、吃水二・四一メートル）や栗、栂、蓮（七七〇トン、吃水二・四四メートル）などであった。また宜昌から重慶までの約三五〇浬は吃水が浅く、水流に耐えるため速力十五ノット以上、全長二五〇フィート以下の河用砲艦にかぎられていた。

ところで、満州事変（昭和六年）は支那事変（昭和十二年）勃発までの数年間継続したのか、自然に下火になったのかわからないようなあいまいな状態で推移したが、この間、日中双方の艦隊や軍艦が同一の港や停泊地に在泊したことも、たびたびあった。支那事変勃発後も、中国側が全面戦争を発動するまで、両国海軍の関係は平和時の友好状態が保たれていた。というのは、戦争は両国の陸軍同士でやっていることであって、われわれ海軍には関係ない、といったおかしな気持が、とくに中国側でつよかったからである。

中国側はこの間、軍艦を日本の播磨造船所に注文して、新式の平海《ピンハイ》、寧海《ニンハイ》の二艦を建造さえしている。ことに奇異に思われたのは、奥地などでは日本軍艦と中国陸軍とのあいだで儀礼交換や宴会への招待などがおこなわれていたことである。このような友好関係は、昭和十二年七月中旬すぎに、中華民国政府が対日全面戦争を決意するまでつづいた。

昭和十一年夏、のちに海軍大臣になって日独伊三国同盟に同意をあたえ、日本が第二次大戦にまきこまれることを余儀なくさせた及川古志郎中将（当時）が第三艦隊司令長官となり、宜昌から堅田に将旗がうつされた。そして重慶を訪問して、四川省行轅主任の顧祝同上将（大将）と会見した。

その折、前から重慶に在泊していたため随行した勢多艦長の吉見信一《のぶいち》中佐の話によると、顧上将は寡黙の人であったが、及川中将は中国の古典に精通している人であったため、さかんにその該博《がいはく》な知識を披露した。それを劉中佐（日本の陸軍士官学校出）という人が通訳したが、聞く者はみな、大いに及川中将の博識におどろいた様子であった。

つぎの年度の第三艦隊司令長官は、長谷川清中将であった。長谷川中将は揚子江の上流地方――すなわち四川省重慶、成都をはじめ湖北省の宜昌、湖南省の長沙などを巡視するため、昭和十二年五月下旬に旗艦を勢多（艦長はやはり吉見中佐。昭和十一年と十二年の二年間、勢多艦長をつとめた）に変更し、宜昌において五月二十七日の海軍記念日の祝賀行事を盛大におこなった。

五月末日、二番艦比良をひきいて宜昌を出港し、重慶にむかった。宜昌には諸外国の軍艦が在泊し、これが日本艦の出港を見送ってくれた。当時、揚子江上には日本の軍艦がもっとも多かったが、英米仏伊などの河用砲艦も、自国の権益に関係ある地点に、ときどき交替で停泊しては警備にあたっていた。日本軍艦とこれら諸外国の軍艦とのあいだの儀礼交換、交歓などもよくおこなわれていた。

軍艦の敬礼は、同国間たると他国間たるとを問わず、艦がゆきかう場合におこなうものであるが、自艦の艦長より先任（階級上位の者。同一階級のときは現官任命年月日の古い者）の艦長の乗っている艦にたいし、「気をつけ」のラッパを一回吹き、上甲板にいる者は姿勢をただす。受礼艦はこの「気をつけ」をうけて、同様のことをおこなう。

将旗を掲げた艦（司令官以上の座乗している艦）にたいしては、他の軍艦は「気をつけ」のラッパを一回吹き、上甲板にある者は該旗艦に面して姿勢をただす。このほかに、外国軍艦とのあいだの訪問使の交換、商船の軍艦にたいする敬礼などもあるが、これは省略する。

話をもとにもどす。宜昌から上流には三峡の険をはじめ、〝断崖数千丈、峻嶽天ニ冲《ちゅう》シ舟ハ突然甕底ニ在ルガ如キ〟幾多の峡が待ちうけている。減水期には陸上から綱で曳航を要する曳灘《えいたん》（当時、曳航料二三〇ドル）や興隆灘のように、陸岸の中国人と主計長が艦の通弁をつうじて、口角泡をとばして曳航料の交渉をする光景もみられた。

そのような難所の灘《たん》（水が浅く岩石が多くて船行の危険なところ）がいくつもあり、宜昌から重慶までの約三五〇浬の遡江は、まったく懸命の航行であった。しかも、特有の流れのなかの特殊の水路をいくので、水先人も操舵員もともに航路になれた中国人である。濁流をかぶる岩頭をさけながら、両岸にそそり立つ数百尺の絶壁のあいだを縫うようにしてつづく水路をたどっていくのである。

夜になると安全な場所を求めて仮泊をかさね、三日間を要してやっと重慶についた。このようにして重慶に到着した長官一行は、例年どおり、四川省行轅主任・顧祝同上将を訪問し、同上将の答訪は日本領事館でうけた。また同地から成都への飛行機旅行をおこない、在泊の諸外国軍艦艦長、士官にたいする晩餐会などの諸行事もとりおこなった。

それが終わると、二番艦として率いていった比良を同地にのこし、それまで同地に在泊していた保津を率いて重慶をあとにした。そして、ふたたび上《かみ》揚子江（重慶～宜昌間）の険所を突破して帰途につき、六月中旬、天恵豊富な湖南省の省都長沙、ついで漢口にくだり、ここで長官以下の一行は本来の旗艦たる出雲にもどった。勢多は大任をはたしてホッと一息ついた。

将旗を撤して気が楽になった勢多は、ふたたび長沙に帰り、本来の任務である居留民保護のための警備についたのである。

予期せぬ全面抗戦通報

昭和十二年七月七日、七夕《たなばた》の夜、北京郊外の蘆溝橋で一発の銃声がとどろいたことは、その日のうちに長沙にとどいた。これがもとで日中戦争がはじまり、戦線が拡大され、のちの三国同盟、日米開戦へとつながっていくことは、よく知られているとおりである。

このとき、原因となった銃声は、いまでは日本陸軍ではなく、中国共産軍が中国政府軍と日本軍を戦わせるための謀略として発射したものであるとの説がつよいが、それはさておき、当時、北京にいた歩兵第一連隊長が、支那駐屯軍司令官（田代皖一郎中将）が病臥しているのをさいわいに、「俺が責任をもつ」といって、独断で戦線を拡大させていったとか言われている。

しかし、こういう内情までは伝わってこないので、勢多艦長をはじめ、久しいあいだ平和な中国に息づいてきた人たちには、「また陸軍が例の手をやりおったな」くらいにしか感じなかった。そして「また今度も寛容な中国一流のやり方でなんとかお茶をにごしてくれるのではあるまいか」くらいに勢多でも考えていたのは、いつわりのない事実で、さらに十日余の間は、比較的のんびりすごしていた。

七月中旬ころの情勢でちょっと気になるのは、目下、廬山（九江郊外にある標高四千フィートの中国名山の一つ）の頂上「牯嶺《フーリン》」という避暑地で、国民党政府首脳の重大会議が開催されており、何健・湖南省主席も出席中だという情報が入っていることであった。なんの会議だろう、と気になっていた。

七月二十一日は、勢多艦長にとって忘れることのできない日である。この日の午前、湖南省主席・何健の使者唐炳初から、「日本の艦長にぜひお会いしたい。きわめて重大なことであるので、隠密に長沙市内の博愛病院（日本人の関医師の経営する病院で、関先生は何健の主治医でもあった）に、目立たない服装できてほしい」という連絡をうけた。

艦長は開襟シャツ一枚という軽装で出かけた。先方が病院をえらんだのは、患者の出入りが多いので、目立たないという配慮からであろう。

唐炳初は山口高等商業学校の出身（子息は日本の陸軍士官学校に学んだ当時政府軍の陸軍少佐）で、海軍にたいしてきわめて好意的であり、日本語の会話にもまったく不自由しなかった。唐の話によると、

「今次の日本陸軍の中国本土内への進攻にたいしては、中華民国政府は全面抗戦、すなわち開戦に決定しました。したがって満州事変当時のように、日本海軍艦艇にたいして中立的態度でいるわけにはいきません。中国側が立ちあがる日には、各地に在泊する日本軍艦にたいしては、武装解除の要求をすることになるでしょう。何健は東洋人同士の流血の惨をさけたいので、日本の軍艦はなるべく早く安全なところに移動してもらいたいという気持です。日本の軍艦がいなくなっても、日本居留民の生命、財産は当方で保証します。もっとも、当地において日本警備艦と中国軍隊との間に砲火をまじえるような事態が生ずれば、事実上、その保護は保証しがたくなるでしょう。何健の真意は警備艦の撤退にあるのです。このことを至急、東京および在上海の日本艦隊司令長官に、日本軍艦の無線電信で電報していただきたい」という、予期しない重大な事柄であった。

あとでわかったことだが、先に述べた廬山頂上の「牯嶺」における重大会議とは、中国の

対日全面開戦の決定をしたことと、もうひとつ重大なことは、昭和十一年十二月、張学良のクーデターによる西安《シーアン》事件がもとで、蔣介石をして国共合作、抗日戦線統一結成の方針に転換させることになったが、今回は周恩来も来会し、それら施策の確認と実施を決定したとのことであった。

この結果、共産軍の編制が変わって、対日戦むきに八路軍などが編成されることになった。七月十九日に会議から帰ったばかりの何健としては、非常な好意である。これについて勢多艦長であった吉見信一中佐（のち少将となり、ウォッゼ島から復員後、五十一歳をすぎてから慶応大学医学部に入学、医師となり、昨年、米寿をむかえられた）は、

「何健が武装解除要求の件を私に内報したのは、蔣介石の指示によったものではなく、まったく何健独自の考えでおこなったものと考える。しかしながら、また一方、日本側がまさかと思って呑気にかまえ、国共合作の気勢をのばしすぎることをおそれ、ちょっと一服促進剤をもって何健に一言いわせた、と逆の考えもできないことはないが、それならなぜ、膝元を遠くはなれた何健をえらんだのであろうか。

私が中央および各上級指揮官、各地の艦長および在勤武官に打った緊急信をみて、『そんな馬鹿な話があるものか、乗せられたのだろう』という意見の人も何人かいたほどである。また、何健が私に内々うち明けたのは、私と何健のあいだに私的交友関係があったからではない。私は何健と数回会ったことがあるが、いずれも公的な立場からである。したがって当時、たまたま勢多が長沙に在泊し、私が艦長だったから私にうち明けたのであり、他の艦が

在泊していたなら、その艦の艦長でよかったはずである。また、日本海軍の誰かがとくに何健に恩を売ったという事実もない。

ただ考えられるのは、湖南は風景のよいところであったので、毎年、三艦隊長官や十一戦隊司令官がおとずれ、何健と会談する機会が多かったのと、いままで海軍が中国にたいし侵略の意図を示したり、挑発的態度をとったことがまったくなく、その事実を彼が知っていたので好意的であったためかもしれない」と、きわめて控え目な発言をされるのみであった。

総引揚げ下令さる

何健の好意ある勧告をきいた艦長は、ただちに艦に帰り、本件を海軍大臣や軍令部総長および上海の第三艦隊司令長官、第十一戦隊司令官などに『緊急信』をもって打電した。明治二十七年の日清戦争いらいの重大事で、中央も驚いたにちがいない。

艦長がその夜おそく、上甲板にもち出した折り椅子で涼んでいると、在支全艦隊にたいする『作戦緊急信』の『戦闘準備ヲ完成セヨ』という電報を受信した。その電信の火種は自分のところから出たものなので、勢多艦長としては少しも驚かないが、事情不明の重慶や宜昌、漢口、その他各地に在泊している艦長たちは、「これは妙なことになったぞ」と、さだめし驚いたことと思われる。

戦闘準備といっても、七月十一日に十一戦隊司令官から警戒に関して詳細要領を示されており、すでに一応の戦闘態勢はできていた。したがって、いまさら特にやることはない。むしろ居留民引揚げのほうが重大である。海軍、外務省間の引揚げに関する話は、あまり進展していない様子である。

戦闘発動が令せられると、居留民を保護し安全を保証するといっても、暴徒による略奪や危害の起こるおそれは、昭和二年の南京事件の例もあって決して楽観は許されない。居留民の総引揚げこそ目下の急務と考えられるが、これは外務大臣の責任と権限であり、海軍ではどうすることもできない。そのころにはすでに、日本陸軍が中国本土内に進攻して激しい戦闘を展開していた。

こういう状況下で、南京政府が南京にいる日本大使に、いまさら国交断絶の通告などをしてくるはずがない。情報皆無の状況におかれている大使の状況判断などは、いくら待っても外務省にとどくことはなかろう。

居留民の引揚げには、引揚げ命令による場合と、引揚げ勧告による場合の二つがある。引揚げ命令の場合は、引揚げによって生ずる居留民の損害は、国家が補償しなければならないであろう。このような問題も介在するので、在外居留民引揚げの責任者である外務省が、慎重を期しているのは理解できないでもないが、すでに中国側が全面戦争を決意している以上、一日もはやく発令しなければならない。この決断が遅れているあいだに、中国側の開戦発動の日がきたら、海軍軍人が斬り死にするのは仕方がないとしても、居留民の虐殺も起こりうる。

とはいえ、艦長はただ引揚げ命令を待つよりほかなかった。

揚子江で仮泊中の勢多。大正12年10月竣工、吃水1.02mの河用砲艦。高角砲２基のほか上部構造物上に機銃と曲射砲座。開き窓に３ヵ所、白く見えているのは陸上掃射用の機銃の楯である

このころ、長沙に在泊しているのは日本と英国の砲艦各一隻で、米、仏、伊や中国の軍艦はいなかった。七月末のある日、勢多の上流二百メートルくらいのところに停泊していた英艦の艦長が、何の予告もなく、また勢多側の都合もきかずに突然やってきた。

勢多艦長が舷門まで出てこれを迎え、艦長室に招じ入れてシェリーグラスを傾けながら雑談にはいった。英艦長が日中間の情勢、とくに最近の進展についてのニュースを聞きたくてきたことは間違いなかった。しかし、中国側の決意のことはまだ口に出せない。あるスジの情報によると、すでに江岸に中国の砲兵一個中隊が陣地についているということであるが、発動の日が何日になるかは、中国側のみぞ知るという状況であった。

せっかくきた英艦長になにか土産をやりたいが、詳しいことは話せない。そこで吉見艦

長は英艦長にたいし、「君の艦の錨地は、ぼくの艦に近づきすぎてはいないかね」といってやった。すると英艦長は、ちょっと妙な顔をして、不満そうに声を強めて「なぜだ」と聞く。「中国軍の爆撃や砲撃の精度はよくないだろうが」といったら、ただ一言「オー」と叫んで軍帽をわしづかみにして立ち上がり、挨拶もそこそこに甲板に飛び出していった。まもなく英艦は、一浬も上流のほうに錨地を変更した。

やっと総引揚げが決定したが、領事館の御真影は八月三日に勢多に移奉をおわった。長沙の居留民七十八名は四日夜、ひそかに玩江丸（漢口～長沙間の日清汽船の定期船）に収容し、明けて五日、勢多はこれを護送して漢口へむかった。途中、洞庭湖にはいり、岳州から揚子江本流に出る前で、湖上で総機関銃の試射をおこなった。その夜は漢口上流六十浬の地点に仮泊した。翌朝、漢口についてみると同地の日本租界周辺には一万の中国兵が雲集しており、さかんに機関銃の試射をする音がきこえた。また、武昌側租界の対岸には七～八門の野砲が配備され、飛行機をもってさかんに示威運動をおこなっていた。

玩江丸は同地で、領事館および日清汽船の関係者のみが上陸したあと、長沙の居留民を乗せたまま単独で漢口を下江、九日午前六時に上海に到着している。

漢口では、同地の総領事が賜暇帰国のため不在で、松平忠久総領事代理が折衝にあたっていた。総領事代理は当初から引揚げ命令に反対で、任意引揚げを主張し、外務省にたいしても、引揚げ過早の電報をたびたびうっていた。

八月六日には、海軍中央部から三艦隊長官あてに、「漢口下流ニ於テハ現地官憲ト連絡ノ上、機宜居留民ヲ引キ揚ゲセシメラレタシ（外務ト連絡済）」という電報もはいっていた。これより先、十一戦隊参謀も、総領事代理に漢口の居留民、婦女子の引揚げ促進を申し入れたが、これを受けいれなかった。しかもなお、このような情勢険悪になってもまだ任意引揚げをゆずらなかったので、居留民代表は同総領事代理に引揚げ発令をせまり、もし六日午後零時までに発令しないときは、自由行動に出るむねを申し入れた。

漢口にきていた田中宜昌領事も、全面引揚げ不可避を説き、松平総領事代理は午後九時、やっと全面引揚げを下令した。いっぽう、外務官憲は総引揚げに先だち、漢口に日清汽船、信陽丸、鳳陽丸、岳陽丸を、九江に瑞陽丸、蕪湖に襄陽丸、南京に洛陽丸、大魚丸をそれぞれ停船、臨時回航させて配備し、十一戦隊は各地の引揚げ船護送の砲艦を手配していた。

これより先、重慶、沙市、宜昌の居留民は宜陽丸、長陽丸に乗船して、わが砲艦の保津と比良に護衛されて漢口に到着、爾後、護衛なしで下江し、いずれも八月六日に上海に到着している。九江、蕪湖（大冶をふくむ）、南京、鎮江の居留民はすこし遅れたが、それぞれ手配の日清汽船の各艦に乗船し、砲艦護衛のもとに全部が八月九日午前十時までに上海に到着した。

支那事変幕明けの日

話を漢口にもどすと、八月六日午後九時、総引揚げが下令されたので、同地の居留民一千名は信陽丸と鳳陽丸に分乗した。両船を護送する比良と勢多は十一戦隊司令官の命により、

比良(大正12年8月竣工)。嵯峨、鳥羽、安宅のあと建造された河用砲艦が勢多型4隻(比良堅田、保津)で、内地の造船所で完成、いったん解体して荷造り発送、現地で組み立てられた

勢多艦長が指揮をとることになった。信陽丸は比良が護衛して、まず七日午後一時十分に出発し、ついで、鳳陽丸を勢多が護衛して午後五時に漢口を去って、上海への下江の途についた。二回に分けたのは、収容船の速力に差があるためで、速力のおそい信陽丸を早く出発させたのである。

下航中、武穴通過のさい、あらかじめ砲艇小鷹が夜中に収容していた同地の居留民七名を鳳陽丸に移乗させた。そして鳳陽丸、勢多、小鷹の航行序列で、下航をつづけた。しかし、中国側の攻撃発動の期日がまったく不明のため、もし漢口〜上海間を航行中、その攻撃発動日にあたれば、南京でも攻撃をうけないともかぎらない。鎮江や江陰でも同様である。このため両船団とも馬頭鎮、鎮江、江陰の砲台下通過時刻を夜暗にするよう計画していた。

八月八日の日没前、勢多船団は南京通過となった。南京の中国艦隊泊地の十浬くらいに近づいたが、まだ日は没していない。マストの上の見張員が、「支那の艦隊、見えてきました」と叫ぶ。

「天幕を張っているか良く見ろ」と艦長。

「各艦天幕を張っています」つづいて、「海折《ハイチー》に将旗があがっています」と声高に報告する。総天幕を張っておれば、大砲は射てない。戦《いく》さはないな、と艦長がひそかに思っていると、「寧海《ニンハイ》、平海《ピンハイ》ほか合計十数隻」と見張員からの報告があいつぐ。

このままいけば海折を百メートルあまりはなれる見込みで、ちょうどよい。

「信号兵、ラッパ用意」「海折《ハイチー》に敬礼」

二丁そろったラッパの「気をつけ」と将官礼式「海征かば」の号音が嚠喨《りゅうりょう》と鳴りひびき、礼式どおり敬礼をする。

「海折答礼しました」の報告が耳にはいる。内心ホッとして「かかれ」を令する。少しそのまま進んで「取舵《とりかじ》」をとる。こんどは中国艦隊の列を艦尾に遠くみて、鎮江にむかった。いつしか日は没して夜陰のせまる鎮江の焦山水道が近づいてくる。とつぜん、焦山の要塞から三基の探照灯で、勢多の艦橋の真正面が照射された。ただでさえ流れのはやい、狭い曲り角の難所である。そこを目つぶしをくわされては全然、地形地物が見えない。中国兵のいたずらであろうか。

ようやくなんとか水道をぬけて、事故もなく江陰にむかった。江陰も暗いうちに通過して、広々とした水面に出た。夜が明けて、九日七時半に比良、信陽丸を追いこし、十一時半に鳳陽丸を護衛して上海についた。

勢多は浦東の三井一号ポンツーンに繋留を終わった。しばらくして正午すぎ、比良、信陽丸もぶじに上海に到着した。さっそく、出雲桟橋に横付けしている三艦隊旗艦の出雲に長官をおとずれ、任務の報告をおこなった。長官公室にはいると、長谷川長官は背広に蝶ネクタイ姿で出迎え、「オウ、ご苦労さん、きょうはイギリスの長官とホテルで昼食をとる約束で、これから出かけるところだ。せっかくだが、参謀長に話しておいてくれ」といって上陸してしまった。

参謀長に挨拶して帰艦してみると、いろいろな書類や通信がきていた。当日の午前、陸戦隊中隊長の大山勇夫中尉が巡察中、虹橋ふきんで中国保安隊員に惨殺された件。「葬儀ニハ各艦長参列スルニ及バズ」というのから、「一般ノ上陸ヲ禁止ス」というのもあり、「おやおや、かわいそうに」と思ったものである。

いっぽう、古田良夫中佐の指揮する漢口陸戦隊約四〇〇名は、八重山、栂、栗に分乗して、八日午前十時、下江の途についた。八重山座乗の谷本十一戦隊司令官は、あたかも羊の群れを世話するように、引揚げ艦船の上海入港を見とどけつつ九日午後一時、上海に到着した。そして、「揚子江流域各地在留邦人、上海引揚げ完了」を報告した。

中国側は揚子江流域のわが全居留民の引揚げ終了まで、江岸の砲台をはじめとして、すべての攻撃をひかえてくれたとしか考えられない。勢多艦長は八月七日朝六時に起床していらい、六十五時間ものあいだ一睡もせず、艦橋に立ちずくめであったので、その夜十一時ごろにベッドに入り、朝までぐっすり眠ったという。

翌日から白色の船体（砲艦のみは従来から白色であった）および煙突をネズミ色に塗りかえる作業がはじまった。また防弾用の艦橋のマントレット（くくったハンモックを縦にならべて固縛する）および艦橋天蓋に石炭袋をのせて、飛行機からの機銃掃射にそなえるなど、臨戦準備に忙殺された。

九日に、上海における排日運動は表面化こそしていないが、きわめて深刻化しているということを電報で承知していた。しかしながら、その後の陸上の様子はまったく不明であった。八月十三日の夕食後、平服に着がえ迎えの内火艇に乗って、単身虹口《ホンキユウ》方面視察のため上陸した。北四川路方面では、多数の中国人が荷車に家財道具をつみ、押したり曳いたりして、南のほうに避難していく。まさに騒然たる状況であった。

そのうち、数台のトラックに出雲の陸戦隊（艦の部署により編成したもの）を乗せて、上海特別陸戦隊のほうに急行するのに出会ったが、日本人居留民は陸戦隊の力を信頼しているらしく、みな比較的平静であった。七時ごろ桟橋にもどると、艦で気をきかせたらしく、すでに内火艇が桟橋にきて待っていた。それにとび乗って、艦に帰ってみると、「ただいま陸戦隊派遣の命令が出て、本艦の陸戦隊員は岸壁上で武装点検中です」とのことであった。すぐに軍服に着がえ、訓示をあたえて出発を見送った。

上海特別陸戦隊は遠巻きに約十万の中国軍に包囲されている模様で、包囲軍の機関銃の試射音がさかんに聞こえていた。夜にはいると、かすかながら小銃の音もどこからか聞こえてきた。

明くる八月十四日、突如として中国軍の爆撃機が飛来し、出雲にたいして爆撃を開始した。しかし中国人の搭乗員らしく命中弾はなく、江上の出雲の近くに一発、カセイホテルの前あたりに一発が落ちた。かなり大きな爆弾であった。これが勢多艦長の目でみた、日中戦争の幕明けであった。

砲艦「宇治」旗艦の威信をかけて敵機撃墜

かつての揚子江艦隊旗艦の下駄艦も御紋章をおろして船団護衛の日々

当時「宇治」主計長・海軍主計大尉　鈴木大次郎

私が「補宇治《うじ》乗組」の転勤命令を受領したのは、昭和二十年四月四日で、先月末に卒業し、新任務に着いた候補生諸君のあとしまつをしているときであった。さて宇治といわれ、それが艦であることはわかっていても、艦種が思い出せない。さっそく内令提要（軍機秘書）で調べてみると、砲艦となっている。

砲艦という軍艦は、日本国内の一般人はもとより、海軍軍人でもその実物を自分の目で見た人は大変すくない、まことに特殊な小艦艇である。昭和時代の砲艦のほとんどは、排水量が二〇〇トンから三〇〇トンぐらいまでの、軍艦らしからぬ型をした河川用小艦艇であった。だが、中国第一の大河である揚子江上に姿をうかべる堂々たる国際法上の軍艦として、菊の御紋章を艦首にいただいて軍艦旗をひるがえし、海軍兵学校出身の現役の佐官（大佐、中佐）が艦長をつとめる、日本海軍を代表する権限をもった艦なのである。

ところで私の乗艦した宇治（二代目）の姿は、今までの砲艦とはくらべものにならぬほどスマートな艦型であった。そして河川性と航洋性の両者をかね、艦隊旗艦としての性能をそなえていた。宇治は一番艦橋立《はしだて》のあとの二番艦として、太平洋戦争のはじまる数ヵ月前に竣工し、ただちに第一遣支艦隊付（艦籍は横須賀）の旗艦として、海軍中将の司令官が座乗し、緒戦を香港攻略作戦でかざった砲艦であった。

香港作戦のあと宇治は昭和十七年三月、上海に回航され揚子江部隊の旗艦となった。そして昭和十八年八月、揚子江方面特別根拠地隊に編入され、大河の満水時には南京、漢口、宜昌まで遡江《そこう》して作戦に協力し、河岸の警備任務を遂行《すいこう》した。昭和十九年を迎えると米軍の攻勢は急を告げ、わが輸送船の被害が続出しはじめた。

これまで輸送船護衛用の専用艦に力を入れていなかった日本海軍では、この護衛艦の不足に悩み、これにあらゆる小艦艇を導入しはじめた。

砲艦も昭和十九年早々に、軍艦籍より独立分離され、菊花の紋章をおろして小艦艇として、潜水艦のつぎの地位に落とされることとなった。しかし、河川用砲艦を外洋で走らせることはできない。それでも宇治、橋立と、大正年間につくられた安宅《あたか》（六八五トン）、嵯峨《さが》（七二五トン）、拿捕したイタリア艦の興津《おきつ》（レパント）は、沿岸警備と船団護衛に使用されることとなった。

宇治は上海特別根拠地隊に編入されて、三月より上海～高雄間、上海～アモイ～香港間の船団護衛と、沖縄からの引揚船団護衛の任にあたった。昭和二十年四月からは、上海～青島～日本本土間の船団護衛と、舟山列島周辺の警備にあたった。そして、私の宇治転勤が発令

宇治(昭和16年４月末竣工の橋立型)。吃水2.45m。砲艦としては最も新しく大型で、航洋性をうるため乾舷を大きく船首楼を設け、昭和19年からは中国大陸の沿岸警備や護衛に使用された

されたのはちょうどこの時期であった。海軍兵学校を帽ふれで送り出されたあと、宇治着任まで、じつに五十四日の長道中となった。

これは、宇治が隠密行動で日本にむかっていた寿船団の先任艦として行動中で、適確な情報をつかむことが難しかったためである。したがって上海、青島、鎮海とそのあとを追いかけるようなことになった。そのうえ、当時の状況では、簡単に連絡機関を利用することが難しく、やっと寄港先に着いてみれば、艦影はすでに海の彼方に消えてしまったあとというわけで、五十四日を要して、けっきょく着任地が佐世保になったのは、皮肉というほかはない。この間に、航海士として宇治に赴任する萩原少尉といっしょになったが、彼もなかなか着任できないで、困惑しきっていたところだった。

この寿船団というのは、イタリアの敗戦により、日本に降服したイタリアの大型商船コンテ

ベルデ号を日本に回航するための船団であった。だが、制空権をほとんど失った海域を、長期にわたって航行してくることは、きわめて難しく、上海の人々のなかには、回航の成否について賭けをやっていた者もいたほどである。

荒天の東シナ海をこえて

やっと宇治の姿が佐世保に現われた五月十四日の佐世保軍港には、早朝から戦爆連合の大編隊が波状で襲ってきた。私と萩原少尉はグラマン機が襲いかかるなかを、工廠の建物の蔭に入ったり、積んである資材のなかに隠れたりしながら、岸壁に横付けになっている宇治に少しずつ近づいて行った。周囲は、爆弾や機銃弾の炸裂による硝煙が青白い幕をつくり、宇治がかすんで見える。広い工廠をやっと横切ると、眼前に宇治が全容を現わした。写真で見た姿よりはるかにスマートで、練習巡洋艦鹿島のミニ版のように見える。

やがて、上空を飛びまわっていた敵機の姿がなくなった。つぎの波状攻撃までには少し間がある。私は萩原少尉に合図をおくると、連れ立って物蔭から走り出て、宇治の舷門に駆けのぼった。さっそく当直将校の少尉に着任の旨を知らせ、艦長のもとに案内を依頼する。戦闘配置下なので、艦長古谷野均大佐は、艦橋で指揮をしておられた。ただちに官職氏名を名乗り、着任の挨拶をした。それに対して艦長の発した第一声は、「オー、二人とも生きていたか。待っていたぞ！」

これで着任の挨拶は終わりだったが、いまだにあの声がありありと私の耳の底にきざみ込まれている。たしか時計の針が正午をまわっていたころであった。

その日の夕刻ちかく、宇治は岸壁をはなれ第五船渠に入った。就役いらい、はじめての里帰りである。入渠した宇治は、これから日を追って激しくなる対空、対潜戦闘にそなえて、対空レーダー、水上用レーダー、逆探知機が取りつけられた。また対空機銃も増設され、復原性を増すための修理も施された。第一工作部江南船渠で取りつけられた水測兵器の性能を高める工作もほどこされたりして、船団護衛に適するように一段と手がくわえられた。

私の主務である主計科関係の中継ぎ事務は、前任者の河島主計大尉との間で着任当日と翌日で終了した。乗員の交替は主計長のほかに、航海長は三宅大尉にかわって竹沢中尉、航海士が藤木中尉にかわって萩原少尉、増員は木村兵曹長（砲術士）、向後兵曹長（暗号長）の二名。下士官兵の交替も若干名と増員をみた。

戦力増強にくわえ、内地の空気を存分に吸って闘志満々となった宇治は、五月三十一日に佐世保をはなれた。鎮海、木浦、仁川と商船の海鵬丸を護衛しながら航行をつづけ、仁川沖で海防艦の隠岐と合流、六月七日に黄海にはいり、ここで大連方面にゆく隠岐、海鵬丸に別れをつげて単艦、十八ノットで青島にむかった。この付近は敵潜の出没する海域なので、対潜、対空警戒第一配備である。膠州湾で仮泊、明くる早朝に青島に入港した。

その後、内地よりの商船二隻（東亜海運所属）が六月十一日に入港するや、ただちにセシ（青島〜上海）船団をくみ、駆逐艦蓮《はす》とともにこの護衛の任につき、上海にむけ出港した。翌十二日は曇天、風速がはやくなってきた。気圧計の針が低気圧の接近を知らせる。午前十時頃から海は荒れはじめる。東シナ海は台風の生みの親、育ての親ともいうべきところで、その本領を発揮しはじめる。

風速はすでに十メートルを越え、三角波は艦首に襲いかかり、波しぶきをあげる。艦はローリング、ピッチングのうえに、波に突き上げられたかと思うと、こんどは突き落とされる。そのたびにスクリューが空転してガアガア鳴り、艦がビリビリと震える。なにかに摑まっていないと、アッという間に波間に放り出されてしまう。今までの波しずかな海での航海は、きめて快適だったが、こうなると〝海上ホテル〟のニックネームも消しとんでしまう。航洋性はあっても、揚子江の満水時には漢口からさらに上流まで遡江できる河川用の砲艦であってみれば、これは当然のことである。

この状態がつづいては、烹炊作業は不可能であるが、さいわいにも夕方にはおさまりはじめた。〝台風銀座〟の東シナ海は、月を追って台風発生が多くなり、大型化するのである。先が思いやられた。この荒天では空からの来客はないが、海中からの来客は油断ができない。その当時、東シナ海でも、アメリカの潜水艦の活躍が目立ちはじめていた。とくに、性能の良い探知機を装備している米国潜水艦は、夜間攻撃が多いので、対潜警戒は厳重におこなわなければならない。十三日の夜が明け、午前十時ごろになると東シナ海特有のミルクコーヒー色した海水の色が、いっそう濃くなってくる。揚子江の泥水が、外洋はるか遠くまで流れてきているためである。

この泥水の海を、時速十二ノットで五時間ほど航行すると、崇明島が見えてくる。黄浦江

『砲艦一覧』（太平洋戦争開戦時）

艦名	起工	進水	竣工	建造所	記事
嵯峨	明45・1・7	大1・9・27	大1・11・8	佐世保工廠	和20・1，香港にて沈
安宅	大10・8・15	大11・4・11	大11・8・12	横浜船渠	戦後，中国の安東
橋立	昭14・2・20	昭14・12・23	昭15・6・30	桜島造船所（大阪鉄工所）	昭19・5・21，沈
宇治	昭15・1・20	昭15・9・26	昭16・4・30	〃 〃	戦後，中国の南昌
鳥羽	明44・7・7	明44・11・7	明44・11・17	佐世保工廠	戦後，中国の合群
勢多	大11・4・29 （12・1・25）	大 —— （12・6・30）	大11・11. （12・10・6）	播磨造船 （東華造船）上海	〃 〃 曲江
比良	大10・8・15 （11・4・17）	大 —— （12・3・24）	大 —— （12・8・24）	神戸造船所（三菱） （揚子機器）漢口	〃 〃 ?
堅田	大11・4・29 （12・1・25）	大 —— （12・7・16）	大11・11 （12・10・20）	播磨造船 （東華造船）上海	〃 〃 ?
保津	大10・8・15 （11・4・17）	大 —— （12・4・19）	大 —— （12・11・7）	神戸造船所（三菱） （揚子機器）漢口	昭19・12・5，沈
熱海	昭3・11・6	昭4・3・30	昭4・6・30	三井造船	戦後，中国の鳥江
二見	昭4・6・25	昭4・3・30	昭5・2・28	藤永田造船所	〃 〃 湘江
伏見	昭13・7・15	昭14・3・26	昭14・7・15	〃	〃 〃 江鳳
隅田	昭14・4・13	昭14・10・30	昭15・5・31	〃	〃 〃 湝江

（注）勢多型での上段は内地での仮組立，下段は現地での本組立の年月日を示す。

（出典：丸スペシャル No45 1980年11月 潮書房発行）

にはいったのだ。呉淞《ウースン》沖で速度を落とした宇治のあとから、二隻の商船と蓮が一列縦隊につづいている。敵の襲来もなく、ぶじ護衛の任務を果たしたのである。やがて上海の街が見え、しだいに近づいてくる。佐世保を出航してから二週間、宇治はやっと母港上海に帰ってきた。

船団護衛中に米飛行艇と対決

さて、これからが大変である。上海軍需部の桟橋に横付けし、衣食糧、酒保物品、重油、その他の補給を終えると、ふたたび何隻かの商船と何隻かの艦が船団を組み、出航することになる。

沖縄戦が終わりに近づくころになると、商船の数も少なく大小さまざまとなり、護衛する艦も、砲艦（宇治、安宅、興津）、海防艦（隠岐、大東、鵜来、沖縄、金輪）、駆潜艇（三十八号、二十三号）、第二十一号掃海艇、特務艦（利根丸、第十一昭南丸）、駆逐艦（栗、蓮）など、きわめてバラエティに富んだ艦種の組合わせとなった。

六月十五日から八月十五日までの二ヵ月間に、宇治が参加した青島～上海（セシ船団）上海～青島（シセ船団）の船団護衛は九回、護衛した商船は約二十隻、上海～舟山島、上海～泗島の緊急輸送は三回で、合計十二回の任務をおこなっている。これは五日に一度という強行任務で、外交目的を第一として河川にうかぶ小砲艦にとっては、酷使というほかはなく、よく耐えたものと思う。

この十二回におよぶ出撃中、とくに記憶に残るのは、六月二十四日から六月二十八日におよぶ船団護衛である。これは十二回中、唯一の敵の攻撃による商船被爆であった。

六月二十四日は快晴で、波静かな朝を迎えた。この日は第四回目の船団護衛に出航するため、青島でその準備に忙しかった。今回は、大型商船の備後丸と興亜丸の二隻で、内地よりの増援兵員と武器弾薬を満載している。そこで護衛も宇治を先任艦とし、第二十一号掃海艇、駆逐艦栗《くり》、第十一昭南丸が受けもつことになった。

六月二十五日、空が明るくなりはじめた午前四時三十分、前夜の台風の影響で海のうねりは高かったが、宇治を先頭にセシ船団（青島～上海）は行動を開始した。やがて午前八時頃になると、双発のPBY飛行艇が接触しはじめた。これはいつもあることなので、警戒配置はとっていたが、さほど気にしてはいなかった。が、今日のはいつもより接近してくるうえ、執拗であった。そして夜を海上で送り、二十六日の朝を迎えたが、船団には何事も起こらず順調である。

昼食も終わり、いつもの警戒配備で時計の針が午後一時半をしめす頃、とつぜん、レーダー室より「大型敵機と思われる二目標、船団、右舷上空にあり、近寄る」と報告してきた。

ただちに対空戦闘配置の号令がかかり、全員が配置につく。各艦船の対空火器は銃口を上方にむけ、いまや遅しと敵機の来襲にそなえる。

やがて十分ほど過ぎたとき、低く垂れこめた雲間から、二機の大型機が姿をあらわした。各艦の対空火器が一斉に火をふいた。宇治は船団のいちばん後尾を航行していたので、全体の状況がよくわかる。大型機はコンソリデーテッドPB4Yかとおもわれたが、先頭の一機が備後丸めがけて降下態勢に入るやいなや、護衛の各艦からの対空砲火が一段と激しく火をふいた。その瞬間、PB4Yからパッパッと炎が吹きでた。

「命中」「命中」という声がデッキで聞こえる。だがどうしたことか、機影が備後丸の上方をかすめた瞬間、船橋で大爆発が起こった。一瞬、PB4Yが激突したのかと思ったが、機は白い煙をひきながら離脱してゆく。また別の一機が、興亜丸にむかって突入の態勢をとった。ちょうど興亜丸の後方にいた宇治の一二センチ連装高角砲と連装二五ミリ機銃にとっては、絶好の目標にあった。それは両舷を航行していた栗、二十一掃海艇にとってもそうであった。三隻の対空砲火が同時に火をふいた。PB4Yは集中砲火を浴び、アッという間に火炎につつまれ、船団から数百メートルはなれた海中に墜落した。

「やった、やった」「万歳！」と歓声があがる。しかし、備後丸に目をむけると、船橋はアトかたもなく吹っ飛び、白煙を上げて燃えている。そして、そのまわりで消火活動をしている乗組員の姿が見え、海面には多数の人影がうごめいている。爆風で吹きとばされた影か、あわてて海に飛び込んだのかわからないが、さっそく救助作業にかからねばならない。

宇治は、速力を落として備後丸に接近する。他の護衛艦も寄ってくる。新手の敵機はふたたび現われることもあるまい、との判断がくだされた。宇治のカッターがおろされ、海中の人々の救助を開始した。やがて備後丸の火も消えた。

いっぽう、栗のカッターは、撃墜機の墜落現場の生存者救助にむかっている。これらの出来事はきわめて短時間の中で展開する。はるか遠方の海上に、黄と緑の煙があがっている。

宇治の艦橋から見た艦首部。25ミリ連装機銃(手前)前方の連装高角砲は仰角75度、毎分11発を発射可能

おそらく備後丸を爆撃(ロケット弾)したPB4Yが、命中弾のため不時着水し、脱出した乗員が救助の発煙筒を燃やしているのであろう。

カッターで救助された人たちは、全員が宇治に乗り込んできた。六月も中旬をすぎているが、寒いとみえて全員がガタガタ震えている。私は主計科先任下士官に、着換えの軍装とブランディの支給を命じた。また軍医長は負傷者の有無を看護兵曹とともに調べ、航海長、甲板士官は艦長の指示にしたがって、備後丸の被害調査とその対策をたてている。備後丸は、交代時間中で自室にもどっていた一等航海士以外の士官は、船長以下の全員が戦死。機関には異常ないが、船橋よりの操艦はまったく不能であった。しかし、手動切替えが可能であるという。

協議の結果、万一の場合は宇治が備後丸を牽引《けんいん》することにし、この作業と操船のため、宇治の航海長付の本田少尉とベテランの下士官兵十数名が備後丸に移乗した。しばらくすると、備後丸の機関がふたたび航行可能な状態になった。そこで宇治と栗が護衛して、最微速で先行した興亜丸のあとを追って、午後五時ごろに現場を離脱、航行を開始した。

先刻まで墜落機の捜査と搭乗員の救助のため飛来した双発のPBYも、夕空のかなたに姿を没し、夕闇が迫ってきた。夜間航行は危険なので、できるかぎり海岸線に接近し、敵潜の襲撃をふせぐため水深の浅いところで仮泊した。そして夜明けとともに航行を再開し、六月二十八日の午後六時頃に、上海にぶじ入港することができた。

涙の軍艦旗奉焼

七月も中旬すぎになると、敵機動部隊が東シナ海に現われはじめた。いよいよ上海も空襲可能圏内に入ったらしい。連日、艦上機の戦爆連合群が、午前十一時ごろから午後二時までのランチタイムに来訪するのが日課となった。

P51を先頭にやってくる艦爆の攻撃はすさまじく、いつも艦のまわりには水柱が林立した。が、その宇治は背後が米英租界にあたる場所に繋留されていたためか、敵機も目標が定まらなかったとみえる。ついに無傷のまま、八月十五日の終戦の詔書を艦上で拝することできた。

　八月十五日以後は、終戦処理業務、艦の中国側への引渡しの準備、周辺の島々からの兵員、民間人の引揚げ作業をつづけた。中国側への引渡日が九月十三日ときまった。九月十日の夕刻、艦尾に艦長以下、手あき総員の集合をかけて、宇治命名書、詔書を拝読のあと、軍艦旗とともにこれを焼却した。そのときは万感胸にこもり、眼に涙が滲み出るのを押さえることができなかった。

　九月十三日の朝は、宇治の引渡しのため、江南工作部桟橋にうつり、中国側の接収団の来艦を待った。正午になって、中国海軍司令長官の陳中将以下幕僚六名、兵員十一名の接収団が来艦し、陳司令長官と古谷野艦長がまず手をにぎり合い、つぎに日本側引渡委員の私と握手した。陳司令長官は「貴殿方の心情を思うと、何も申し上げられません。宇治を長江をおさめる艦という意味で『長治』と命名しますが、大切に扱いますことを約束します」と日本語で話された。降服した日本軍人にたいする言葉としては、想像もできぬほど暖か味がこもっていて、感激した。

　このあと、檣頭に掲げてあった軍艦旗をおろし、中国国旗の青天白日旗と長官旗を掲げた。接収団一行は艦内を一巡したあと退艦、これでぶじ、引渡しは終了したのであった。

　引渡し終了後は、ただちに私たちの退艦準備が始められた。中国側の要請により、指導員として士官一名、准士官四名、各科よりの下士官二十三名が人選のうえ、残留員として艦にのこった。九月十六日午前九時、全員の〝海ゆかば〟の合唱のあと、艦長以下一四五名は、宇治を去った。「長治」と改名した宇治はその後「長江」となり、解放軍の手に移ってからは「珠江」と改名され、揚子江の守りについたのである。

宇治は外観や装備は駆逐艦にくらべても劣らなかったが、艦の構造からみると、根本的に戦闘に適さない艦であった。にもかかわらず、船団護衛を一年半以上もつづけ、しかも相当の戦闘をおこなったにもかかわらず無傷で終戦を迎え、完全な姿で中国側に引渡しができたのは幸いであった。

にっぽん変わりダネ艦艇総まくり

漁船や客船に軍艦旗をかかげて奮戦した特設特務艇の種類と装備と戦果

元三十五突撃隊・海軍二等兵曹・艦艇研究家　正岡勝直

太平洋戦争に約一五〇〇隻の艦艇が任務につき、なかでも大和、武蔵の名は幼ない人にも親しまれているが、それら大艦あるいは特殊艦にくらべて、まったく戦中はもとより、戦後でさえその存在を忘れ去られているのが、その約九〇パーセントをしめる一四〇〇余隻の特設艦船である。まったく地味で、しかも一見とるに足りない小さな船のために、戦争の蔭にひっそりと影をおとし、あえて縁の下の力持ちにあまんじながら、じつは時いたらば大型軍艦をはるかにしのぐ活躍をしたのが、これら小艦であった。

艦が小さいのみではない。乗組員もほとんど召集組の士官、下士官兵、あるいは商船学校出身の予備士官のうえに、大型特設艦をのぞいては、その船の固有の船員（船とともに徴用された）か軍属たちが航海通信、機関の任務についていた。またこれから述べる特設特務艇のなかには、船舶とともに全員が徴用であり、軍人といわれるのは指揮官のみ、あとはすべてその人たち（ただし砲術関係には二、三名の下士官がいた）の手によって運用された特設

徴用状況											
艦種	12年	13年	14年	15年	16年12・8	開戦後16年	17年	18年	19年	20年	合計
捕獲網艇				5	25	11	3				44
防潜網艇					1	3	3				7
敷設艇			3		4					1	8
駆潜艇				40	56	17	14	22	52	66	267
掃海艇	12	2		32	56	17	6	1			126
監視艇				16	197	24	106	8	82		433
合計	12	2	3	93	339	72	132	31	134	67	885

沈没状況														
艦種	潜水艦	飛行機	機雷	艦船	坐礁	海難	衝突	不明	其他	沈没合計	接収	残存	解用	艦種変更
捕獲網艇	15	10	1		2			3	1	32		5	1	6
防潜網艇		2							1	3		2	1	1
敷設艇		2						1		3		3	2	
駆潜艇	24	82	6	2	5	6		6		131	23	94	15	4
掃海艇	14	34	5		2	1	1	5	1	63	5	34	18	6
監視艇	32	92	6	5	17	6	2	40	6	206	22	155	46	4
合計	85	222	18	7	26	13	9	55	9	438	50	293	83	21

監視艇もあった。だからこの特設監視艇のなかにはたった一隻のみの所有者という零細《れいさい》な事業主が多く、乗組員も近親者が多い。

当時の海軍は、平時にさほど必要としない艦種、とくに補助艦艇等は少数をとどめ、そのかわりいったん戦争へ突入のときは、特設艦船の制度を確立し毎年度ごとに徴用予定船を計画、配属すべき艦種や隻数を決定し、青写真に改装予定図を記入、それに見合うべき兵器資料を準備した。そして固有艦艇に準じた取扱いをし、特設軍艦、特設特務艇、特設特務艦船などに大別した。

特設特務艇は支那事変より太平洋戦争をへて延べ八八五隻が徴用、固有特務艦の不足をおぎない、むしろ重要な任務を担当した。そのため職員、職務上とくに特設駆潜艇、特設掃海艇は固有のものに準じて取り扱い、その他の艦種は特務艇に準じた。以上を分類すると、特設捕獲網艇、特設防潜網艇、特設敷設艇、特設駆潜艇、特設掃海艇、特設監視艇となる。

機帆船まで奪いあう

支那事変当時は、揚子江方面に出撃すべき特設掃海艇として旧式トロール船が徴用され、使用期間も一年たらずであった。しかし昭和十五年、臨戦準備態勢となるや、おもに駆潜艇、掃海艇として大型トロール船、捕鯨船が外戦部隊用となり八〇トン級の底引網漁船が内戦部隊として徴用された。そして昭和十六年、常備編成より戦時編成へと切り変え、急速に大量の徴用がおこなわれ、別表のように九月から編入された。

ここで軍当局が要求する漁船は、昭和十四年当時の近海、遠洋漁業一〇〇トン以上の漁船、トロール、捕鯨船、鰹《かつお》・鮪《まぐろ》釣漁船、合計二七四隻と、ほかに官庁所有の漁業指導船三十八隻にすぎなかった。開戦ともなれば海軍はもちろん、陸軍もあるていど徴用するから、さらに不足は多くなる。そこで一〇〇トン未満の漁船をはじめ、五〇トンないし三〇トン級まで徴用の手をひろげた。

この事実は開戦後、事故による損失行方不明など、戦闘以外の被害が多く、一〇〇隻ちかい船が戦わずして沈没してしまった。このため海軍当局も用兵上、困難があるので、昭和十八年より木造船（漁船型）を全国の造船所で建造することとし、駆潜特務艇、掃海艇、哨戒艇が建造されたのである。この事実は、軍当局の特務艇に対する判断の一つと見るべきであろう。

開戦後は作戦が比較的予想外に進展したので、特設監視艇隊編成のため、監視艇の徴用があったにとどまった。しかし昭和十八年後半より、戦線がしだいに後退、玉砕する島々が出てくるにしたがって、連合軍の進攻は猛然となり艦船の被害もますます増してきたので、補充をおこなわなければならなかった。

だが輸送上、軍や民間をとわず、船舶の奪い合いは激しく、したがって必要とする艦種にも雑多な船が割りあてられ、小型曳船、冷凍船、海上トラック、巡視船、ついには機帆船まで徴用された。

昭和二十年八月十五日、終戦とうじ各地で活躍していた特設特務艇は、大部分が大破したり、また無事に残存した船も多かった。だが、外地に残存した船のうち、おそらく放置されたり、占領軍の接収などによって、その存否の不明なのが多かったと想像される。しかし残存、放棄は区別上むずかしく、昭和二十二年五月三日の「復二第三六五号」では除籍のかたちをとっている。

本土決戦の一翼をになって

▽特設捕獲網艇＝特設捕獲網艇というのは対潜水艦用の艦種で、捕獲網の敷設、監視、潜水艦の駆撃を目的とし、五〇〇トン～八〇〇トン級の特設特務艇としては比較的大型な貨物船を主としている。兵装は主兵器たる一四式捕獲網二組を搭載、敷設設備を船尾に仮設し、船首に八センチ砲一門、七・七ミリおよび一三ミリ機銃一基を搭載した四十四隻が使用され、一部は特設駆潜艇二隻をもって特設駆潜隊を編成、その司令艇となり、第一根拠地隊より第

エニウエトク環礁で米機の空襲にさらされる特設捕獲網艇。船首に8cm砲

七根拠地隊および第九根拠地隊へ編入され海上哨戒、護衛にあたった。

そして各鎮守府部隊に配属され、局地防禦を担当したものもあった。しかし作戦上、潜水艦に対しての効果はなく、戦況の変化とともに運送船、病院船に変更され、五隻が残存したにすぎず、山水丸（八一二トン）は関西汽船所有で、戦後、瀬戸内海を航行していた。

▽特設防潜網艇＝防潜網の設置、管理、監視をおこない、必要に応じて潜水艦駆撃をおこなうのを目的とし、八隻が徴用されたが、浪切丸（五八九トン）は不適のため編入されず、七隻が使用された。兵装は捕獲網艇とおなじだが、防潜網を有し、機雷庫を設けたところが異なっていた。五〇〇トン前後の貨物船が使用され、二隻が残存した。

▽特設敷設艇＝敷設艇というのは、主として機雷敷設をおこなうものである。機雷を敷設する艦種は多く、敷設艦をはじめ敷設艇、特務艇、敷設艇型曳船（雑役船）および特設軍艦の大部分であるので、隻数もすくなく開戦時に六隻あったが、昭和十九年までに三隻が沈没した。だが徴用は

敷設特務艇１号型の３番艇。漁船型215トン、全長35m、速力9.5ノット。前檣に機雷揚収および搭載デリック。８cm高角砲と船尾に連装機銃が見える。船尾両舷に機雷敷設軌条、機雷40個

おこなわれず昭和二十年、本土決戦のため敷設艇が必要となったので、駆潜艇より「こうせい丸」を転用した。

金城丸（三三〇トン）は、昭和十四年三月徴用いらい鎮海、佐世保をへて一時、第四一警備隊（トラック島）に配属されたが、ぶじ残存した。

こうせい丸は第一次大戦当時に英国で建造されたスループ艦で、戦後に売却されて大阪商船で尾島丸と命名、昭和八年の大時化《おおしけ》のとき沈没した。その後、引揚修理をおこない、こうせい丸と改名して現在の東海汽船が所有、その後、徴用されたが無事に残存した。

▽特設駆潜艇＝駆潜艇というのは主として潜水艦攻撃、監視をおこない、必要に応じて哨戒をおなうことを目的とした。大戦中、わが艦船の潜水艦による被害は実に多く、これを攻撃すべき駆潜艇は上陸作戦、船団護衛を主としたので、この艦種の任務は大きかった。そして前線では雑多な船を拿捕《だほ》して代用した場合が多かった。だから実質的な隻数は、特設駆潜艇二六七隻を

ウオッゼ港外で被弾擱座した特設駆潜艇・第10昭南丸。もとは日本水産の大型キャッチャーボートで、350総トン、速力14ノット。船橋の42は64駆潜隊2番艇を示す。船首に8cm砲が見える

さらに上まわっているようだ。

開戦時、大型の捕鯨船は外部戦隊に、局地哨戒は八〇トン級の手繰《たぐり》網漁船をあてた。兵装は、捕鯨船には船首に「安」式八センチ砲、あるいは短八センチ砲を一門、七・七ミリ機銃一基を備え、潜水艦への攻撃兵器たる爆雷は十二から二十四個（九五式または八一式を使用）、投射機は九四式投射機をおき、船尾には投下台を設け爆雷をおいた。開戦後は水中聴音機を装備、攻撃しやすいようにした。

昭和十八年後半より大量の徴用をしようとしたが適当な船がなく、十八年十月十五日付で、兵備局長より各鎮守府参謀長にあてた船舶借用徴用促進書では、旧式トロール船、小型曳船、漁業取締船と雑多な船種が見え、また徴用しても不適のため使用できない船舶もあり、官庁船のなかには借用船の形式で使用した七隻もある。そして徴用隻数より、沈没隻数が多い状況であった。

また輸送船団の被害が続出したので、船団護衛もおこなうようになり、昭和二十年には機帆船までをも徴用し、主要港湾の警戒や護衛にむけた。兵装も船橋、天蓋両舷に二五ミリ単装を

特設掃海艇・第６玉丸。大洋漁業の捕鯨船を徴用改造、275総トン。船尾が掃海作業台で、掃海具用ブイが見える。第７玉丸らと共に呉防備戦隊所属の31掃海隊を編成した。船首に６㎝砲

一基装備、船尾に爆雷をしばりつける状態であった。

終戦時、台湾方面の警備隊、支那方面艦隊所属の船が接収されたりしたが、計二十三隻をかぞえた。

ここで特種な船を三隻説明してみよう。

淑星（四七〇トン）＝海南警所属。香港で昭和十七年四月に引き揚げた救難船である。

海威（八六四トン）＝佐世保警備隊所属。駆逐艦樫《かし》の後身で、満州国海軍で使用中を借用したので大戦中、満州国海軍として参加したただ一隻の船であった。昭和十九年十月、沖縄で空襲のため沈没した。

白洋丸（二一九トン）＝第三〇根拠地隊所属。フィリピンで陸軍が拿捕し、譲渡したもので、昭和二十年一月、マニラで自沈した。
▽特設掃海艇＝これは特設特務艇中、一番はやく使用されている。すなわち支那事変のはじめ、揚子江に機雷が敷設され遡江作戦が困難なので、その必要上徴用されたが、短期間であった。この掃海作業のほか、潜水艦に対する哨戒をおこなう目的をもった。

一二六隻が使用されたが、開戦までにほとんど徴用された。大型トロール船、三〇〇トン級までの貨物船が主体で、外戦部隊へは捕鯨船が配属された。一部、底引網漁船もあった。主兵器たる掃海関係では対艦式掃海具、小掃海具、水中処分具をそなえ、主砲は艦首に一号短八センチ砲を一門、七・七ミリまたは一三ミリ機銃を一基、九五式爆雷を四から十二個、艦尾に投下台を設けている。

開戦当時には特設掃海隊を編成し、外戦部隊ではあるていど戦果をあげたが、だいたい旧式の船が多く昭和十九年、駆潜艇に六隻が変更（捕鯨船）になったりし、本来の任務より船団護衛、担当海面の哨戒にあたり、磁気機雷が本土周辺にB29よって投下されてからは、その任務を駆潜特務艇や掃海特務艇にゆずった。

第二玉園丸は、昭和十二年十一月に特設掃海艇となり、大湊防備隊に所属していたが、ぶじ残存した。だが二十年七月十四日早朝、釧路において艦上機のため大破してしまった。しかしこの船が特設艦船中、一番ながく在籍した船であった。建造年月は大正九年八月、鳥羽造船所で建造された。

これらとともに、第一号黄浦丸（二七二トン）曳船、旧名ヌマット。第二号黄浦丸（二五二トン）曳船、旧名ダイアナモーラー。原地丸（五二五トン）曳船、旧名フロスチモーラー。この三隻の拿捕船が使用された。そのほか支那方面艦隊の四隻が接収、べつに第三号太平丸（一九五トン）は昭和二十一年二月に、朝鮮で米軍に接収された。

ただ捨て身の戦法あるのみ

▽特設監視艇＝特設監視艇八五五隻のうち四三三隻がしめすごとく、ほとんど特設監視艇隊へ編入、特設巡洋艦、特設砲艦を母艦、支援艦とし、昭和十七年二月より二十年五月の東方洋上哨戒中止まで三年余のながい間、この艦種は単独で作戦をおこなってきた。

わずか一〇〇トンたらず、ときには五〇トン級の漁船が、遠くは東経一六〇度付近に、また千島東方洋上哨戒に、そして昭和十九年十一月よりは、Ｂ29の本土空襲を早期に発見するため、鳥島《とりしま》付近で作戦をおこなうなど、とくに昭和十七年四月十八日、東京初空襲の第一報をおくった第二十三日東丸以下五隻の活躍は、よく知られている。

開戦当時は、南洋の各警備隊に配属された船もあり、クェゼリンなど玉砕地で全滅し、消息不明や事故のため喪失した船も多い。兵装は、はじめ一〇〇トン以上を「甲」とし機銃一基で、「乙」は一〇〇トン未満で無武装という予定だったが、四月十八日の戦訓以来しだいに強化し、昭和十九年には一三号電探を搭載、山内式五センチ砲を一門、二五ミリまたは一三ミリ機銃を二から三基、水中聴音機を装備する艇もあり、すなわち小型のわりには重武装となったのも、戦況のしからしむるところであろう。

しかし、大半の艇は機銃一基、爆雷二個、小銃二から四梃の無武装にひとしい兵装であり、その武装で飛行機、潜水艦と交戦したのが、つぎの例である。

新勢丸（一四八トン／二二〇頁写真）＝第一特設監視艇隊所属で、昭和十八年三月二十日、敵潜水艦に捨て身戦法で突撃を敢行し、これを撃退した。

平和丸（八八トン）＝第四特設監視艇隊所属で、昭和十九年九月十日、他艇と協力してB24と交戦、艇長細川兵曹長は操舵室天蓋上の一三ミリ機銃を、超低空で攻撃してきた飛行機に対し数メートルの高度で発射、撃墜した。みずからは戦死、よく艇の沈没を防いだ。

ドーリットル空襲二十三日東丸の殊勲

四月十八日の日東丸と長渡丸および五月十日の第五恵比寿丸の奮戦

海戦史研究家　北本大吉

緒戦のパールハーバーに大敗を喫した米海軍は、この報復として、これに匹敵《ひってき》する攻撃は東京空襲であると考えていた。しかしながら母艦搭載機では、三〇〇浬《かいり》以内に近づかねばならない。監視艇や哨戒機をもって綿密に哨戒している海面を、発見されずに到達することはむずかしい。プリンス・オブ・ウェールズの二の舞いを演ずるかも知れない。

米艦隊司令長官キング海軍大将は、検討の結果、B25爆撃機を空母より発進し、空襲後、中国大陸の基地に着陸する方法を決定した。ドーリットル陸軍中佐を指揮官とする搭乗員たちは、フロリダ州のエクリン飛行場で、極秘裡に一ヵ月の訓練に従事した。滑走路にはホーネットの甲板の大きさに仕切った区域が標示され、操縦士たちは、この限定地域から発進することを練習した。

十六機のB25は、アラメダ航空基地に空輸され昭和十七年四月一日、サンフランシスコで空母ホーネットの甲板上に積みこまれた。翌二日、ホーネットは巡洋艦と駆逐艦に護衛されてシスコを出港、十三日にはパールハーバーを出港したエンタープライズ隊と合同し、東京にむけ一路、西航していった。これはハルゼー中将のひきいる第十六機動部隊であり、その兵力は空母ホーネット、エンタープライズ、重巡三隻、軽巡一隻、駆逐艦八隻、油槽船二隻であった。

ハルゼー中将の計画は、四月十八日の午後に東京から五〇〇浬の距離で発進し、夜間攻撃を行なう。そして十三機が東京地方に集中し、他の三機は東京を通らずに近路をもってそれぞれ名古屋と大阪および神戸を攻撃する。ドーリットル中佐機は彼の麾下《きか》の編隊機よりも先行し、東京に相当数の焼夷弾を投下し、これによって起こる火災をもって後続の編隊機に対する標識とすることを計画した。なお空襲後は翌日、明るくなってから中国の飛行場に着陸する予定になっていた。

遂にキャッチした敵機動部隊

この敵を迎え撃つ日本海軍の情況は、どうであったろうか。

戦艦を基幹とする主力部隊は瀬戸内海に、第二艦隊（重巡基幹）は横須賀に帰投直後であったが、機動部隊はセイロン作戦よりの帰途にあり、まだ台湾の西方を航行中である。本土東方海面の哨戒は新編成の第二十六航空戦隊（木更津空、三沢空、六空）が担当し、中攻をもって七〇〇浬の索敵を実施していた。

哨戒部隊においては四月十七日、第三直哨戒隊の特設巡洋艦浅香丸、特設砲艦の第一雲洋

第23日東丸。90総トンの鉄製底曳網漁船で、昭和16年12月10日付で特設監視艇となり、第2監視艇隊に編入されて第5艦隊指揮下の第2哨戒隊として本土東方　700　浬の哨戒に従事していた

丸および監視艇十六隻は、東経一五五度線上（犬吠埼より七〇〇浬）の配備につき、二十浬の間隔で哨戒に従事しており、それまで配備についていた第二直哨戒隊の特設巡洋艦粟田丸、特設砲艦の安州丸、興和丸および監視艇二十隻は、哨区をはなれて釧路に向け帰航中であった。

四月十八日、わが哨戒線の西方約一〇〇浬の北緯三六度、東経一五二度一〇分を、釧路に向け航行中だった第二十三日東丸は、午前六時半ごろ敵艦上機を発見し、その攻撃をうけた。黎明前の夜陰に乗じ、第三直哨戒隊の哨戒線をぶじ通過した敵機動部隊は、ついにここに捉えられたのである。敵は監視艇に電報を打たせまいとして、飛行機の集中攻撃をおこない、激しい爆撃銃撃をくわえてきた。しかし艇長は、その時すでに敵機発見の第一電を打った。

「敵飛行艇三機見ゆ、針路南西、敵飛行機二機見ゆ、〇六三〇」

打電という最大の任務をまっとうした後も、乗員は勇敢に応戦した。だが、その貧弱な武器ではいかんともする術《すべ》がない。連続して敵機の攻撃をうけ、第二十三日東丸の艦体は蜂の巣のようになり、機械もとまり浸水もしだいに増してくる。そして乗員は一人また一人とたおれてゆく。

まもなく朝靄をついて、敵の機動部隊が見えた。すでに沈没に瀕しているにもかかわらず、その乗員の闘魂はまだ失われてはいなかった。第二十三日東丸は最後の勇気をふるい起こし、つぎつぎと敵情を報告した。最初に敵機を発見してから沈没したと思われる午前七時ごろまで、約三十分の間にじつに六通の敵情報告をおこなったのである。もちろん、艇長中村盛作兵曹長以下十四名の全乗員は、艇と運命を共にした。

第二十三日東丸の情況は、当時の戦闘報告に「十八日〇六三〇、敵機動部隊発見より〇七〇〇沈没（推定）にいたるまで、敵の熾烈《しれつ》な攻撃をこうむりつつも六通の敵情報告を発し、わが作戦に寄与せしところきわめて大なり」と記されているのみで、その奮戦の情況は知るよしもないが、六通の敵情報告をおこなっていることや、後で述べる長渡丸の戦闘情況より推察すると、いかに壮烈なものであったか想像できる。そしてこの功績により、全乗員は二階級特進の栄誉にかがやいた。

壮烈〝長渡丸〟の最期

米機動部隊は最初、航路上にある二十三日東丸を攻撃したのみであったが、B25を発進させたのちは積極的にわが哨戒線の攻撃を企図し、監視艇隊は各所において敵機の攻撃をうけ、大なる被害をこうむるにいたった。各艦艇の被害情況は別表のとおりである。敵機の攻撃に

各艇別被攻撃情況

船名 時刻	被攻撃 の情況	被　　　害	消耗弾
第2旭丸 1100	爆撃　1回 (爆弾　2) 銃撃　3回	爆弾破孔十数ヵ所 機銃弾痕　150 7.7粍機銃破損 後橋　半切損 戦死　1 戦傷　2	機銃　48 小銃　30
海神丸 1100	爆撃　2回 (爆弾各2) 銃撃　2回	左舷艦首　破孔2(爆撃) 重油タンク等多数破孔 (銃撃)	機銃　150 小銃　6
長久丸 1110		銃撃によりガソリンタンクより火災 大破沈没 戦死　2	小銃　30
第1 福久丸 1135	銃爆撃	被害なし	
第1 岩手丸 1120	爆撃　4回 (爆弾6) 銃撃	機械室満水　船体弾痕無数 艦橋蜂の巣のごとし 大破沈没、戦死　2 重傷　1	小銃2丁にて30分間応戦
第26 南進丸 1200	銃撃　6回	機銃貫通箇所多数 戦死　1 重傷　2	小銃2丁にて応戦
(特砲) 興和丸 1200	銃爆撃数回	左舷前部浸水 戦死　1 重傷　8	
栄吉丸 1205	銃爆撃2回 銃撃　1回	揚錨機室、前部兵員室浸水 重傷　2	機銃および小銃にて応戦
(特巡) 粟田丸 1222	爆撃　1回	左舷前部に小破孔 軽傷　1	
第3 千代丸 1215	銃撃　4回	船体兵器に若干の被害あり	機銃　210 小銃　30
第21 南進丸 1315	銃爆撃 (爆弾2)	左舷前部破孔及び亀裂のため浸水　大破沈没 戦死　1	小銃　30
長渡丸	本文参照		
被害総計	行方不明 船体大破 放棄 大中破 戦　死 戦　傷	第23日東丸、長渡丸 長久丸、第21南進丸 第1岩手丸 粟田丸、興和丸および監視艇5隻 33名 23名	

対し七・七ミリ機銃ではいかんともしがたく、とくに小銃のみの艇は攻撃力は無にひとしい。

しかし各艇の闘魂は激しかった。この表からも、その奮戦の情況はうかがえよう。

午前八時二十五分に反転し、東方に避退中の米機動部隊は、午後一時ごろ、第三直哨戒隊の哨戒線を通過し、長渡丸は飛行機および巡洋艦ナッシュビルの攻撃をうけ沈没、行方不明となった。同艇信号員（米空母に救助され戦後帰還）の語る情況は、つぎのごとく壮烈なものであった。

「十二時半ごろ、艦上機三機を発見す。敵は六～七回にわたり銃爆撃をくわえてきたが命中せず、わが方は小銃二梃にて応戦す。五分ほどして西方にマストを発見、つづいて空母をふくむ約七隻が見えてきた。私は羅針甲板で見張りに従事していた。艇長の前田儀作兵曹長は、敵機発見および、敵機動部隊発見の電報を発信するとともに、『逃げても無駄だ』といいながら、さらに敵情をたしかめるべく、敵の方へと突っ込んでいった。

その後も連続銃爆撃をうけ、機械室に爆弾命中、浸水し航行不能となった。艇長は重要書類の処分を命じ、私たちはまとめて錘《おも》りをつけ、海中に投棄した。敵の爆撃は執拗をきわめ、前部兵員室にも命中、浸水しはじめたが、われわれはただじっとして敵の攻撃をうけるばかりである。

まもなく敵の巡洋艦が一隻近づいてきて、砲撃をはじめた。その一弾は橋（ほばしら）付近に命中し、私は気を失って倒れた。ふと気がついてみると、檣もコンパスもなかった。艦橋に降りてみると艇長と他の一名は機銃弾により、すでに絶命しており、あたりは鮮血にいろどられていた」

監視艇隊の犠牲は無駄ではなかった

第二十三日東丸に発見された米機動部隊は、夜間空襲を断念し、昼間攻撃に計画を変更、日本本土より六〇〇浬以上の遠距離より発進することとし、午前七時二十五分、最初のB25が母艦を飛びたった。そして八時二十四分には最後の機も発艦し、機動部隊はただちに反転、

17年４月18日、軽巡ナッシュビルの砲撃で炎上する第23日東丸。日東丸所属の第２哨戒隊は第３哨戒隊と交代（三直交代）して釧路帰投中の敵発見であった

東方に向け避退した。

　四月十八日正午ごろ、東京地方は突如として空襲警報のサイレンが鳴りひびいた。それとほとんど同時に、米機は東京上空に現われ、東京、横浜、横須賀方面に対し、爆撃あるいは焼夷弾攻撃をくわえた。第二十三日東丸よりの報告があったにもかかわらず、日本軍は敵の空襲は翌日（陸上攻撃機を母艦より発進させるとは考えていなかった）であろうと判断していたため、このような奇襲を受けることとなった。また邀撃戦闘機は、米機が低高度で進入してきたため、ほとんどこれを捕捉することができなかった。かくしてドーリットル隊は、ほとんど損害を受けることなく、十三機は東京方面を、他の三機は名古屋、神戸などに攻撃をおこなった。

　また米機動部隊に対しては、木更津にいた二十六航戦の中攻三十数機が攻撃にむかい、横須賀方面にいた第二艦隊の主力、内海西部にあった主力部隊はただちに出撃、帰投中の機動部隊も急きょ馳《は》せ参《さん》じ、さらには、ちょうど本土東方海面を掃航索敵せんとしていた第三潜水戦隊の潜水艦もくわわり索敵したが、ぜんぜん敵影を発見することができなかった。こうしてドーリットルの東京初空襲は、あたえた被害は少なかったが、いちおう成功をおさめた。では第二十三日東丸などの犠牲は、無駄になったのであろうか。

ドーリットル隊は昼間攻撃に計画を変更したため、中国の基地に到着するのは夜間となり、全機が不時着大破し、多数の搭乗員が死傷した。すなわち一機は燃料が不足し、ソ連領土に不時着。他の十五機は中国にむかったが、四機は麗水飛行場に強行着陸して大破。九機の搭乗員は落下傘降下をおこなった。他の一機は、寧波付近の沿岸に不時着し、助かった三名の搭乗員は、南昌付近に落下傘降下した一機の全搭乗員とともに、日本軍の捕虜となった。これは監視艇隊の直接の戦果といえるであろう。

斃れた友の銃を拾い応戦

昭和十七年四月ごろより本州近海に出現する敵潜水艦の数は、いちじるしく増加し、五月に入るやその一部は、わが監視艇の哨戒線を攪乱せんと企図するにいたった。五月十日、第五恵比寿《えびす》丸は敵潜と遭遇、約二時間にわたって壮烈な死闘を演じ遂にこれを撃退したが、十四名の乗員のうち艇長、船長をふくめて七名が戦死し、二名が重傷を負うという、大きな被害をうけてしまった。

この戦闘が、いかに悲壮なものであり、かつ乗員が勇敢に戦ったか、当時の戦闘記録が如実に物語っている。それによると――。

――昭和十七年五月十日午前六時ごろ、北緯三三度、東経一五二度、わが哨戒線の最南端にあって針路西、微速哨戒中、南西方約二千メートルに敵潜水艦らしきものを発見、ただちにこれを報告するとともに戦闘を令し、全力運転を行なう。敵潜水艦が接近するにしたがい識別日の丸も見えず、船体塗色《としょく》は黒暗色にして艦橋の模様もわが潜水艦と異なり、いよいよ敵潜水艦なることを確認せり。

敵は、わが右舷側後方七百メートルに急進するや、その八センチ砲一門をもって砲撃を開始す。われもまた七・七ミリ機銃一および小銃三をもって応戦し、主計兵一名、機関兵二名、水兵三名が運弾などに従軍す。時に六時二十分なり。

敵は優速を利して転舵しつつ、わが後方を左右に回避し、わが機銃の射界から逃れようとつとめたり。六時二十七分、敵の砲弾がわが船尾より船首にむけ命中し、無線電信機を破壊され、われ通信不能となる。このとき重要書類に石油をかけてこれを焼却せり。

六時半、一弾が艦橋右舷側に命中し、艇長の海軍特務少尉根本仙吉、信号兵田中新市が斃《たお》れ、船長岩崎万吉が重傷（一時間後に絶命）を受ける。敵はついにわが左舷三百メートルに近接し、八センチ砲および三連機銃（第五恵比寿丸にて収得せし弾片に二種類あり。一はニッケル弾にして、わが小銃弾に類似し、口径七ミリなり。ほかは鉄弾にして鈍頭の一二ミリ口径。敵は艦橋に二種類の機銃を装備せしものと認む）を猛射す。このとき運弾中の佐藤朝次郎三曹（一時間後に絶命）、戸谷作一一機が重傷を受ける。

われもまた、機銃射撃効力を発揮せんがため、左右に転舵し、敵潜水艦と併行状態となることあり。このとき敵潜水艦八センチ砲員たちに混乱を生じ、一時その砲撃が中絶せるを認む。このとき艦橋にて機銃掃射中の沢田末吉一水、夏目勝予備三水が全身に機銃掃射をうけて戦死せり。また青木丞二水重傷（二十分後に絶命）、良知忠平予備三水は、千浦勝三郎一機とともに沢田一水の銃をひろい、これを奪い合って射撃を継続す。

千浦一機、携帯小銃に機銃弾命中し、本人もまた重傷を負う。良知忠平予備三水は、機銃射手古山稲蔵の命令により意を決し、敵潜水艦に衝突せんことを企図し、敵に向首す。時に七時二十分なり。

敵は優速を利して回避せんとし、われは敵を追う。しばらくするうち、艦橋前方より敵弾を受け、舵索切断、舵が故障となって操舵意のごとくならざるも、なお全速運転を継続しつつ、和田万市予備三水が主任となり、総員にて舵機を復旧す。艇をなおも敵に向首して迫る。

敵は南西方に遁走す。時に七時五十五分なり。

敵の発射弾数は八センチ砲約五十発、機銃四千発ほどなり。そのうち八センチ砲命中十三発、機銃命中弾多数なり。わが方の発射弾数は七・七ミリ機銃一三九五発、同曳光弾四八五発、小銃弾五二五発なり。被害は戦死七名、重傷二名、無線通信機破壊。——

と記されてある。この米潜水艦は、シルバーサイド（艦長クリード・バーリンゲーム）であり、その戦闘情況について、米潜水艦作戦史を見ると次のごとく記されている。

「昭和十七年五月十日午前八時ごろ、荒天中にトローラーの哨戒船を発見、ただちに砲戦配置につき砲撃および機銃射撃を開始した。トローラーは機銃と小銃とで応戦した。はじめのうちは命中しなかったが、距離をちぢめて、目標に対して連続命中弾を放った。トローラーから火炎が噴き出したが、沈もうとしなかった。機銃弾が潜水艦の甲板をかすめて飛び、第二装塡《そうてん》手はこめかみに一弾を受けて倒れた。蜂の巣のごとく弾孔をあけられ、火炎を噴きながらもトローラーは燃えるコルクのごとく浮きつづけた。目標は修理不能のていどまで破壊されたので、バーリンゲーム艦長は戦闘を中止した。砲戦は一時間あまりにわたり、砲員は困憊《こんぱい》に近い状態にあった」

こうした監視艇による哨戒作戦は、その後もつづけられた。その間には、昭和十八年六月に、カムチャッカ東方海面に進出して、キスカ撤退作戦にも従事した。そして敵機や敵潜により、たびたび被害をこうむったが、そのうちとくに第二十三日東丸のごとく沈没して行方不明となり、全乗員は艦とともに海底に、永遠の旅に立つという悲しい報にも接した。

このような苦難と忍耐の連続である任務にも、つねに乗員たちは祖国愛に燃え、海軍魂を誇りとして、その任をまっとうしたことは、今日なお胸を打つものがある。

知られざる黒潮部隊の栄光と悲惨

木の葉の如き小艇で太平洋の哨戒線についた特設監視艇隊の全容

元三十五突撃隊・海軍二等兵曹・艦艇研究家　正岡勝直

昭和十六年の夏、いよいよ悪化する日米関係に、日本海軍は戦時編制の強化をおしすすめざるをえなくなった。そこで、その一環としてまず北太平洋方面および本土の東方海上の警戒を任務とする第五艇隊を編制し、その指揮下に特設巡洋艦（特巡）ともいうべき粟田丸、浅香丸、赤城丸（日本郵船所有の高速貨物船）を、哨戒を担当する第二十二戦隊として編入し、さらに父島を基地とする第五艦隊麾下の第七根拠地隊に、その担当海域を哨戒するための特設監視艇が配備されることになった。

正岡勝直兵曹

開戦後わが軍は、太平洋上の米軍拠点であるグアム、ウェークの両島を占領し、太平洋上の戦域は一ヵ月もたたぬうちに東経一七〇度付近にまで拡大された。そこで当然、米軍の潜水艦や機動部隊による本土方面への進出が考えられるので、監視艇で洋上に哨戒線を展開し、その早期発見を行なおうとしたが、監視艇隊を編制するにはまだ十分でなく、整備中のものや未整備の艇が多かった。

ようやく昭和十七年二月一日になって、第七根拠地隊の監視艇を二つにわけ、第一、第二特設監視艇隊を編制することができたのであった。これはいずれも第五艦隊に属し、特設砲艦の昌栄丸、安川丸を母艦とするものであったが、しかし中には三〇トン級という洋上行動には不向きな小艇もあり、このような編成では作戦からも不利と考え、二月二十五日には、それらの小艇をのぞいた第一、第二艇隊およびその他の内線部隊から選び出した監視艇で、新たに第三艇隊をつくり、母艦は昭興丸とされた。こうして特設監視艇隊は七十五隻でもって発足し、第一線につくための整備は四月中旬まで行なわれることになったのである。

しかしその間にも、哨戒線の配備を空白にするわけにはいかないので、それぞれの艇隊から順次、整備を完了した艇をぬきだし、臨時に哨戒隊が編成され、それに随伴する特設砲艦（特砲）も六隻が配備されることになり、やがてつぎつぎと戦力に投入されていった。

こうして形のととのった哨戒部隊は、第二十二戦隊を主隊として監視艇隊で哨戒隊をくみ、主隊はこの哨戒隊の支援艦となって、往復時の航路嚮導、哨戒線の艦位保持、時刻の整合などを行なった。哨戒隊は敵情によって、第一配備から第三配備（常時配備）に区分され、ふつうは第三配備をとった。これは東経一五五度、南端は北緯三三度を基点として、南北に哨戒線を構成し、米軍の来襲状況によって第一配備となり東経一六四度まで進出する、というものであった。

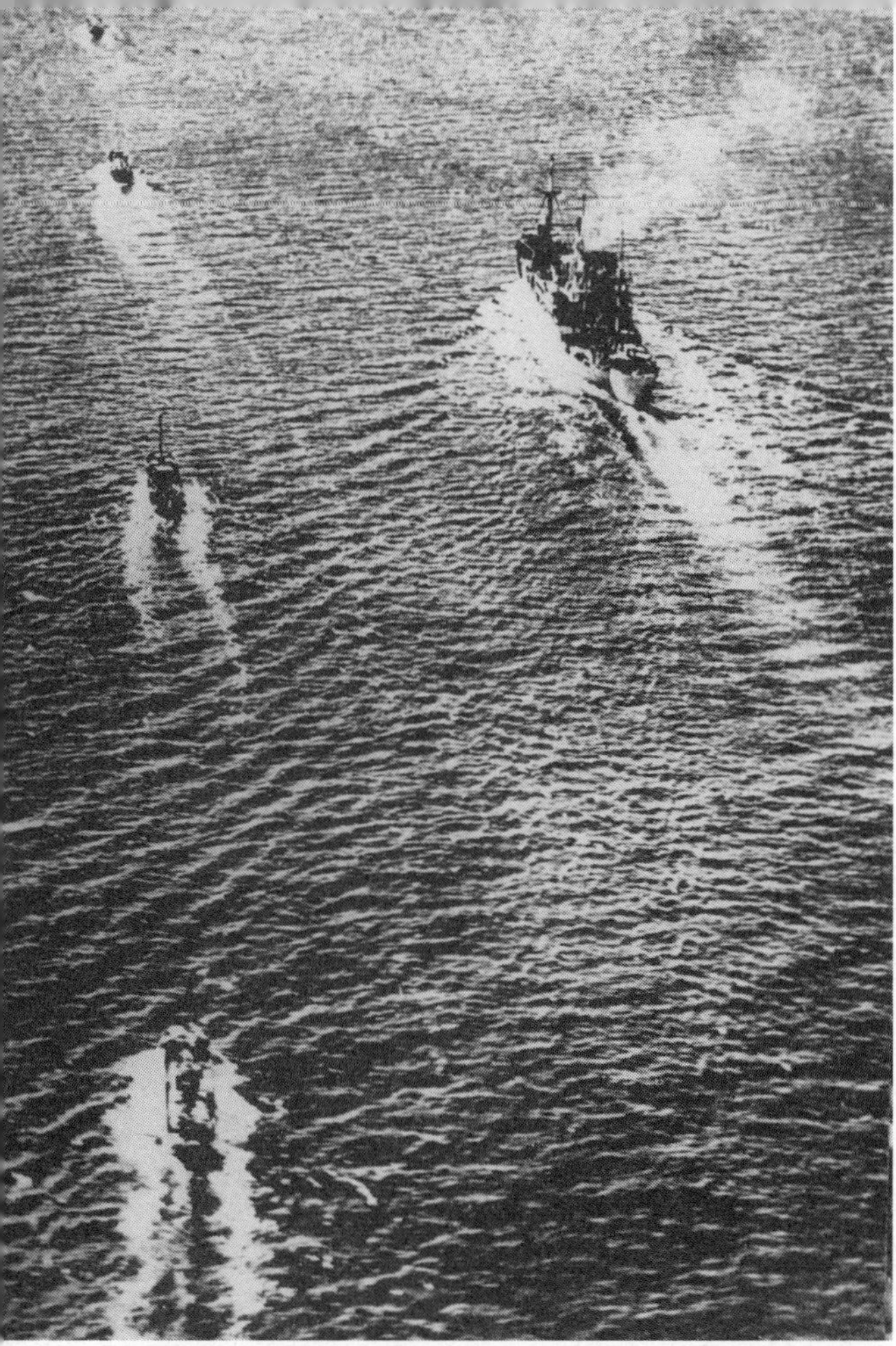

特設巡洋艦・粟田丸(右)に護衛され哨区にむかい出撃する監視艇隊。木造漁船が多い監視艇隊は、釧路や横須賀を基地に三直交代で哨戒線につき特設砲艦や特設巡洋艦の支援をうけた

この哨戒方法は、その後の戦況の変化により東方に、あるいは西方におしすすめられ、昭和十九年、サイパン島からのB29の本土空襲が開始されるまでつづいた。しかしこの頃を境にして哨戒線は、北緯二九度以北、東経一三四度以東の海域へと変更され、さらにその後は、南西諸島（沖縄）東方の海域にも哨戒線がしかれ、文字どおり本土防衛の第一線についたのであったが、これらは昭和二十年五月、哨戒線が全面的に撤収されるまでつづけられた。

還らなかった第二十三日東丸

ともかく、さまざまな困難を乗りこえて全艇とも出撃が可能となった監視艇隊は、それぞれに交代で当直哨戒隊として太平洋に乗り出したのであった。

昭和十七年四月十七日、折から第二監視艇隊は、みずからの哨戒線で第三監視艇隊と当直を交代し基地である北海道釧路へ帰投中であった。そして明くる十八日の午前六時三十分、「飛行機三機見ユ、針路南西」という第一報を第二十三日東丸が打電し、つづいて同四十五分、「北緯三五度三五分、東経一五三度四〇分、駆逐艦ヲ伴フ空母二隻発見」の無電とともに消息を絶った。

これこそ、あまりにも知られたドーリットル中佐指揮の日本本土空襲部隊で、夜間にわが哨戒線を突破した米部隊は、発見されると同時にただちにB25爆撃機を空母ホーネット上から発進させ、わが哨戒圏を脱出するため反転したが、正午ごろ哨戒線についていた第三艇隊に出くわすや監視艇に攻撃を開始し、このさい両艇隊の五隻が撃沈されたり、損傷によって自沈するという悲運の最期をとげたのであった。

なにぶんにも小銃二梃、または機銃一梃という無武装にひとしい監視艇では、強力な機動部隊を相手にしては、ひとたまりもなかったであろう。そこで、この戦訓をいかして、全艇に機銃を搭載し、爆雷もこれまでの二個から四個と搭載数がふやされた。さらに潜水艦に対して有効な短八センチ砲の搭載が計画されたが、山内式五センチまたは六センチ砲に変更され、これさえも搭載不能の艇には迫撃砲で代用することにし、特設巡洋艦には零式三座水偵、カタパルト、さらにレーダーまで装備されるようになった。

さて、監視艇そのものについてであるが、いずれも大部分は木造の、しかも一〇〇トン以下の漁船であったため、気象状況の急激な変化や波浪による浸水などで、船体に損傷をうけたり機関に故障を生じたりすることが多く、基地での十日間ていどの整備では、往復日数八日、哨区での配備七日という激しい任務をやり遂げることはきわめて難しいことであった。とくに老朽船などではとうてい無理な話であった。

ときには一艇隊二十五隻のうち、わずか十隻ていどしか出撃できず、しかも目的海域にむかう途中で引き返すなどのトラブルもあり、こうなると哨戒線の空所をうめるために移動哨戒や、特設砲艦で二哨区を担当したりせねばならず、さらに海難による消息不明なども突発して士気にも影響するということになる。そこで、どうしても新鋭の大型艇の必要が生じて、少なくも一〇〇トン級以上の漁船、さらには哨戒特務艇の新造という要求が出てきた。

この間、昭和十七年十一月二十五日付で特設監視艇隊、特設砲艦は第二十二戦隊に編入れ、哨戒任務は編制上からも一本化されていた。

洋上の親なし子ブネ

昭和十八年五月、アッツ島が玉砕すると、北千島方面の哨戒がにわかにクローズアップされてきた。そして全艇九十六隻のうち、進出不能の艇をのぞく五十八隻が五月中旬ごろより幌筵へ進出し、横須賀を基地とする残留の艇はわずか十三隻に減ってしまった。しかし兵力の減少を知られないために、哨戒線に出撃した艇はいずれも、偽《にせ》電報をしきりに打ちつつ哨戒を続行するという苦心ぶりだった。

北千島へ進出した監視艇隊は一哨区に二隻を配備して、東経一六〇度、北緯四七度～五二度付近に展開したが、七月にはいって第一次キスカ撤退作戦（濃霧により進出途上で中止）が行なわれたさいには、米軍の潜水艦や航空機をみずからの哨区へ引き寄せたあと、工進丸、第八盛運丸などのとうとい犠牲をだして幌筵へ帰着したのであった。

一方、米軍の進攻作戦は、ソロモンよりギルバート方面、さらにマーシャル群島へと向けられ、九月一日には米機動部隊が南鳥島へ来襲するというありさまとなり、日本軍はもちろん、この敵の進攻作戦に反撃するため兵力の増強を計画した。

このため輸送船の不足は、特設艦艇からも大量の船舶が運送船にかり出されるという事態をうみ、第二十二戦隊でもその年の末には赤城丸（南方への輸送作戦に転用中）、特設砲艦の浮島丸、神津丸、第一雲洋丸のみとなり、特巡、特砲の兵力は四分の一にまで低下してしま

特設巡洋艦・粟田丸(日本郵船貨物船から徴用)。開戦時には第22戦隊に属して大湊を基地に特設監視艇隊を支援。18年10月からは船舶不足により運送船となり11月22日、米潜に撃沈された

い、監視艇はついに支援艦、随伴する特砲もなく、母艦である特砲までが哨戒線へ連続出撃しなければならなくなってしまったのである。

このような状況下で、わが哨戒部隊ではやむなく戦況の緊急度に応じて、東経一五〇～一六〇度のあいだに適宜に配備し、哨区では二隻対艇として移動哨戒、漂泊を行なう計画で、それより東方には潜水艦を配備するという方法をとることになった。

そうこうするうち昭和十九年二月、第五艦隊はこの第二十二戦隊をのぞいて南方へ進出することになり、急きょ第二十二戦隊を中心にした北東方面艦隊が編成された。そして空白となった北千島方面への兵力を増強するため、三月十日には特設砲艦の豊国丸を母艦として第四特設監視艇隊がつくられ、一〇〇トン級の監視艇や、新たに建造された漁船などをふくむ船舶が監視艇として徴用された。しかしながら、北方洋上の哨戒に適応するための船体の改造は、予想以上に日時がかかるため、第一、第二、第三艇隊からも増援をあおぎ、ようやく五月上旬から幌筵を基地として、北緯五〇度、東経一六〇度を基点にして一四七度、一七八度の方位に哨区を構成した。

このころから米機の空襲は連日のようにつづき、出撃そうそうに

早くも五隻が被爆し、うち三隻は消息不明という悲運もあり、ときには哨区で米潜水艦と砲撃戦を行なうこともあった。

こうして哨戒線もいよいよ危険度をましてきたので、このころには泊地哨戒を主任務とするようになり、状況によっては哨区へ進出する方策をとった。

九月十日、哨区に進出した平和丸、第二号東洋丸は折から来襲したB24爆撃機を迎えうち、なかでも平和丸艇長は敢然と、低空で銃爆撃を敢行しようとするB24に一三ミリ機銃一梃で応戦し、みずからは戦死を遂げながら、みごとその一弾をパイロットに命中させ、B24は同艇の後部マストに激突して海中にもんどり打ったのである。

一方、東方洋上方面は、米機と潜水艦による来襲がいちだんと激しさをまし、わが監視艇の兵装をあなどってか、弾薬の消耗を待って潜水艦は浮上し、飛行機は超低空で来襲し、なけなしのわが哨戒線の無力化をはかって猛撃をかけてくるのであった。

そこでわが方も、これまでの一三ミリを二五ミリ機銃に換装し、また装備機銃をふやし、爆雷はさらに性能のよい二式機雷にかえ、ついには一三号電探、水測兵器まで搭載し、編成されたころとは比較にならない重装備をもつようになった。また、隊員たちの練度もしだいに上がり、潜水艦に対しては果敢にも積極的な突撃を行ない、十一月十七日の戦闘では、ふさ丸は単艦よく三隻の米潜水艦と交戦し、そのうちの一隻を撃沈したのであった。

網目は破れはてて

さて、サイパン玉砕のあと、Ｂ29の同島よりの本土空襲は火を見るより明らかとなり、これまでの哨戒方法を一変し、東哨区、南哨区に二分した。すなわち北緯三〇度を基点として基準哨戒線を東経一五二度、方位二〇度の方向とし、同一哨区に二隻対艇としたのを東哨区とよび、主として潜水艦の出現にそなえるものであった。

一方、Ｂ29の監視を行なう哨区を南哨区と称し、電探（レーダー）搭載艇を配備したが、南哨区は三直交代で、状況により哨戒線を南と北に二線配備とする場合もあり、これは昭和十九年十一月からにわかに激化したＢ29の来襲により、ついにこの哨区は中止された。

昭和二十年五月まで本土防衛の防人《さきもり》として文字どおりの第一線で活躍したのであった。そして十一月二十四日、哨区の第六海南丸、第五清寿丸、第三薬師丸はＢ29の東京空襲の第一報を打電し、その功により連合艦隊司令長官の賞詞をうけるという殊勲をあげた。

一方、米軍はフィリピン方面への進攻を決行するであろうことは時間の問題であったので、マニラ方面に哨戒線を構成するため、南西方面艦隊の指揮下にはいる第五艇隊が、特設砲艦の長運丸を母艦として十月二十日に編制され、つづいて南哨区を増強するための第六艇隊も編制されて、特設監視艇隊は総数一七〇隻にのぼる大部隊となった。

そうこうするうち八月には北東方面艦隊は解隊され、その後の二十二戦隊は連合艦隊に付属することとなり、十二月二十七日からは連合艦隊指揮下の重要な作戦部隊として、いまや海軍兵力にとってより重要な戦力となってきた。

戦争の悪化は、やがてフィリピンへの米軍上陸となり、マニラ方面へ進出途中の第五艇隊

荒天下、波浪と戦う特設監視艇・新勢丸。鰹鮪漁船改造、終戦時まで無事に残存。船首砲の対空射撃の関係で前檣を切断、見張台は後檣に設けられている。船橋上には13ミリ機銃が見える

は帰投を命ぜられ、第四、第五艇隊は鹿児島湾を基地とし、南西諸島東方の西哨区へと配備され、沖縄方面より九州、内地西部方面の哨戒を担当することになった。

無名艦隊の悲しき末路

昭和二十年にはいると、B29の本土空襲はいよいよ本格化し、ときには哨戒線をさけて監視艇の目からのがれ、また夜間に吊光弾を投下しながら攻撃してくるまでになり、また米潜水艦は狼群作戦をとり、哨戒線上に浮上して砲撃を行ない、そして機動部隊は本土と哨戒線の間にも遊弋し、監視艇隊は今や、敵中に存在するといった状況で、国民に知られざる特攻隊となって、三年有余の洋上哨戒に傷ついた艇をもって出撃していったのであった。

二月にはいると、硫黄島上陸の前哨戦ともいうべきか、ハルゼー指揮の機動部隊は哨戒線の

壊滅をはかり、消息不明の艇が続出した。しかし二月二十四日のように、夜間、機動部隊の出現を逐一報告し、連合艦隊司令長官の賞詞をうけた第五千秋丸のような例もあった。

また、三月十四日午後八時十七分、海見丸は空母をふくむ機動部隊発見を報じていたが、四十六分に大部隊であると打電し、数分ののち敵に対し、「突撃ヲ敢行ス、天皇陛下万歳」という一報とともに無電を絶った。

三月十七日には、哨区で第一昭鵬丸はB29を撃墜したが、翌朝には消息を絶つなど、二月より五月一日の南哨区の撤収まで三ヵ月の間に四十隻の監視艇が沈没、行方不明となり、その他、損傷艇も続出した。

またそのころ、かねて要望していた哨戒特務艇もようやく竣工し、各隊に編入されたが、すでに戦局はB29の投下する機雷の掃海にこれらの艇をさしむけざるを得なくなり、本来の目的である洋上の任務につくことなく離隊していった。

かくて五月二十日、第二十二戦隊の特設砲艦はすべて、特設運送艦となって戦列よりのぞかれ、戦況はすでに特設監視艇の監視、哨戒の任務の終末を思わせていた。そして損傷のため出撃不能の残余の特設監視艇隊は、いまや全国にちりぢりになって展開し、掃海や輸送に従事し、わずか半年前の激戦、死闘したころの面影もなくすべて過去の戦歴と化していたのであった。

老兵を乗せ〝特設砲艦〟太平洋に乗り出す

オンボロ商船に軍艦旗を翻し任務は監視艇隊の支援誘導と護衛補給

当時「第一明治丸」乗組・海軍中尉　加藤善一郎

かつての帝国海軍には「予備員制度」というものがあった。それは当時、東京と神戸にあった高等商船学校（現在の商船大学）の生徒はいずれも、在学中は海軍予備生徒、卒業後は海軍予備少尉となって、必要に応じて召集され海軍士官として勤務することになっていた。私もまさにそのうちの一人であった。

加藤予備少尉、つまり私が一年半の艦隊勤務ののち横須賀鎮守府付を命ぜられて、トラック島から内地に帰り、鎮守府へ出頭したのは昭和十六年十一月はじめであった。そして鎮守府人事部員から、京浜のある造船所で修理中の特設砲艦「第一明治丸」乗組の指示をうけ、勇躍してこれに向かった私は、その艦に着くまでの道すがら、商船改造の特設砲艦とはいえ、すでに砲を装備して軍艦旗をかかげ、ちゃんと海軍士官が指揮しているものと信じていたのである。

ところが、やっと修理桟橋の片隅に探しあてて見れば、そこには国旗も上げていない疲れ

本土東方海上を哨戒する特設監視艇。100トン前後の木造漁船が多かった

果てたようなボロ商船が悄然とつながれており、舷門をたずねると、徳利《とつくり》セーターに草履ばきのマドロスがいるが、まったく要領を得ない。やっと船長に会うと、これがまたノンビリしたもので、「何だかよくわかりませんが、近いうちにこの船が海軍で使われるとかで、会社の命令でここにつなぎました」ということである。

とにかく私は船の一室を占領し、それから後はまったく戦争よりもあわただしい、てんやわんやの準備となった。船主側をせき立てて引渡しを受ける、造船会社をせかして改装に着手する、鎮守府に現状を報告して配員を急いでもらう、といった具合である。

やがて、船の荷役ハッチが鉄鈑でふさがれ、船艙には〝かいこ棚〟がとりつけられて、これが兵員居住区になり、そのうちに大砲四門がとどいて据え付けがはじまった。ところが、この八センチ砲というのは、どこから探し出してきたのか、明治三十何年製とか。捕鯨砲のように砲手の腰にはめる枠がついていて、腰で旋回しながら射撃するという、まことにおそれ入った代物《しろもの》である。

そうこうするうちに、艦長以外の士官と下士官兵が、つぎつぎと着任してきた。士官といってももちろん、すべて応召の特務士官、予備士官と兵曹長である。なかでも砲術長は六十歳ちかい特務大尉で、まあ酒を飲むこと以外、人生にあまり情熱も持てないといったような瓢々《ひょうひょう》とした愛すべきお爺さんで、少々アル中の気味があった。このため、あとで大へん苦労させられることになる。また兵の多くは四十歳前後の応召水兵で、ハゲや白髪頭がジョンベラ服を着ているのは何となくもの悲しい光景であったのはまあ良いとしても、満期後二十年ちかくも、いわゆる娑婆生活をして来た彼らは艦内生活の適応性を失っていて、はじめのころの艦内はまったく支離滅裂のありさまだった。

こんな状態のところへ、昭和十六年十二月八日の開戦の日を迎えることになったのである。当時の大多数の国民がそうであったように、われわれにしても枢要なことや、くわしい事情を知る由もなかったし、こうして出来上がってゆく特設砲艦が、どんな任務につけられるのかも、ほとんどわからなかった。

厳しい冬の太平洋

まあ、こんな混乱のうちに、だいたい乗員もそろい、時代ものながら砲や機銃もそなえ、軍艦旗をかかげて、曲がりなりにも〝グンカン〟ができ上がった。試運転をやると、八・五ノットで走れることは走れるし、試射で豆鉄砲のような弾丸も出ることがわかった。そこへ、

特設砲艦・長寿山丸。朝鮮郵船の所属であったが、昭和16年12月、特設砲艦となり艤装を終えた勇姿。2131総トン。船首と船尾、船橋前　両舷に12cm単装砲が見え、船尾に軍艦旗が翻る

やっと艦長が着任してきて十二月中旬、艦は横須賀へ回航され、軍港のすみっこにその英姿（？）を浮かべて、出撃準備にとりかかったのである。

その頃になって、やっと艦にあたえられる任務がわかった。『房総半島南端にある野島崎灯台の東方約五〇〇浬《かいり》付近に、南北にわたる哨戒線を設ける。その線上へ、敵の機動部隊などの近接を監視し敵を発見すれば鎮守府へ速報する漁船改造の監視艇を十数隻配置する。それらの誘導、支援、護衛、ときには補給も行なう母艦となれ』と、いうのである。が、なにはともあれ第一回の出撃まで、あと十日ばかりしかない。

もちろん、命令も報告も暗号電報を使わねばならないが、暗号を作ったり、解いたりできるものは一人もいない。海上で行動するためには、どうしても気象図が必要だが、これを描ける人がこれまた一人もいないというありさまで、十日後には行動を命ぜられているものの、心もとないことおびただしい。

万事がこんな具合なので、艦隊経験のある私は、それこそ不眠不休の連続であった。

いよいよ出撃の日がきた。戦時とはいえ、街では正月を迎える準備をととのえ、家々では餅つきもやっていたであろう。どんよりと冷え込む師走の空の下を第一明治丸は、前に述べたような任務をおえて、野島崎灯台を東へ哨区に向かったのである。

だいたいにおいて日本近海の冬季は、大陸から低気圧が移動してくると曇りまたは雨で、低気圧による風が吹く。これが東方へ通り過ぎると、シベリア高気圧が日本列島の上まで張り出してきて、晴天になるとともに、これから吹き出す猛烈な西風が三、四日も吹きつづく。ほとんど一日とて波静かな日はない。

哨区は、いうまでもなく西太平洋の真っ只中で、広漠たる海をへだてて敵国であり、日本防衛の最前線ということになる。いつ敵が出てくるか、あらかじめ知らせてくれるものは何もない。また命ぜられた期間内（二十日間くらい）は哨区を離れることは許されないから、時化《しけ》を避けたり、後ろから風をうけて勝手な方向へ走ることはできない。東にいる敵部隊と西にあるシベリア高気圧とに、挟み打ちにあっているというのが偽わらない感じであった。

第一明治丸は一五〇〇トンくらいあって、港で見ると意外に大きい感じもするが、こんなところに浮かべば木の葉と同然で、シベリア高気圧が吹き出す西風が、台風ほどもある強さでなぐりかかり、幾重にも重なった山脈のように波が押し寄せてきて、真っ白い波頭が牙《きば》をむいて噛みつくと、このオンボロ砲艦は、左右前後に大きく揺れながら、老骨をギシギシときしませ、からだ全体をふるわせて悲鳴を上げる。甲板には断えず海水があふれている。

船艙を改造した薄暗い居住区で放心したように過ごしている老兵たちは、「当直交代」の声がかかると、ものうげに配置につく。防寒被服が間に合わないので、上陸用の半外套をつけ、身を切るような配置の場所に何時間も立ちつくすのである。吹雪のときもあれば、氷雨が降っていることもある。ついこの間までの十何年間、貧しくはあったとしても、一家団欒を楽しんでいたこれら老兵の胸の中はどんなであったろう。

うれしかった帰投命令

この艦が商船であったときには、乗組員は二十数人であった。ところが、特設艦となってからは七十人ちかくにふくれ上がっている。真水タンクや糧食庫は昔のままであるから、水は乏しく、糧食は缶詰や干物が多い。それでも飯が焚ければまだよいほうで、艦の動揺がはげしいときなどは、それもできないことがしばしばあった。

そうすると、乾パンをボソボソかじって済ませねばならない。そんなことが一行動の二十日間のあいだに八度も九度もあって、みなの顔色がつやを失って浮腫《むく》んだようになってゆくのが、ハッキリとわかるくらいであった。

しかも、そんなことより、もっと切実な問題がある。いうまでもなく「敵」である。海豚《いるか》の飛ぶのや空ビンを見た見張員の「敵潜発見」の誤報により「戦闘用意」をしたこともしばしばあったが、ときには実際に、雷跡を艦の至近に見たこともあった。また、ある早朝、駆逐艦らしいもの二隻が高速で接近するのを認め「いよいよ来たな、とても太刀打ちはできないが、やるだけはやってやろう」と肚をきめ、殺気だった緊張をもって見守るほどに、それが友軍のものとわかって、拍子ぬけしたような一幕もあった。

このような環境のなかで「哨区を撤し、横須賀に帰投せよ」という命令を受けたときの嬉しさは、むかし、島流しの囚人が赦免帰国の知らせを得たときにはこうであったであろう、と思われるほどである。一路西へ、五ノットほどの速力で何日か走りつづけ、水平線上に富士山が見え、しばらくして関東の山が、そして房総半島、野島崎灯台があらわれてくる喜びは、体験のない人にはわからないものであろう。

かくして、二十数日ぶりで横須賀に帰港する。近くに家庭のある人が上陸を許されてイソイソと帰ってゆくのは、他の部隊と同じだが、サァ一杯飲みにゆこう、と勇んで街へ出てゆく雰囲気が少なかったことはたしかである。おそらくみんな疲れ果てて、この在港の四、五日間は、からだを休めたり故郷へ手紙を書いたりすることに精一杯だったのだろう。碇泊中の艦のなかを見回わるとき、薄暗い電灯の下で、ヒッソリと家から来た手紙を読んだり、鉛筆をなめながら便りを書いていた。何だかもの悲しい姿を、今でもアリアリと想い出すのである。

ある老兵などはトツトツと「娘の嫁入りがもうすぐだという矢先に、召集をうけて来てしまいました。女房が病身なもんで無事に式がすんだかどうか心配しておりましたが、きょう手紙がきて、村の衆が手伝ってくれて、式もとどこおりなく済んだそうです」と涙をためて語ったのも、こんなときであった。

貨客船改造の特設砲艦・長沙丸(2583総トン)。第一明治丸(1934総トン)ら特設砲艦は、特設巡洋艦とともに漁船改造の特設監視艇隊の誘導、支援、護衛にあたり、ときには補給も行なった

想い残る第一明治丸もまた

やわらかい南風の吹く日が多くなって、洋上にも春がきた。非番の老兵たちは上甲板に出てきて、海を眺め、思いを遠く故郷にはせる。桜や菜の花は咲いておらず、また雲雀《ひばり》もさえずっていないが、そんなことよりももっと強い実感があるのが海の上の春である。

あるときには鮫が、魚雷のように舷側をかすめたり、マンボウが流れていたり、鰹の大群が海面をざわつかせて通りすぎたりする。永い冬が過ぎ、春の小川にメダカを見るような童心の眼で、それらを眺める老兵。うっかり敵のあることを忘れそうな春の日である。

そんなある日、「航空母艦がいます」という見張の声。いよいよ来たナ、と全員配置についてよく見れば、海鳥がとまっている流木が陽炎《かげろう》につつまれて現われたという次第。これはあとで笑い話に終わったが、昭和十七年の四月十八日、ドーリットルの東京空襲があったさい、明治丸と交替でこの哨区にあった他の監視艇は、「敵空母発見」の第一報を発したまま連絡を絶った。おそらく艦上機か随伴している駆逐艦によって、瞬時に撃沈されたのであろう。

この艦に身をたくしてから、いつか中尉に進級していた私も、このころ、オンボロながら奇妙な愛着の残る明治丸をあとにする日がやってきた。それこそ最初から手がけた明治丸ではあったが、想いを残しつつ、駆逐艦に転じたのである。

第一明治丸はそれから間もなく、哨戒をかねて三陸沿岸の女川港へ機雷運搬の任務遂行中、ハタと消息を絶ってしまったのである。

その最期の場所は、金華山沖と推定されている。敵潜水艦の魚雷攻撃をうけ積んでいる機雷が誘爆すれば、あのボロ船では一たまりもなかったろう。温顔の艦長も、アル中の砲術長も、また愛すべき老兵たちも、艦と運命を共にしたのであろう。艦も人も老軀に鞭うつ縁の下の力持ちのめぐまれない境遇のまま、ヒッソリと海底に眠っているにちがいない。

われ恐怖の東京急行便Ｂ29を捉えたり

東京大空襲のＢ29北上を通報、南哨戒線を死守した監視艇隊の死闘

当時二十二戦隊・第一宝栄丸電探長　早坂千代夫

「北緯三一度、東経一四三度。方位二九〇度、距離三五キロ、敵味方不明大型単機北進中、感度五」――これは昭和二十年三月十日午前零時八分からはじまった東京大空襲の主役、Ｂ29の本土接近をつげる日本海軍監視艇からの第一報であった。発信地は東京をへだてること六〇〇キロの南哨戒線からで、発信時刻は九日午後十時ちょうどであった。

この暗号電波は一瞬のうちに北々西の季節風が吹きまくる漆黒の海上を飛んで、横浜基地二十二戦隊司令部でキャッチされた。この時刻より二時間後、東京は文字どおり火の海となり、約九万人のとうとい市民の命がうばわれたのである。だが、発信者の第二号福吉丸（艇長常盤源平兵曹長）乗組のだれひとりとして、この東京大空襲の悲劇を予想できなかったにちがいない。

この監視艇隊は日米開戦時、焼津港をはじめとし、全国いたるところから狩りあつめられた遠洋マグロ船、底びき漁船で秘密裡につくられた。その正式名称は第二十二戦隊。司令部

は横浜の山下公園の真ん前の瀟洒なビルにあった。だが、その玄関の看板には「黒潮部隊」といかめしく、異様な名称が墨痕あざやかに書かれていた。いまでも、海軍出身のものでさえこの黒潮部隊の名称を知らない人が少なくない。これは大本営や連合艦隊が、日本列島の前面にあって敵機動部隊の動静を知る、いわば〝諜報部隊〟を敵方にその存在を知られたくないために、マル秘としてつけたニックネームであったためだ。

もともとが漁船であるから、トン数は一〇〇トン前後、速力は八ノット程度にすぎないが、伝統的に日本の遠洋漁船は小型ながら耐波性にすぐれ、本場の英国でも驚くほどの耐久力と航続力をもっていた。乗員は約三十人前後、漁港から船もとろも徴用された漁民が少なくなく、約半数の十五名が軍属で、残りが兵科系の下士官と特務士官の艇長から構成された混成乗組であった。

第二監視艇隊は第二号福吉丸をふくむ十二隻が、昭和二十年二月二十四日午前十時、基地山下桟橋を出撃、二十六日にはさらに六隻が出撃、計十八隻が北緯三〇度と三一度、東経一三五度から一四四度の海域で、哨戒任務を実施中であった。

そのうち第二号福吉丸は移動哨戒の命をうけ、鳥島（北緯三一度、東経一四〇度の位置）よりさらに東のはずれに、対艇第一福久丸とともに、マリアナ基地からのB29接近を哨戒中、ついにレーダーでキャッチしたのである。発信末尾の感度五は、B29発見のレーダー感度、つまり受像の感度数値をあらわし、これが最良の状態でキャッチしたことを物語っている。

第二報は午後十一時十五分、対艇第一福久丸（艇長天野愿兵曹長）からつぎのように発信

攻撃をうけて炎上する特設監視艇。敵機動部隊や潜水艦を哨戒発見するのが任務だったが、機銃1梃に爆雷程度の兵装では敵に対抗すべくもなく、敵発見と共に消息を絶つ場合が多かった

された。「敵味方不明大型機一機見ユ　進行方向北西　高度三〇〇」

つづいて第三報は、さきの第二号福吉丸がふたたびレーダーによる大型機北上を同地点でとらえ、午後十一時二十四分に打電。第四報は第十一光栄丸（艇長高田菊次兵曹長）という監視艇が、目視でB29の北上を十日午前零時十五分に打電している。

監視艇のレーダーというのは、正式の名称は一号三型電波探信機、略称一三号電探といわれた。もっぱら航空機発見用である。直径十五センチの円形ブラウン管のなかに、真横に二十キロごとの電気目盛のものさしがあらわれ、起点の零キロのところに、送信機から空中に発射された電波、つまりビームが直接波という名称で上下に細い長方形にうつる。

発射されたビームのなかに、もしB29などの航空機があらわれると、ビームに反射した電波が、距離に応じた電気目盛上に、上下に長い三角形であらわれる。そこで零キロのところから反射波までの距離が、自分の船からB29など航空機までの距離となり、これにアンテナの方角、進行方向をくわえて電信長が司令部へ暗号で報告する。

視界外の距離で、昼夜、晴雨を問わず敵機の発見にそうとうな威力を発揮した新兵器であり、当時の二十二戦隊首席参謀笹田《ささだ》兼雄中佐の肝入りで主要な監視艇隊にそなえつけられていた。しかし動揺と湿度によわく、最大のウィークポイントは、逆に艇の位置が敵潜などに発見されることであった。

沈没してゆく孤独な監視艇

いっぽう東京の防空をうけもつ東部管区は、三月九日午後十時三十分、警戒警報を発令した。「南方海上ヨリ敵ラシキ数目標　本土ニ近接シツツアリ」しかしまもなく「房総半島ヲ旋回中ノB29ハ洋上ハルカニ遁走セリ」とつたえられ、警報は十一時四十分解除、東京市民を一時的にホッとさせたのであった。また、当時の高射砲部隊には「B29ト思イシハ　ワガ海軍哨戒機帰還ノ誤リナリ　ソノ後敵集団ノ情報ハ不明ナリ　各隊ハ待機姿勢」と発令、大空襲を思わせる兆しはなかったものとみられている。

だが、ここに大きな油断と誤算があった。北々西の強風をついて深川地区へ侵入したB29の先陣一機は、午前零時八分、第一弾のナパーム爆弾（ME69と呼ばれるもの）を一千メートル上空から投下した。いわゆる米陸軍第二十一爆撃隊司令官カーチス・ルメー少将のえがく〝みな殺し〟戦略爆撃の幕が切っておろされたのである。

東部管区が午前零時十五分、はじめて空襲警報を発令したが、時すでにおそく、その七分前から東京下町は焼夷弾の集中投下で炎の渦にまき込まれていた。このように不意をつかれた理由として、東部管区は、Ｂ29が低空で来襲したのでレーダーキャッチが出来なかったことをあげている。

「Ｂ29の大群は、爆音もなしに飛んできた。高度三千メートルあたりから、エンジンをストップして高度をさげ、東京湾上の水面スレスレを滑空状態で来襲した――」と当時の資料はこれを裏づけている。しかし先に述べたように、空襲警報発令の貴重な二時間前に、南方洋上の海軍監視艇は深夜のＢ29本土接近を、司令部へ打電していたのである。

昭和十九年十一月二十四日、東京はついにＢ29による初の空襲をうけた。しかし監視艇隊の方は、サイパンが七月六日陥落後、Ｂ29の基地整備がおわりにちかづく九月ごろから、敵潜水艦、機動部隊の発見のほかに、Ｂ29の来襲予報という重責がくわわっていた。そのため北東太平洋上にあって、主として東方から来襲する機動部隊を発見する哨戒作戦が、南哨戒線に転換を余儀なくされていたのである。

それだけに、いまや日本列島の最前線となった北緯三〇度線上の日本監視艇の存在は、米軍側にとってはまことにやっかいなネットになっていた。事実、監視艇の哨戒ラインを探知していた米潜水艦や米機動部隊、米哨戒機の攻撃はすさまじいものがあった。すでに東京大

長期にわたり洋上哨戒任務についた特設監視艇。配備は本土東方から北方、南方と多方面にわたり、遠洋漁船が主力だったが、それも不足をきたし、遂には木造哨戒特務艇の建造に及んだ

空襲の前月二十四日に出撃した第二監視艇隊の大半が打撃をうけていたのである。

神鷹丸はもと農林省所属の練習船で、二三五トン、監視艇中ズバぬけた鉄船であった。出撃早々の二月二十五日午前、小雨をふらせていた乱層雲の彼方から、とつぜん米艦上機に六波、延べ四十二機の波状攻撃をうけた。艇上通過時五十メートルという低空の銃撃でバタバタと倒れ、総計二十三名という乗組員の大半が戦死傷者となった。

そのときの対艇第十八南進丸も、おなじ攻撃にさらされ、五人の下士官が一瞬のうちに全滅、計十二名の戦死傷をだしたが、両艇は奇跡的にも沈没をまぬがれていた。

その日の明け方、第三宝松丸は米潜水艦の魚雷を左舷後部にうけ、後部三分の二は瞬時にして沈没、二十五名が戦死、たまたまホールに残った生存者十二名が、三キロはなれた対艇第三五十鈴《いすず》丸《まる》に救助された。しかし、同艇も味方機とばかり信じこんでいた旋回中の米戦闘機から、不意の急降下銃撃をうけ火災をおこし、爆雷にも引火、決死の消火でやうく沈没をまぬがれている。

また横浜基地では、出撃準備中の第二監視艇母艦神津丸が、同日の午前九時二十分、F4Uコルセア十数機の編隊の急襲をうけている。通り魔のように敵機が去ったとき、神津丸は池田与四郎艇長以下十七名が戦死し、中里隆治第二監視艇隊司令以下十八名が戦傷というショッキングな損害をうけ、出撃を断念するという事態に追い込まれてしまった。

明けて三月にはいると、第二監視艇隊の第三松盛丸、第十一光栄丸もあいついで艦上機に攻撃され、二日にはいよいよB24爆撃隊が南哨戒線上監視艇の掃射にとりかかった。

その日の午後十一時二十分、北緯三〇度線上の海竜丸は、B24の来襲をあらかじめ知り迎撃体制をとっていた。しかし第一回の爆弾投下は回避したものの、二回目の銃撃で、ブリッジ上の坂下直治艇長は右肩より左脇下の貫通で即死、森田船長（軍属）も眉間《みけん》貫通で卒倒し、まもなく死亡。ほか二名の機銃手も戦死した。このさい機銃手の前面をカバーしていた厚さ一センチの防弾楯二枚は、完全にうちぬかれ、B24の機銃弾の貫通威力をまざまざと見せつけた。

ほかに栄吉丸、第二旭日丸、三月六日には第二海鳳丸、海晴丸がいずれもすくなからぬ損害をだしていた。

悲しき水上特攻隊となりて

当時、監視艇隊は百数十隻が連合艦隊の指揮下にあった。しかし暮れも押しせまった昭和十九年十一月には、哨戒線洋上にはすでに味方の艦影もなく、味方機と思った飛行機はすべて敵機というなかで、久里浜の海軍通信学校から黒潮部隊に赴任した私たちは、みずからを「最後の連合艦隊」とささやき、なぐさめ合っていたのである。

だが年が明けると、二十二戦隊司令部の方からは、監視艇隊を〝水中〟ならぬ〝水上特攻隊〟と呼ぶよう通告してきた。これは洋上に往って還らぬ監視艇が続出してきたからであろう。たしかに監視艇隊は、機動部隊を発見すれば、これに必殺の体当たりをする積極的な〝神風特攻隊〟とはちがっていた。しかし一隻一〇〇トン前後の監視艇隊の宿命は、発見されれば沈没という悲劇の点では似ているところがあった。その意味では、北緯三〇度線への出撃は「墓場への出撃」という性格へ変わっていたのである。

当時の第二監視艇隊の戦時日誌（二月二十五日より三月十三日）のなかで、「形勢」の項に、その頃の監視艇隊を敵中の防人《さきもり》と評して、つぎのように述べている。（傍点筆者）

本土〜硫黄島間ノホボ中間海面ヲ占メ「マリアナ」基地ヨリスル敵ノ　ワガ本土爆撃ノ途上ニアル哨区ハ　加エテ敵機動部隊及ビ敵潜水艦ノ蠢動《しゅんどう》スルアリテ　監視艇任務ハ正ニ敵中ノ防人ノ観アリ。

それでは昭和二十年三月九日現在の監視艇隊の状況を見てみよう。

本来、南哨戒線洋上にあるべき第二監視艇隊は十八隻、しかし八日までには七、八隻が多大の損害をうけて、基地へ帰投を余儀なくされていた。したがって十隻ほどが哨戒中であり、これでは、日本本土へＢ29や敵機動部隊の来襲を知らせる態勢としては、歯のぬけた櫛《くし》にもひとしかった。

三月九日の早朝、Ｂ29群がテニアン基地をいっせいに出撃した。そのうちの一機は北緯三〇度三〇分、東経一三七度三〇分の地点で、乱層雲の下一千メートルの波間に、漂泊警戒中の三隻の日本艦影を発見した。風向きと厚い雲間のせいか、日本艦艇はＢ24の存在に気がついていなかった。機長は旋回偵察をこころみることをせず、ただちに戦闘態制をとり、三隻のうちの一隻めがけて突っ込んでいった。

その一隻が第五清寿丸（艇長阿部吉弥兵曹長）という焼津に船籍のある鋼製の監視艇であった。同艇は前年十一月二十四日、南哨戒線でレーダーと見張りによるＢ29の接近をつたえ、他の二隻の監視艇とともにＢ29の東京初空襲を事前に報告したということで、連合艦隊司令長官の賞詞をうけている。この艇には学徒出身の高橋丈男が、レーダーのキャップ、当時は「電探長」として乗り組んでいた。その時の模様の一部を高橋電探長のことばによって再現してみよう。

――グォーッという爆音が突然とどろいたのと、Ｂ24の巨大な翼が、雲間から突っ込んでくるのが同時だった。

「きたあーっ」悲鳴とも叫びともつかぬ声が見張台のブリッジに上がったと思うまもなく、見張員はバラバラッとラッタルを転がるように落ちてきた。そしてB24から隠れるようにブリッジの物陰に身をひそめた。

B24の一二・七ミリの機銃が火をふき、グァーッという轟音が艇上三十メートルをかすめ去った。翼長三十三・五三メートル、全長十九・五一メートルの巨体は、一瞬、私たちをB24の去った方向へ持っていくような風圧を感じさせた。青い丸地に白い星形の米軍マークが、上昇気味の主翼の両端に見えたとたん、ふたつの特色ある尾翼の中間から、機関砲が火をふいた。

「配置につけーっ」だれかが叫んだ。一目散に退避した見張員たちは、ハッと気をとりなおした。それぞれの銃座にしがみつき身構えたとき、B24は左旋回、こんどは海和丸へと向かっていった。

「あぶない、海和丸がやられる」全員のひとみが一斉に海和丸の方にそそがれた。海和丸（艇長芹沢正兵曹長）は昨夜エンジンを故障、漂流状態にあるのを発見され、私（高橋）の第五清寿丸と対艇第十大黒丸とは、敵潜対策のため、海和丸をかこむように一団となって警戒中であったのだ。

《悪いときには悪いことがかさなる》そんな運命感にとらわれながら、私はようやく後部上甲板の二五ミリ機銃にとりつくことができた。銃口を海和丸めがけて突っこむB24に狙いをつけたとき、私の気持は不思議に落ち着いてきた。——

戦果はＢ24撃墜と捕虜ふたり

その後の模様を当時の戦闘詳報によってたどってみよう。

「ワレ敵Ｂ24一機交戦中」午前十時五十九分打電。海和丸を銃撃した敵機は左へ旋回、第十大黒丸へむかった。つづいて本艇（第五清寿丸）の右一七〇度より突っこんできた。猛然とこれに射撃をくわえたところ、右二百メートルで右へ旋回、ふたたび海和丸めがけて攻撃をくわえた。

午前十一時一分、二度も海和丸を銃撃したＢ24は、三度目は本艇の右五〇度より突っこんできた。このとき全火力を敵機に集中、猛射をあびせた。すると敵機は、距離二百メートルでとつぜん右へ旋回をはじめ、機体の下側を全部本艇の方へ露出し、本艇へ無抵抗の状態となったのである。

ちょうどそのとき、数発の二五ミリ機銃弾が敵機へ命中、炸裂するのを確認できた。敵機はそのまま墜落するものと直感したが、機首をたてなおすと海和丸の方向へむかった。しかし距離五百メートルのところで、いきなり右内側のエンジンあたりより真っ赤な火をふきだした。敵機はそのまま海和丸の左舷を銃撃しつつ右へ旋回、海和丸の約四百メートル付近で火災となり、しだいに高度がさがっていった。

「撃ち方待て」午前十一時二分。敵機は本艇の左四五度、二千メートルに右翼を下に墜落した。

特設監視艇・月浦丸。もとは鰹漁船で17年４月に徴用されて横須賀鎮守府に所属。13ミリ機銃と５cm砲、前檣に見張台。船橋の323　は第３監視艇隊２小隊３番艇を示す。20年３月17日沈没

「ワレ敵Ｂ24一機ヲ撃墜セリ」午前十一時三分。「撃ち方止め」のあと、すぐに敵機の捕獲を用意した。敵機は胴体が三つにわかれて海上を浮遊していた。

以上は、公式の墜落までの戦闘推移だが、突然の急襲から墜落までわずか四分間の出来事にすぎない。その後の米兵二名の救助の模様は記録にないので、ふたたび高橋電探長に登場してもらおう。

――エンジン故障の海和丸は、徹底的にＢ24に狙われたが、戦死一名を出しただけで沈没はまぬがれた。不意討ちをくらったとはいえ、私（高橋）たち三隻の監視艇が、よもや目前でＢ24を撃ちおとすとは夢にも思わなかった。真っ赤な火炎をはきながら、巨大なＢ24が波しぶきをあげて海中にめり込んだ姿

を見て、私たちはワッと歓声をあげた。やはり三隻が一団となって集中火をあびせたのが効を奏したのだと思うと、むしろB24が集合中の私たちに突っ込んできたのが幸いだったと、語り合った。

「あれは何だ」いぶかしそうな声がとんだ。プカップカッとまるい紺色のものが浮かんでいる。よく見ると海中に頭が沈み、死んだ米兵の尻だけが浮いているのであった。ギョッとしたのも束の間、私はいままでの興奮がいっぺんに醒めはじめ、それが虚しさに変わっていった。

「オーッ生きてる。敵兵だ。敵兵だぞー」ブリッジの見張員が指をさした先には、ふたりの米兵が、われわれの船から遠ざかるように必死に逃げていく。「バカなやつらだ。どうせ捕えられるのに」みんなは大声で笑った。私はなかば救われたようなホッとした気持だった。

とつぜん米兵ふたりは申し合わせたように廻れ右をすると、われわれの船へ泳いできた。苦しそうなゆがんだ顔が迫ってきた。「ヘルプ、ヘルプ」かん高い叫び声がきこえた。第五清寿丸と第十大黒丸は話し合って、ひとりずつ救いあげることになった。

はじめて見るズブ濡れの米兵に、ものめずらしげな好奇の目が集まった。B24は銀色の巨大なバッタが羽をひろげて襲いかかるように見え、それ自身が意志をもつ生き物のように感じたが、これを動かしているのがじつは人間であり、しかもこんな若く細い兵隊であったとは、とても信じられなかった。

金髪で蕎麦《そば》かすだらけ、そしてノッポであった。身体検査をすると拳銃が見つかった。ひとりの兵隊が、すばやくそれを自分の上衣のなかに仕舞いこんだ。浮遊物を点検すると重要な書類が発見された。ひとつはテニアン飛行基地よりの飛行哨戒配備図であり、日本哨戒線の攻撃が重要な任務のひとつであることが判明した。——

反撃力のない一〇〇トン前後の監視艇がB24を撃墜し、しかも捕虜二名という戦果はめずらしい。監視艇の歴史はじまって二度目の出来事であった。第二監視艇隊の指揮官は同日の午後零時三十分「第五清寿丸、第十大黒丸、海和丸が勇戦奮闘、敵飛行機各一（筆者注・一機のあやまりである）ヲ撃墜セルハ、大イニ可ナリ」の賞詞をおくっている。

もともと二五ミリ単装機銃一梃。一三ミリ機銃二梃。七・七ミリ機銃一梃、ほかに短五センチ砲一門という貧弱な監視艇の武器では、一二・七ミリ機関銃七梃と爆弾をもつB24と戦って、勝味は薄かったのである。まして「超空の要塞」といわれるB29が、三月十日以降、公然と監視艇を攻撃する例が頻発したとき、戦闘は悲劇的でさえあった。

洋上の哨戒から運送船へ

三月九日の監視艇隊のB29接近の報告は、多大の犠牲をともなったうえでの貴重な予告ではあったが、結果的には生きた情報とはならなかった。これについては、この東京大空襲の三年前、昭和十七年四月十八日、ドーリットル部隊B25十六機による初めての東京空襲時を思い出さざるをえない。

この日の朝、やはり第二監視艇隊は、本土から一三〇〇キロもはなれた北東太平洋上で、ひそかに東京へ近づきつつある米機動部隊を発見した。「敵飛行艇三機見ユ　針路南西」時刻は午前六時三十分、第二十三日東丸（八八トン）からの第一報が大本営へとどいた。つづいて、「駆逐艦ヲ伴ウ空母二隻　南西へ向カウ」

かつて日露戦争当時、信濃丸は「敵艦見ユ」を打電、日本連合艦隊のバルチック艦隊壊滅のきっかけをつくった。しかも信濃丸はにわか雨のなかに艦影をかくし、ぶじ生還できた。だが、昭和十七年四月十八日のケースはちがっていた。〝発見の時が沈没の時〟という容赦のない戦争の論理が、第二十三日東丸をはじめとする数隻の監視艇隊を見舞ったのである。

しかも、この貴重な打電にたいし、大本営はひとつの大きな誤算と油断をしでかした。つまりこの「敵飛行艇」が、足の長い米陸軍の爆撃機B25とは思いもおよばなかったのである。つまり東京空襲はあくまで艦上機という固定的な前提にとらわれ、敵空母はさらに本土へ接近の必要があり、東京空襲は翌十九日に予想されると判断した。

ところがB25十六機は、午後零時すぎ、不気味な巨体をひらめかせ、低空状態で警戒警報下の東京に侵入、東京に焼夷弾を投下していった。東部軍が爆撃をうけて初めて空襲と気がついたころは、すでに後の祭りであった。B25の集団はゆうゆうと東京を去り、本土を縦断して中国大陸へと去っていったのである。

この帝都初空襲と、三月十日の東京大空襲とのあいだに共通点がいくつかある。ひとつはいずれも米爆撃機が超低空で侵入、空襲警報前に空襲がおこなわれていたこと、ほかはいずれの場合も、遠く洋上にあった監視艇隊が多くの犠牲を払いながら、事前に見張りやレーダーで米機接近をキャッチ、報告していたことである。

そして三月十日以降も、監視艇隊はまったく制空海権を失った南哨戒線で黙々と哨戒に従事した。そして本土へ接近する米機動部隊と接触して突入したり、あらゆる機種の艦上機と爆撃機に、丸腰に近い身をさらけ出した。最後にはB29機が四十三メートルの翼をひろげて、監視艇隊に襲いかかってきたのであった。それでも沈没の瞬間まで、敵機、機動部隊の接近のキー（電鍵）はたたかれていたのである。だが損害も加速度的に増加、四月にかけて、北緯三〇度線は、監視艇の墓場になりかけていた。

四月二十六日、第二十二戦隊司令官石崎昇少将は、海軍総隊電令第四号として次の断をくだした。

「南哨戒線ハ五月一日以降、当分ノ間基地ニアリテ整備ヲ実施スベシ」

三年間、日本列島防衛の第一線で、一日も休まずつづけられた哨戒任務は終わりを告げた。新任務は〝本土決戦〟にそなえ、北海道からの物資輸送、内海面のB29投下機雷の掃海に変わったが、絶えざる米機、米潜の攻撃は終戦の八月までつづいた。

病院船「橘丸」米駆逐艦に拿捕さる

海軍病院船から陸軍病院船に転じ終戦直前に臨検拿捕の憂き目に遭遇

当時「橘丸」乗組・操舵手　栖山秋雄

太平洋戦争で、日本の船舶は壊滅的な打撃をうけた。そういった中で橘丸《たちばなまる》は数少ない生存船舶のうちの一隻である。戦争中は病院船として、南方の前線基地から傷病兵の輸送に活躍した。また戦後もひきつづき病院船として、外地から傷病患者の引き揚げに活躍、昭和二十五年にその任務をおえた。

そして、本来の姿にもどって東京～伊豆大島間航路の客船として、波静かな海を航海していたが、悲喜こもごも、数々のエピソードを残して昭和四十八年一月、三十八年間の長い生涯を閉じた。

栖山秋雄操舵手

橘丸の長い船歴のなかで特筆すべきことは、戦争末期、南太平洋で米駆逐艦に拿捕《だほ》された事件である。私はそのとき、橘丸の乗組員として苦しい体験をしたひとりであり、今回、三十数年前のうすらいだ当時の記憶を断片的に思い出しながら、そのときの模様をここに綴ってみる。

まず、はじめに橘丸の主要目を記しておこう。

昭和十年三月、三菱重工神戸造船所で建造された。全長：七十八・五メートル、船幅：十二・二メートル、総トン数：一七七二トン、旅客定員：一三一四名、機関：ディーゼルエンジン一二〇〇馬力二基、最高速力：十七・七六ノットであった。

私が橘丸に乗船したのは、昭和十五年四月、十四歳のときであった。流線型の船橋、十五ノット以上で走るスマートな船は、当時われわれ若い船員のあこがれであり、また乗組員の誇りでもあった。

橘丸は竣工後、東京湾の女王と呼ばれて伊豆大島航路に就役していたが、昭和十三年六月、病院船として海軍に徴用され、揚子江方面へ出撃した。しかし、一ヵ月後の七月二十九日には中国機の空襲により沈没。九月に引き揚げられ修理ののち大島航路に復帰していたが、昭和十八年三月、こんどは陸軍に徴用され輸送船となった。そして陸軍の輸送船から病院船に切りかえられたのは、昭和十八年十月のはじめであった。昭南（シンガポール）のドックに入り、わずか一週間の工事で病院船に改装された。

私は、たまたまそのとき虫垂炎でシンガポールの陸軍病院に入院していた。そして病気が全快して船にもどってみると、見慣れたネズミ色の船体は、外舷、煙突、デッキまで白く模様がえして、赤十字の標識もあざやかであった。軍医官、衛生兵なども乗り組み、総勢一〇〇名以上の大世帯になっていた。いままでは灯火管制をしているため、真っ暗闇の海の上を航海していた。それが病院船になってからは、灯りを煌々《こうこう》と点《つ》けて、赤十字のネオンもあざやかな航海である。それは驚きでもあり、喜びでもあった。

それよりも、われわれをいちばん安心させたのは、病院船は敵の攻撃目標にならないということであった。しかし、われわれ若い船員にも、橘丸が病院船として南方方面に出動しなければならないほど、日本にも船がなくなったのか、という一種の不安はあった。病院船としての最初の航海は、シンガポール～マニラ～ウエワク～広島であったと記憶している。

昭和十九年になると、米軍の反攻も一段と激しさを増してきた。日本軍の制空制海権は失われ、病院船といえども、いつ敵の潜水艦や飛行機につけねらわれるか、油断のできない状況下の航海が多くなった。

パラオからニューギニアのウエワクにむけて航行しているときであった。敵機のB24が接近してきたかとおもうと、とつぜん機銃掃射をあびせてきた。そして爆弾を投下し、上空を二、三回ほど旋回して飛び去っていった。幸い、機銃弾の命中は一発であった。爆弾も至近距離で、爆発したものの被害はなかった。本船をおどかすつもりで意識的にそらしたのか、あるいは本当に狙ったのが命中しなかったのか、その点はわからない。私はそのとき、当直操舵手として船橋にいたが「相手の挑発に乗ってはいけない。避航したり、之字運動（潜水艦や飛行機の照準を狂わすためジグザグコースで進むこと）をしては敵対行為とみなされて、病院船といえども敵の攻撃をうけても仕方がないんだ」という船長の話であった。

橘丸はそのままの針路で航海をつづけた。その点、安田喜四郎船長は落ち着いていたし、その処置はさすがであった。

病人になりすました陸軍兵

長距離の航海になれば、敵の潜水艦や飛行機におどかされるばかりでなく、自然の脅威にも対処しなければならなかった。

それは昭和十九年秋のことであった。マニラから傷病兵をのせて広島にむかう途中、バシー海峡で猛烈な台風にあった。橘丸は難航し、木の葉のようにはげしく揺れた。とくに六隻の救命ボートはサイドボート（緊急の場合ボートの降下をはやめるため、舷外に振り出し吊っておく状態）にしてあるため、傾斜がはなはだしく、ボートが水面にふれるようなありさまであった。

そのため健康な人間でさえ、瀕死《ひんし》の病人のようになる状況であった。まして栄養失調やマラリアの病人として乗船している患者にとってはたまらず、船内で死亡者が続出した。かといって荒天のこの海では水葬することもできず、風雨の強い甲板上にそのまま安置するような状態だった。そのかず数十名に達したと記憶している。

懐かしい祖国に帰る日を目の前にして、尊い生命を落とした人々の心情はいかばかりであったか。いま振り返っても、なにかやるせない気持になる。

ともあれ。橘丸がニューギニアの南西方にあるカイ諸島のトアール港に入港したのは、昭

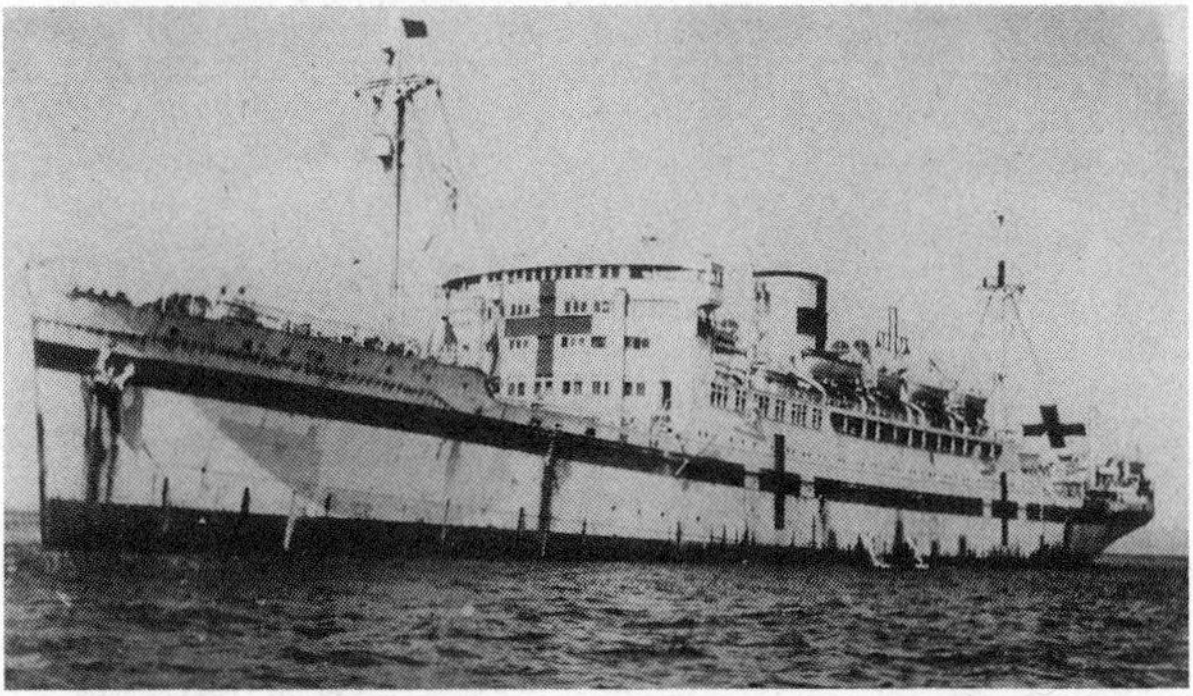

特設病院船・氷川丸（昭和16年12月、日本郵船の貨客船を海軍が徴用）。海軍は朝日丸や高砂丸など５隻を使用した。陸軍では波上丸、あめりか丸、ぶえのすあいれす丸などが知られている

和二十年八月一日早朝であった。朝八時すぎ、参謀肩章をつけた陸軍の将校数名が乗船してきた。そのとき私は舷内当直員で、船長にとりつぎ、一行をサロンに案内した。

サロンで行なわれた会議の内容について、われわれには分からなかったが、茶菓子の給仕にでた司厨員の後日談によると、参謀肩章をつけた将校が、軍刀のこじりで床をたたきながら語気鋭く、船長につめよった場面があったと聞いた。また船長の立場として、病院船であるため、国際条約で禁止されている軍隊輸送には強く反対したとも聞いた。

何ごとも軍命令で片づけられ、行動を余儀なくされた当時としては、不本意であってもやむをえぬことであったと思われる。戦後も安田船長は、当時のことについて多くを語ろうとしなかった。その安田船長もすでに鬼籍に入られて十年近くになる。

その日、陸軍の兵隊による貨物（赤十字のマークを記入した梱包）搭載がはじまったのは昼すぎであった。貨物の搭載や陸揚げには、これまでほとんどの場合、現地人を使役として利用していた。ところがチモール島のときから今回のカイ諸島のときも、陸軍の兵隊の手で作業がおこなわれた。兵隊がそのまま乗船、船内で白衣に着替えて病室（客室）に横になるといった状態であった。敵のスパイの目をあざむく行動であったのだろうか。われわれ若い乗組員もいつもとちがう、異常な雰囲気を感じた。

先ほど述べたチモール島のときというのは、七月中旬、チモール島から陸軍部隊を輸送したときのことである。このときは、チモール島に入港する前から敵の潜水艦につけ狙われていた。そのため、積んでいたドラム缶を夜間海中に投下、これを陸上のハシケで拾いあげ、また梱包の積込みも兵隊の手で行なわれたのである。これは最近ある雑誌に書かれたが、この白衣を着た健康な兵隊は山口県出身であると、乗船中の兵隊から聞いた。

輸送部隊が乗船を完了したのは、八月一日の夕暮れで、出港するときは八時近かった。海上はおだやかで航海は順調だった。一夜明けた二日九時ごろ、米軍機B24の触接をうけた。B24一機は本船の上を低空で一回旋回しただけで、北の方向に飛び去った。過去何回か、敵機の触接をうけているが、常套の行動として上空を必ず数回は旋回して飛び去るのに、この日にかぎり一回だけの旋回は、なにか不吉なものを感じた。

乗り込んできた武装米兵

八月三日の朝六時半ごろ、私は零時から四時までの航海当直をおわり、自分の部屋で休息をとっていた。

「おい、敵の軽巡につけられているぞッ」当直操舵手の声に起こされた。急いで甲板に出てみると、船尾の方向から本船橘丸めがけて全速で追跡してくる米国の軽巡二隻が目に入った（後でそれは駆逐艦であったことを知った）。

二隻の駆逐艦は砲口をこちらにむけ、本船を真ん中に挟み、国際信号旗を掲揚している。それは停船信号であった。「汝停船せよ、しからずんば発砲す」（当時の国際信号）との信号である。

まもなく敵艦からボートが横付けされた。五十人ほどの武装した米兵が乗り込んで船内の臨検をはじめた。

そのとき、船長をはじめ船の幹部、陸軍部隊の指揮官の態度や他の乗船部隊、兵の状況などは、はっきり知ることができなかった。が、われわれ同室の数名の乗組員は、病院船だから大丈夫だろう、きっと見逃してくれるだろうと思った。だが、もしかしたら、といった不安な気持もあり、その後のなりゆきを見守っていた。

臨検がはじまった。正確な時間は忘れたが、たぶん十分間ぐらいであったろうか。臨検は一応ぶじにすんだと思われ、武装兵はボートで引き揚げるかにみえた。と、その時である。米兵のひとりが艙内に積み込んであった梱包の中から弾薬を見つけたのである。船内はたちまち緊張した。米兵の態度もとたんに厳しくなった。

病院船仕様のまま復員輸送中の橘丸。輸送任務終了後は伊豆航路に復帰した

他の艦からさらに一〇〇名ちかい武装兵が一斉に乗り込んできた。そして客室、機関室の入口などに鉄条網をはりめぐらした。数メートル間隔で自動小銃をかまえた米兵が立ちならび、乗組員、乗船部隊は完全に包囲されてしまった。

手ぎわのよい、アッという間の出来事である。私は、ああやられるな、これが最期だなと思ったとたん、無我夢中で下着を着替え、洗いたての作業服に着がえた。いま考えると不思議な気がし、苦笑せずにはいられない。

後日談になるが、拿《だ》捕《ほ》された直後、米軍の将校が船長にむかい、「暗号書を捨てましたね。私たちニッポンの暗号は全部解読しています」といったそうだ。事実、米駆逐艦が接近してくると、船長は通信長に命じて暗号書関係のすべての書類を海中に投棄させている。

また臨検の米兵を案内した一等航海士の話によると、病室（客室）に入るなり、米軍の将校が上手な日本語で、軍医官に「ずいぶん元気のよい患者ですね」と聞きただしていたという。患者を装った陸軍部隊であることは、事前に情報をキャッチしていたのかも知れない。

米駆逐艦に連行されて

われわれ乗組員は〝自分の家〟ごと捕虜になったわけである。船長や士官たちは駆逐艦に移され、陸軍の将校や軍医官もべつべつに駆逐艦に移された。部隊の兵隊は、室内に閉じ込められたまま身動きもできない状態であった。

われわれ乗組員は、全員甲板上の一ヵ所に集合するよう指示された。米軍のひとりの士官が達者な日本語で「私は以前、四国高知の中学校で英語の教師をしていた海軍中尉の○○です（名前は失念）」と自己紹介し、「あなたがたは戦闘員ではないから絶対殺しません。安心しなさい」と呼びかけ、機関員は機関室に、操舵手は船橋にそれぞれゆくよう指示され、私は他の三名の操舵手とともに船橋にむかった。そして前方の駆逐艦の後について走れ、と自動小銃をつきつけられた。

船橋には、いつもいるはずの船長や航海士の姿はなかった。そして羅針儀は取りはずされ、海図と航海日誌は没収され、乗組員同士の私語はいっさい許されなかった。進行方向や行き先など皆目わからなかった。しかし、ときおり船橋の窓から眺める星空に、南十字星が船尾方向に見るので、北にむかっていることはたしかだと判断するていどであった。

「非戦闘員は殺しません」といった中尉の言葉を信じてよいものやら、どこか米軍の基地に連行されて船を捕獲されたうえ、われわれ全員が殺されるのではないか、といった不安な毎日であった。

拿捕されてから航海四日目の八月七日であった。船は米軍基地に入港した。モロタイ島であることはすぐ知れた。

われわれ乗組員は船内に残され、陸軍部隊は米軍の武装兵のきびしい警戒のなか、両手を後頭部にあてて追い立てられるようにして収容所に連行されていった。米軍基地の照明灯は煌々と照り、音楽は流れ、物資はいたるところ山のように積んであった。本当にこれが第一線の基地かとおどろいた。日本の基地では想像もつかないような光景であった。

八月十日夜、われわれは異常な光景を目撃した。陸上では花火を打ち上げ、まるでお祭りさわぎである。われわれは一瞬、日本軍の空襲だと思って喜んだが、米兵がわざわざわれわれ乗組員のところにきて、片言の日本語で「ニッポンマケマシタ。アナタハトモダチデス。ニッポン帰レマス」最初は信じられなかったが、広島に落とされた原爆の写真を見せられ、陸上の基地のお祭りさわぎの様子から判断して、日本の敗戦を信じないわけにはいかなかった。

橘丸が数日前とおなじく、米駆逐艦に前後を監視されながら、モロタイ島を出港したのは八月十四日であった。そしてマニラに回航、乗組員全員がモンテンルパの収容所に抑留され、米軍の取り調べをうけた後、船に帰ったのは九月四日であった。

船長以下の全乗組員が再会を喜び合い、その後、ウェーク島に回航、傷病復員兵を乗せて、懐かしの東京湾（浦賀沖）に投錨したのは十月十五日のことであった。

酸素魚雷から生まれた特殊潜航艇

発射管二門、乗員二名で操縦する豆潜開発当事者が綴る甲標的秘話

当時　呉工廠水雷部長・海軍造兵少将　朝熊利英

真珠湾作戦の九軍神（事実は十名の将兵）として急に有名になった特殊潜航艇（甲標的が正式名称）のそもそもの出発が、酸素魚雷（九三式）であったことはあまり世上に知られていないようだ。

もっとも、魚雷を母体とするのであるから、小さくなろうと大きくなろうと、あとは倍率だけの問題で、さほど面倒な製作過程があるわけではない。ことに発案者である岸本鹿子治氏（当時艦本第二部首席部員）の立場は、ある意味では五・五・三の軍縮比率を、ここで補うに足る重責であったから、ご苦労のほどは、傍目《はため》にも察することができた。

朝熊利英造兵少将

私は当時その岸本氏の下にあって、推進進行の役目であったため、岸本氏からよく細目のデータについて質問があったりしたが、その一つに「甲標的は可能か」という質問があった。

これは大変なことだった。可能ならば研究をつづけるのだし、不可能なら、やめてしまうという結果になるにちがいない。

しかし、私はしごく簡単に考えた。そして答えた。

「酸素魚雷よりカンタンでしょう」

岸本氏がそのとき、大きく頷《うなず》いたのをいまも忘れない。かくして、あまり簡単ではなかったが、甲標的は呱々《ここ》の声をあげたのであった。

海上作戦をのみ考えれば、五・五・三の比率は、帝国海軍にとってまったく勝算のない兵力であった。陸上とちがって、その点、海軍の勝敗は打算的であり、ドライだったといえようか。もし勝算があるとすれば、それはあくまでも天佑であり、神助に待つだけなのだ。そこに甲標的（人間が操縦する魚雷）の着想もあったのである。

山本長官と共に消ゆ

岸本氏の計画は、速力三十ノット、射程三万〜三万五千メートルで電池式であり、東京芝浦の軽電動機を使用することだった。このときも、電池式かディーゼル式かとの討議があったが、私はまだディーゼルの自信がつかず電池式を主張し、たしか名和武（のち技術中将）氏なども電池式を主唱したため、ついに電池式が採用された。

かくして最高機密下に、昭和九年に設計が終わり、呉工廠で試作されるにいたった。試作艇は全長二十三・九メートル、直径一・八五メートル、速力二十四ノット、発射管二門、乗

ソロモン方面で引き揚げられる甲標的。左艦首に45cm 発射管２門、右端に二重反転式の推進器が見える

員二名であくまでも、艇自身がぶつかるのではなく、子魚雷を発射することを目的としたものだった。

しかし、なんといっても航続力はないのだから、遠距離の洋上作戦には不向きである。そこで母艦として、千歳、千代田の二艦がそれぞれ十二隻を搭載し、目標付近で艇を切りはなすということになった。すなわち泊地攻撃兵器として誕生したわけである。

もちろん、そのうちの五隻が、潜水艦の後甲板に搭載されて出陣したわけだ。

開戦とともに甲標的は絶賛されたが、その終末はめぐまれなかった。これについては、連合艦隊司令長官山本《やまもと》五十六大将と私のあいだにこんな話がある。

もう私一人ではどうにも

山本長官は非常にトランプの上手な方で、その相手になる者がなかなかいなかった。私の顔をみると、ほどよい相手と思われたのか「朝熊君やるか」とよく誘われるのだった。そのように、比較的に私は長官と話を交わすことが多く、長官の意中をよく知る機会にめぐまれていた。

あれは昭和十八年の正月明けの身を切るような寒風が吹きまくっていたころだった。長官も当時、激務のために気分的なゆとりをほしがられたらしく、私を呼びとめられた。

あいかわらずトランプの相手であったが、何げなく見たお顔にはあの開戦前の涼しい眼の色はなく、そこには射すくめるような鋭さだけが残り、まるで一変された長官の表情を見たものだった。しかし、声音はあいかわらずであった。

「すこしは強くなったかな」「私は最後の勝ちをいただく方でしてね」

「緒戦の勝利に満足しないか」「それより勝てない戦いは避ける方です」

「うまいことを……」といって、口の中にふくみ笑いをされた。

私にはべつになんの意味もなく口からすべった言葉だったが、長官にはなにか暗示的にひびいたのかも知れない。

そのとき、私は思いきって「戦争はどうなりますか」と聞いてみた。すると長官は例のとおり、小銭を机の上に並べながら（長官のギャンブル趣味は有名で、トランプのときはかならず賭ける癖があった）「ウン」とうなずいてから「勝てんね。いまのうちに政治家が終結の方向へもっていってくれんと危ないな」と、まるで他人ごとみたいな口ぶりをされた。

それで私は膝をすすめ「特潜を、お使いになりませんか」ときいてみた。すると顔をあげて、しばらく私を見つめておられたが、声をあらためて「朝熊君、一ヵ月に一〇〇〇バイできんか」と、厳しさを眼にたたえて質問された。

「無理ですね」私はできない理由を説明しようとした。しかし長官はかぶせるように「どの位できる」

私はそのとき、もうトランプを投げ出していた。長官の気迫を全身にうけて、遊びの余裕はすでになくなっていた。ようし、と思った。長官がほしいといわれるなら、やり抜くだけだとハラをきめた。

「一ヵ月半待って下さい。一五〇〇パイ造りましょう」そう答えて、急いで頭のなかで計算した。造兵造機に全面的に協力させるんだ。日本の関頭に立たれている長官がほしいといわれているものを、私は用意すればいいんだ――と。

とまれ、私は夜を日についで期待に応えるべく、大車輪の毎日を送った。労多くして功はなかなか現われなかった。三月がすぎ、四月に入った。

そして昭和十八年四月十八日――私はこの日を、絞られるような苦渋の日としてのみ、いま記憶する。長官が、戦死された。ウソだと思った。謀略じゃないかとさえ思った。しかし、その日から、長官はもう私の前でトランプをめくることがなくなってしまわれた。陽はかげり、どす黒い春日だった。そして私には、ぽかりと穴のあいた二十四時間だった。

もとより、特潜（特殊潜航艇）の生産は中止された。私のなすべき仕事も、もうなかった。

その後、レイテに進攻され、フィリピンが落ち、米軍の島づたい作戦は本格的になった。そのころになって、艦政本部から私は招致され、本部長から、もう一度、特潜の製造をたのむといわれた（昭和十九年）。私は思わず怒鳴った。

「馬鹿いうなっ。技術というものはな、精神力でどうこうされるほど単純じゃないんだ。どこでなにを造れるんだ。いいかげんにしろ」

くやしさが胸にせまってきた。私は口の中でつぶやいた。「長官、なんで先に死なれたんですか。私一人じゃ、もうどうにもならんですよ」と。

どっと涙があふれてきた。

マル秘　強襲揚陸艦「神州丸」始末記

舟艇三十七隻と飛行機十二機搭載の特殊船建造にあたった開発技術者の回想

当時　海軍艦政本部員・海軍技術大佐　塩山策一

それは満州国が建国され、東亜の一角がようやく風雲急になった昭和七年も押しつまった日のことで、当時、艦政本部第三部（昭和十三年六月より第四部となる）の設計の一翼を分担していた私は、計画主任の藤本喜久雄造船大佐（当時）によばれて、陸軍の要請で特殊な船を建造することになったので、大至急まとめるように命ぜられた。

本船については陸海軍のあいだでは完全に合意がすすんでおり、船には上陸用の大発（大型発動艇の略／二七〇頁参照）、中発、小発あわせて五十隻、飛行機十五機、その搭乗員および軍隊二千名と必要な弾薬糧食を積み、ひそかに目的地に接近し、まず敵情を偵察。つづいて攻撃のため飛行機を発進。さらに上陸地点の前面に強行接近し全艇に軍隊を乗艇させて一時間以内に出発させる計画とする。そのため本船の公試速力は十九ノット、主機はタービン七五〇〇馬力一基、罐は艦本式二基とするよう計画主任から指示された。

そこで第一番に着手することとして、艇の揚げ降ろし方法を三種類にわけ、この三種類の方法で同時にスタートしなければとうてい一時間以内の全艇発進は見込みがないと考え、第一の揚げ降ろしは船尾からとしてここに捕鯨船のように穴をあけ、本船の満載吃水線より少し高い位置に前後に通ずる甲板を設け、ここに大発を並べることにした。

第二は中央部両舷に商船式の舷門を設け、この水防蓋を上方にはねあげて、その裏側に前記甲板の天井の軌条と嵌合《かんごう》する軌条を設け、中発をここから吊って揚げ降ろしすることにし、第三は前甲板にデリックを設け、これで小発を吊り降ろすことに決め、船内の艇の配置をボール紙で大中小の三種類の艇の型をきりぬいて配列を研究した。

飛行機についての陸軍の要望は空母式の発着甲板を設けることであったが、建造費がきまっているので本船は二十ノット以上の高速が望めないし、短い甲板をつかっての発着艦には三十ノット以上を要するので、射出機に乗せて打ち出すことにきめ、舟艇格納所の上部の甲板を前後に通ずる上甲板とし、この前部両舷に射出機一基ずつ据えることにした。

そして飛行機の格納庫を船の中央部にできるだけ長くとり、この格納庫と舟艇を格納する区域の中間に、居住に必要な最小限の高さをとり、格納庫から射出機の上面へ、軌条の上を飛行機を移動させるようにした。なお飛行機の揚げ降ろしには舟艇用の船橋前のデリックを利用した。

つぎの問題は煙突で、空母式のようにどちらかの舷へ寄せれば格納庫内の飛行機の格納運搬がらくになるが、煙路を罐室内でまげる余裕がなく、舟艇甲板か居住甲板でまげねばならないので、これでは船内の余積がなくなるため、まっすぐに上方に貫くことにした。その結果、煙突より後部には翼をひろげた飛行機が置けなくなったので、予備品格納庫とした。

このへんでいちおう大綱がきまったので、馬力と速力との関係、安定性能、風圧面積（正横から強い風がきたとき大傾斜をしないように、横から見た風当たりの面積をなるべく小さくする）などをチェックして計画主任に報告した。この概案によって陸軍と打合わせをはじめたが、参謀本部、軍務局、兵務局の主務者は陸軍きっての俊秀ぞろいとみえて、打てばひびく式の応答があり、すらすらと案がまとまってしまった。

苦労させられた造船所さがし

そこで建造所をきめる段取りとなったが、当時、海軍の息のかかっていた造船所は、いずれも外国船が自由に出入りできる港か、連絡船や海岸を走る列車からまる見えで、本船のような特殊な船を極秘のうちに建造するのには不適当で、もし建造するときには、のちに戦艦武蔵を建造したときのような大掛かりな警戒、秘匿手段が必要になったであろう。しかし、さいわい兵庫県相生《あいおい》の播磨造船所は前述の心配がないうえに、この工場には造船の大先輩の横尾竜氏をヘッドに、藤本計画主任と同期の神保敏男氏以下の精鋭技術陣がそろっており、海軍との連絡もよく、これまで掃海艇や敷設艇などを建造し、また中華民国から巡洋艦寧海を受注建造したときには海軍が満幅《まんぷく》の援助をあたえ、私も計画主任のお伴をしてその進水の盛典に列席したこともあった。そんな因縁もあり、各方面とも播磨造船所での建造に異議なくきまり、さっそく準備にとりかかることになった。

これより先、本船の基本設計にあたっては、私のような武官の艦船の担当部員は直接の部下をもっていないので、船殻班、艤装班、計算班に具体的な設計をたのむことになる。艤装班には有能練達な技師たちがそれぞれ艦船の種類別に分担しており、製図員を擁していた。艤装には戦艦関係の岡村博技師が計画主任から担当を命ぜられた。艤装についてはツーといえばカーと応える岡村さんだけに、新しい考えがゾロゾロわいてくる。そして船内の配置がきまっていくと、私はその答えをもって家へ帰り、性能の概要をまとめていき、その結果を加味しながら岡村さんに進め方を連絡し、また計算班にたのみ詳細なチェックをするという日々であった。

年末の休みにかかって播磨造船所の設計の幹部の人々が上京してきた。当時、東京海上ビルに播磨造船の東京事務所があったので、ここに岡村さんもろとも大晦日《おおみそか》までつめて共同設計をすすめ、あとは造船所へもち帰って今後の設計の詳細に入っていけるまでになった。

艦船の計画にあたっては、艦政本部では新しい設計ごとに計画番号をつけて図面に標記し、部外者が見ても判別できないようになっていた。それはＡＢＣの記号で艦種をわけ、そのつぎに一連番号の数字をつけた。当然Ａは戦艦で、大和型はＡ一〇四であった。本船も最初は「陸軍の船」と呼んでいたが、これでは不都合と、さっそく陸軍のローマ字の頭文字Ｒをとり、初めての型とてＲ１とし、図面にはこの下に運送船の文字をつけ、アールワン運送船と呼ぶことになった。そののち陸軍では本船を神州丸と命名し、英訳ゴットランドからＧＬと呼称することになる。このあたり陸軍もなかなか〝ハイカラ〟であった。

いよいよ工事に着手するとなると、陸軍としては監督にあたる人々を任命しなければならない。だが元来、陸軍の船舶の担当は宇品の運輸部で、三宅光治中将を長とする一大部隊で、戦時中には「暁部隊」として最前線に活躍した輸送作戦のおおもとであった。

この造船部門は市原技師が牛耳っており、当時、上陸用舟艇としてつかっていた大発、中発、小発および高速艇など、すべて実験研究をかさねて改善したもので、第一線での武人の蛮用に耐えうる、当時における敵前上陸艇の白眉で、海軍でもその後これにならって多数この種の艇を建造し、第一線で活用したものである。

そこで当然、市原技師が本船建造につき船体艤装の設計および現場監督の総元締となり、

陸軍特殊船・神州丸(昭和9年11月竣工)。満載排水量8600トン、水線長 156 m、幅19m、速力20.4ノット、8 cm単装高角砲2門。写真は昭和13年10月、中支バイアス湾で揚陸作業中で、船上や海上に舟艇多数。作戦時には中戦車搭載の大発30隻、小発10隻を船尾門を開いて海上へ発進できた

船殻工事については海事官として現場監督に深い経験のある明治三十六年東大卒業の大先輩荒木賢保技師が、機関関係には日本郵船とならんで当時太平洋に花形客船を就役させていた名門、東洋汽船の技師として造詣の深い三橋篤敬技師があたることになった。荒木技師は御影《みかげ》あたりに住んでおられ、主として造船所へ出むき設計と現場を見ておられたので、あまりお会いする機会はなかった。

造船所で作製した図面は前記の監督官の査閲をうけ、その重要ていどに応じて関係方面の承認をとりつけることとなっており、すべて順調にすすんでいた。なお、そのころ呉工廠の造船部先任部員（作業主任）であった庭田尚三造船大佐（のちの技術中将）は、運輸部長から工廠部長あての正式依頼により運輸部嘱託として、随時監督にあたられた。別図は庭田元中将の著書「建艦秘書」から承認をえて写したものである。

空母式甲板をのぞんだ陸軍

このようにして水も洩らさぬ技術上の布陣がとられ、市原、岡村両ベテランを中心として舟艇の迅速容易な取扱いを第一義とする設計がすすめられ、現場では現図からはじまって鋼材加工、外業と型通りにすすめられた。そして吉日（昭和八年四月）をえらんで厳粛な起工式がおこなわれ、船台上にはしだいに船の形が目に見えてととのっていった。

当時の現場作業は一枚ずつ、一本ずつの鋼材を作業員が船台にかついでのぼって取り付け、鋲《びょう》をうっていく昔ながらの方法で、船台上の工事に約一ヵ年をついやし、昭和九年三月、ぶ

神州丸一般配置図および断面図

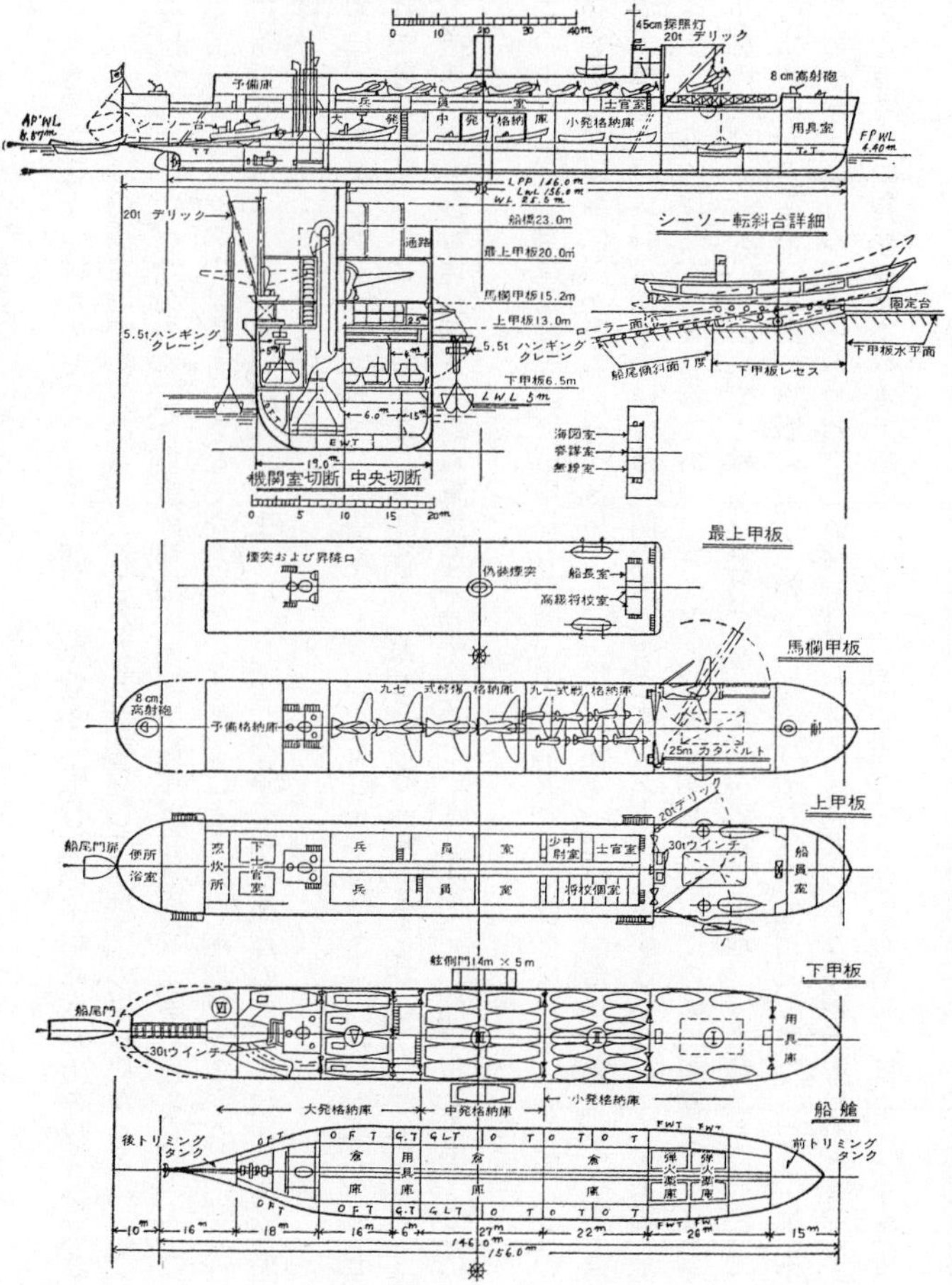

じに進水までこぎつけたのである。この間、陸軍側から飛行機の格納庫から上のほうに突きでているものは船橋だけであるから、これをなんとか整理して空母式の甲板にならないかとの要望があったが、煙突の処置と舟艇の移動の問題を根本的に考えなおさねばならず、また船橋前方のデリックの装備もできなくなるので、本船ではとうてい無理であるから、つぎの第二船で考えることでこの問題はおさまった。しかし、第二船は後述のように建造中の商船を利用しただけにとどまった。

逆に、煙突が一本だけではいかにも空母だと、いたくもない腹をさぐられるのみか、洋上で敵に狙われやすくなるので、真ん中にもう一本ふとい擬装煙突を立てることにきまった。飛行機格納庫も機密保持のうえから軍馬を乗せていくという意味で、馬欄《ばらん》甲板とよぶことになった。

このように、工事はほぼ順調にいったものの、担当部員としてはなにかというと陸軍との関係もあり、現場に出かける機会が多かった。東京に住んで毎日、国電（省線電車）で有楽町で下車し、日比谷公園をぬけて霞ヶ関の海軍省の赤レンガへ往復する私には、ときたま地方へ出張するのは一つの楽しみであった。ことに有難かったのは、この船の用務でいくときは軍服の必要がなく、手ぶらでいける気軽さであった。ふつう軍港地へでも私たちは背広で出張するのが常《つね》であったが、軍服の上下と帽子、短剣、それに洗面用具で小型トランクがちょうど一杯になるのであった。剣帯（短剣を吊るバンド）は丸めると軍帽の中におさまる。陸軍の方々はいわゆるサーベルであるから、こんな芸当はできないために、ほとんど軍装でとおしていた。

日常の通勤も私たちは背広で、海軍省への出入りの識別のために、いまの議員さんたちがもちいている丸いバッジの台座とおなじくらいの大きさの、白地に金で錨の形を浮かせた七宝焼の周囲に鳶《とび》色の絨《じゅう》でつつんだものが士官用であった。高等文官はこの絨が紫で、判任文官は絨なしで周囲も緑の七宝焼であった。このマークは東京のみならず地方でも同じであったが、呉、佐世保、舞鶴などでは宿舎が近いので、軍服で押しとおしたものである。

当時は相生への往復は新幹線などないので夜行の二等寝台を利用したが、予約などしないでも飛びこんでボーイに交渉すればすぐ寝台がとれたものである。帰路は神戸で途中下車して夜のひとときを楽しむ余裕があったが、翌朝は食堂車で味噌汁つきの和定食をかきこんで新橋で下車して、寝ぼけまなこで直接登庁するのが常であった。

相生に下車して狭い町並みを海岸にでると、造船所へかよう船着場にでる。ここに相生をおとずれる人々に親しまれた旅館水月がある。中庭をはさんで長方形に客室が並んでいる。ここが造船所の定宿で、私も幾度か足腰をのばしたものである。現在ある桟橋がまだなかったので、造船所からランチが迎えにくる。私たちは久しぶりにここで潮の香をかいで、鼻をくんくん鳴らしたものである。

瀬戸内海に面するので暖かいはずであるが、ちょうどこの相生の町の北方にあたる山並みが、このあたりあまり高くないので北風が吹きこんでくるので夜は寒かった。

神州丸。竣工時には格納庫内の飛行機12機を艦橋前両舷の射出機で発進できたが、少しして撤去、上陸用舟艇母船となった。艦橋前に20トンデリック。煙突２本のうち中央太いのは偽煙突

友鶴事件でえた大きな教訓

本船神州丸の進水のときは、たまたま満州国の建国にあたり、松花江の警備のために江上に浮かんでいる汽船を接収して、八センチ高角砲を据えつけることになって、私はハルビンに行き造船所にこの工事を発注する任務をおびて、艦政本部二部の首席部員岸本鹿子治大佐（のち中将）の満鮮視察団の一行にくわわって出掛けていった。ハルビンの造船所は奇しくも播磨造船所が経営しており、さらにもうひとつ奇しくも私の大学の同窓である佐熊英二郎君が、ここをあずかっていた。

目的の船は、松花江の岸辺が結氷するときにたくみに船の入るだけの穴をつくらせて、氷のドックに入ったようなかたちで安置されていて、まだ凍結していた。川船だけあって塩気がないから、ぜんぜん腐蝕のあとがない。そこで、あらかじめ持っていった砲座の図面で、すぐ構造図はできた。あとはすべて佐熊君がひきうけてくれた。そして任務をおえてハルビンの夜を満喫して新京、奉天、営口、旅順を見てまわり、大連の宿でくつろいでいると、突如、号外

の鈴の音におどろかされた。

見ると新鋭の水雷艇友鶴《ともづる》が荒天での訓練中に波をかぶって転覆したとある。この型は軍縮条約の枠をくぐった日本海軍独特のものであったが、建造中に兵装過大で重心が上がり乾舷が不足したので、これを補なうために、竣工ののち舷側にバルジをつけてどうにかGMの値をたもっていたのである。

そこで、これは一大事、艦政本部はてんやわんやの騒ぎであることは疑いなしと、さっそく私一人だけで鉄路を朝鮮半島をまわって帰国することにした。一行は予定通り大連から船便によったので遅れたはずである。

帰国してからというものは、連日開かれる各艦種別の性能審議会に提出する対策説明の立案に多忙の日がつづいた。各艦別の対策がきまる一方、各艦種別のまもるべき性能の基準がまとまったので、本船神州丸にこれをあてはめてみると、船殻の重量を軽減したため吃水が浅く、大きな構造物のため風圧面積が大きく、搭載物件のため幅を十分とったので重心は高いがGMは十分とわかったが、さらに、吃水を沈めて風圧面積をへらし、重心を下げればよかろうとの判定で、防水区画に海水バラストを注水すればよいという結論となり、まず参謀本部、軍務局の了承をえて運輸部に詳細を説明することになった。このために私は海軍省での説明用の資料を持って恐るおそる広島へ出かけた。

運輸部でも友鶴事件いらい心配していただけに、三宅中将以下がいならぶ大講堂で、審議会で説明した事柄をさらによく理解してもらえるよう事こまかに説明した。だが三宅中将からは、「そのくらいで済むのならよかった。実はどうなるかと心配していた」といわれて、私もいちおう安堵するとともに恐縮してしまった。その後の現場工事は関係者の協力と努力によって順調にすすみ、昭和九年十一月には海上運転がおこなわれた。このとき軽荷状態五六〇〇トンで二十ノットを突破し、基準状態の七一八〇トンで予定速力の十九ノットを確保でき、きわめて成功であった。

一方、舟艇の揚げ降ろし試験がおこなわれたが、なかでも船尾の扉を開けての試験は、極秘をたもつため夜陰を利用しなければならなかった。この試験の結果は、舷側切り開き部からの揚げ降ろしがもっとも円滑で、デリックによる揚げ降ろしがもっとも時間がかかった。したがってデリックで降ろす予定の小発を若干舷側から降ろすことにして、熟練したあかつきには以上三つの方法を「用意ドン」でスタートして、どうにか予定の一時間でぜんぶ海上に降ろすことができようとの結論になり、やれやれとひと安心した。

バンタム上陸作戦でみせた威力

すべての試験がすんで神州丸は、造船所から陸軍に引き渡され、さっそく宇品に回航したが、飛行機の射出機は海軍の兵器であるので、広《ひろ》海軍工廠航空機部の手で搭載工事がおこなわれ、射出試験をすませて、いちおう陸揚げ保管することにきまった。こうして帝国陸軍は世紀の大型強襲上陸船を手にいれて、さっそく張りきって上陸演習を開始した。庭田造船大佐は本船の艤装に関係したゆえをもって、宮崎県の海岸における演習に立ちあうなど、陸海軍協調の実を十分に発揮した。

この年すなわち昭和十年の七月、私は一年あまり英国に出張して明くる十一年十月に帰国すると、呉工廠造船部勤務となり、前からの関係もあって陸軍運輸部部員兼務を命ぜられ、またもや本船神州丸と関係することになった。

時局の切迫とともに射出機の正式搭載が発令され、呉、広《ひろ》工廠の手で搭載作業をおえ、広島湾で射出試験がおこなわれたが、このとき秩父宮殿下が参謀肩章をつけてご乗船になり、私は部屋で本船の計画概要を報告したところ満足の様子で、要点をつく二、三の質問があった。

明くる昭和十二年七月、日中両軍が衝突、戦火は上海にひろがり、現地における損傷艦船の応急修理を主任務とする工作艦朝日《あさひ》が出港するにあたり、私は朝日の工作部員として揚子江方面に進出、一時本船と縁がきれた。だが、一年後に帰国すると艦政本部に二度のお勤めをして、敷設艦、砲艦以下の艦船の設計を担当、いきおい神州丸、上陸用舟艇などをうけもつため、造船官としてはじめて参謀本部付の兼務が発令されたが、特命事項もないままに昭和十六年三月に長崎の監督官に転任となり、こうして陸軍との縁が完全にきれた。

一方の本船神州丸は、支那事変当初から本来の目的である強襲上陸用につかわれたが、当時、陸軍が所有する唯一の大型高速船で、通信施設、居住設備のととのっていることから、司令部の乗船用として非常に効率よくつかわれていた。

本船は昭和十七年三月、ジャワ西部バンタム湾上陸作戦で、上陸に成功した直後、被雷して浸水がはなはだしくなったため、浅瀬に乗り揚げ沈没をまぬがれて救難作業ののち内地に帰り、入渠修理のうえ昭和十八年十一月には、ふたたび勇姿を海上に浮かべていた。だが、敗色がようやく濃くなった昭和二十年三月、台湾海峡方面で作戦輸送に従事中、高雄港外で米機の空襲をうけ放棄されたのち、潜水艦の攻撃をうけて遂に沈没してしまった。

これより先、本船の成績が非常によかったので、日本海運が播磨造船所へ発注して建造をすすめていた二隻の貨物船を、陸軍が徴用して本船に準ずる設備をとりつけ、あきつ丸、にぎつ丸と命名し、それぞれ昭和十七年一月および十八年三月に完成、神州丸の簡易型として第一線に配置されたと聞いてはいるが、詳しいことはわからない。

小さな傑作〝大発〟特型運貨船物語

攻略に撤退に多用された十四メートル特型運貨船の実像と戦場の実例

元三十五突撃隊・海軍二等兵曹・艦艇研究家　正岡勝直

昭和十六年十一月五日、御前会議は開戦を決定し、真珠湾攻撃をめざす海軍機動部隊は北千島の単冠湾《ヒトカップ》を出撃し、ハワイへの距離を刻一刻とちぢめていた。一方、陸軍の大兵団は優秀高速貨物船を輸送船に徴用して、支那事変いらいの兵員を配乗させ、十二月四日、海南島三亜基地を出撃していた。これらの兵員は、それまで大陸においてたびたび上陸作戦を成功させて〝上陸専門部隊〟といわれた第五師団と第十八師団をもって編成されていた。

十二月八日、「ニイタカヤマノボレ」という開戦を命ずる暗号無電は、大本営より全陸海軍部隊に発令され、各部隊は所定の作戦行動にはいった。三亜を出撃後、援蔣ルート遮断の目的でタイ国に上陸すると報じられていた大兵団は、七日夜半、突如として針路をタイ湾上より西方にむけ、マレー半島へ進撃した。かねての作戦方針によりシンゴラ、パタニ、コタバルの上陸地は目前にせまった。

このようにして十二月八日未明、上陸部隊は海軍艦艇による強力な支援のもとに、太平洋

14m特型運貨船(大発)。船体は全鋼板製で二次大戦中の海軍の保有数は3221隻。上陸作戦ほか多目的に使用され一等輸送艦には４隻搭載。空母艦載艇としては13m特型運貨船(中発)を使用

戦争開戦の第一歩をマレー半島の一角にしるしたのであった。

その上陸地点の一つであるシンゴラには、山下奉文第二十五軍司令官が乗船する龍城丸（後出）をふくめ、十一隻の輸送船団に第五師団の精鋭が上陸命令を待っていた。この地方は十一月より翌年三月にかけて、雨をともなった北東風がつよく吹き、海上はつねに荒天にみまわれる。とくに上陸地点のマレー半島の北部地方は激しい気象状況で、暴風をうける覚悟をしなければならず、上陸作戦の前途多難を思わせた。

シンゴラ付近は上陸日も荒天がつづき、海面の視界がわるく、上陸作戦には最悪の条件であったが、八日未明、泊地に進入した部隊は得意の奇襲上陸を開始した。

揚陸作業隊長田辺少将指揮のもとに、独立工兵約三中隊をもって、輸送船団の船員が大発の泛水《はんすい》作業に従事した。

開戦までの揚陸作戦訓練は連日連夜、船員の協力でおこなわれた。その成果は、この荒天を制圧したようにみ

えた。上陸用舟艇である大発の降ろし方準備が開始され、ウインチの音や人の声とともに重装備の兵士が、舷側にさがった縄梯子を一歩一歩おりていく。波浪に激しく上下する艇上には、艇首尾に輸送船と一本の舫《もや》い綱でむすばれたロープを腰だめに握った兵士の黒い姿が波に合わせながら、乗船する兵士を励ましていた。

コタバルでは輸送船の損害もあったが、奇襲作戦は計画どおり成功した。このように南方重要拠点シンガポール占領をめざした大兵団の第一歩をぶじ成功させた蔭の戦力は、船舶工兵（昭和十九年に船舶兵として独立）と、わずか十トンたらずの大発の力であった。

秘密は艇首吃水線下にあり

大型発動艇の略称で通称〝大発〟と呼ばれるのは、陸軍が計画建造した兵員または戦車、砲車、馬などを揚陸する目的の上陸用舟艇であった。長さは十四メートル、幅四メートル、深さ一・五メートル、重量九トンの全溶接鋼船で、水冷式六十馬力ディーゼルエンジンを搭載し、速力八ノットを発揮した。使用目的から浅い吃水と耐波、凌波性を重視した設計であった。この大発は武装する兵士七十名または軽戦車一台を搭載することができた。

大発を真横から見るとふつうの舟艇に似ているが、その秘密は吃水線下にあった。すなわち、艇首下部は双胴船のようにW型で、揚陸するとき、大発は海岸に直角に乗り上げるが、このさい、この型であると座洲したとき船底が安定し、さらに波打際の水流、波浪にたいする抵抗を少なくした。箱根芦ノ湖の近距離のカーフェリーに本格的な双胴船が水平面で運航されているのを見るとき、三十数年前、すでにわが国にその芽ばえがあったことを思い出す。

艇首はふつうの船舶と異なり、兵員、戦車などが発進するように船首扉となり、鋼板で堅牢にできていた。船首扉は、吃水線上部付近で蝶番《ちようつがい》で艇体とむすばれ、上部の両側は鋼索で巻上機により前方にたおれるようになり、揚陸時に踏板となり上陸がおこなわれた。

船底は強行突破などで強引に航行するので、肋《ろく》材と縦通材で強度をたもち、船体中央は箱形となり搭載しやすいようにしてある。艇尾にはエンジンが搭載され、その上部は両舷側にかけて鋼板でおおい、ここをエンジン室とした。

操舵はエンジン室上部に操舵機を装備し、操舵員保護のため、眼の高さのところは三ヵ所の小窓をあけた防弾板でかこまれていた。操舵員は操舵をしながら、伝声管をつうじてエンジン室と連絡をおこなった。

錨は艇首にそなえるのが普通であるが、大発の場合、その任務の性質上、艇尾後端に外舷にむけ装備され、揚錨機は操舵機の後方にもうけられていた。この理由は、大発が揚陸作業をおこなう場合、海岸線にむけて全力発揮で直進する。そして接岸距離一〇〇～一五〇メートル付近に到達したさい、艇尾錨を投下する。すると錨は錨索を引きずり、海底に着底する。そこで揚陸が終了すれば、着底している錨を支軸としてエンジンをフル回転して後進をかけ、一挙に離洲すると同時に揚錨機は錨をまきあげる——というためである。

スクリューは浅瀬、水深のあさい海面、さらに海中の障害物を突破することを想定し、普通の三枚または四枚の翼を有する形では欠損する恐れがあることから、らせん状のドリル針のようなエンドレススクリューを使用した。操舵員にとってこのスクリューは、前進時「あて舵」をもって操作しないと変針するくせがあり、これに潮流がくわわると舵軸に重圧がかかり、いっそう操作に苦心した。また、軽荷状態と満載状態では吃水線の関係などがあり、操舵訓練はふつうの舟艇より技術を必要とした。

さらにコンパスがない場合、操舵員が自分の目線と艇首をむすぶ線上と命令された目標の三点をむすび操作したが、大発の場合、艇首が門扉であり、操舵員は、その中央を目測でさだめねばならず、夜間、とくに暗黒の場合、進路をさだめるのはきわめて困難であった。

低速度が最大の悩み

いままで述べた大発は十四メートル型と呼称していたが、海軍ではこの型を正式には十四メートル特型運貨船と呼称していた。しかし部内では、陸軍とおなじように大発とよんでいた。

海軍ではこの型を陸戦隊の上陸作戦用、設営隊の輸送用に使用した。またガダルカナル島攻防戦以後のソロモン海域で、日本軍が占領している島にたいする輸送にたいし、ガ島から発進した米軍飛行機と呼応して島蔭より高速で米軍魚雷艇が熾烈なる攻撃を敢行し、ときには艦艇までもが被害をうける戦況となった。そこで、米軍魚雷艇に対抗するわが魚雷艇の急速建造がつよく要望された。現地では魚雷艇が竣工して進出するまで、大発に七・七ミリ、一三ミリ、二五ミリなど、当時保有していた機銃を搭載して魚雷艇の代用とした。

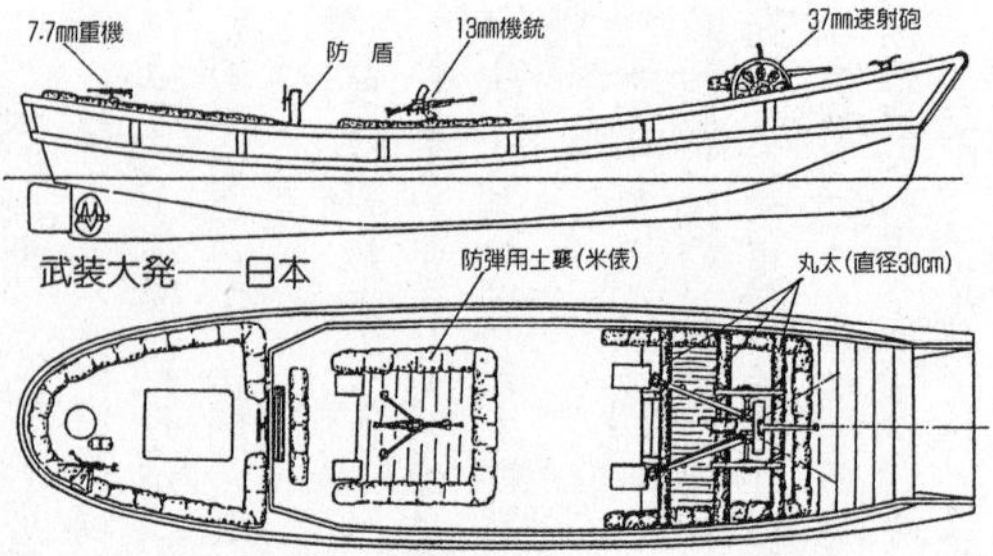

武装大発——日本

また物資輸送でも蟻《あり》輸送といわれるように、大発でおこなった輸送部隊があった。しかし、わずか八ノットていどの速力ではいかに勇敢な行動とはいえ、その結果はあきらかで、夜間航行が多くなった。そこで大発の両舷に魚雷を搭載して、来襲する魚雷艇などを島蔭から急襲することもあった。

さて陸軍では開戦前、中戦車が完成したが、この重量が十五〜六トンもあり、十四メートル型では搭載ができない。そこでこれを大型とし、エンジンを二基、二軸艇とする十七メートル型を建造し、「特大発」と呼称した。これには武装兵一二〇名または中戦車一台が搭載できた。艇型が大型となったので、艇首扉上部に蝶番《ちょうつがい》で踏み板を設け、ふだんは艇内側に倒していた。揚陸時には艇首扉を前方に倒し、さらにこの踏み板を倒して、これらを道板として戦車の発進を容易にした。

十四メートル型を小型にしたのを十三メートル型と呼称し、「中発」と呼ばれ、戦車は搭載せず兵員六十名を搭載した。またこの型は、一等輸送艦用として一隻搭載していた。

また「小発」と呼称された長さ十メートルの上陸用舟艇は、ほかの型とことなり艇首はふつうの船とおなじ形で、エンジン、操舵機は艇内中央に設けてあり、この型は陸軍が上陸用

10m特型運貨船（小発）。全長10.6m、幅2.44m、速力7.5ノット。兵員35名または物質3.3トン搭載可能で、陸戦隊の揚陸用や、巡洋艦、駆逐艦、二等輸送艦などの艦載艇として使用された

舟艇としてはじめて開発した型であった。海軍では丁型駆逐艦に一隻ずつ搭載していた。

敵前上陸から局地輸送や撤退に

陸軍での上陸作戦の基本は敵正面へ指向せず、側面より、ときには意表をつく奇襲上陸を敢行する作戦方式であった。実戦例では支那事変のはじめ、呉淞《ウースン》の敵前上陸を初陣に、上海付近の戦線膠着を打破するため「日軍百万杭州湾上陸」のアドバルーンをあげた杭州湾上陸など、クリークや遠浅の海岸での浅吃水の大発は、上陸作戦では重要な戦力であった。

当時の中国軍は、空軍、海軍ともに日本軍にくらべ弱体で、制空、制海権はつねに日本軍がもっていた。そのため一方的な追撃作戦がおこなわれ、上陸作戦、大発の開発ともに飛躍的な変革は見られなかった。

太平洋戦争開戦後も、開戦劈頭のマレー半島上陸、そしてフィリピン上陸作戦ともに成功した結果、支那事変いらいの戦法は多少の変化はあったにせよ踏襲さ

れ、バリックパパン、スラバヤ上陸作戦では残有の連合軍による反撃もあったが、大兵団の上陸作戦は成功していた。

いっぽう連合軍は、東亜の地域からいったん撤退していたが、日本軍の破竹の上陸作戦成功の一因は、大発のような艇首扉のある上陸用舟艇にあるとし、この独特の船型を採用した。これがLSTと呼ばれるもので、マキン、タラワ両島上陸作戦に出現した。米軍は日本軍の三倍の戦力をもって制空制海権を確保し、物量をもって日本軍陣地の正面へ強襲上陸作戦を敢行しだした。さらに、第一線にたいする補給援護は日本軍の比でなく、米軍の戦法こそ近代上陸作戦のさきがけであり、日本軍の戦法は局地的上陸作戦といえた。したがって、大発もその用途として、局地輸送や撤退作戦に当てられるようになった。

読者は、陸軍はこのような近代的上陸作戦の認識に欠けていたのか、と疑問に思うだろうが、陸軍は支那事変勃発以前から、大発を専門に搭載した船をもって上陸専門部隊を編成しておこなう作戦を計画、さらにその実行をおこなってきていた。しかし、陸軍の軍事費より充当される予算が少なく、大型船舶の建造それ自体、海軍の補助兵力とされた。やはり海軍の発言がつよく、陸海軍協定で戦争突入のさい、優秀船は優先的に海軍が徴用する計画などがあり、陸軍自体が商船といっても、軍用船を保有することは困難であった。

さて、このような情勢下、日本陸軍は昭和十年、播磨造船で上陸用舟艇母船ともいえる神州丸（約八五〇〇トン／二五八頁参照）を竣工させた。船内に大発小発など三十七隻を搭載し、甲板上には飛行機を搭載して上陸直前、カタパルトで発進させる。上陸用舟艇は捕鯨母船のように船尾に開口を設け、ここから発進させる方法であった。

神州丸は杭州湾上陸作戦以後、その主力として行動した。世界でも類を見ないこの船種を陸軍では〝軍機〟あつかいで、部内でもその存在を知っている人は少なかった。冒頭にのべた龍城丸こそ、この神州丸で、改名した理由は、列国にはすでに神州丸の名称が知られているので、龍城丸といかにも新しい船を建造したように見せかけるためであった。

陸軍はこのような船種を何隻も保有したい考えだったが、当時の造船事情がそれを許さなかった。そこで太平洋戦争開戦後、徴用船のかたちをとって六隻を建造したが、昭和十七年十二月になってようやく、その第一船が竣工するありさまであった。しかし、このころの戦況はすでに守勢作戦にまわり、大発をふくむ兵員の輸送に使用された。

このほか、これに類する船を建造したが、逆上陸の機会もなかった。このような斬新な船を開戦まで多数建造していればと考えられるが、しょせん、国力の点ではどうすることもできなかった。このころ海軍では、開戦直前、哨戒艇の一部の後甲板に大発を一〜二隻搭載し、艇尾から発進するように改装して苦心をしていた。

昭和十八年になり、米軍のおこなう上陸作戦の戦訓から、海軍でも陸戦隊を搭載し、強行上陸作戦用の輸送艦を急速建造することが命ぜられた。艦の後半に二条の軌条をもうけ、大発五隻、小発一隻を搭載し、武装兵を乗艇させたまま艦尾から発進させるように艦尾は傾斜しており、これを一等輸送艦と呼称し、通称SS艇とよんだ。

ほかに、中戦車を搭載し、大発のように艦自体から直接戦車を発進できる二等輸送艦を建造し、これをSB艇とよび、陸軍でも使用した。これら輸送艦はいずれも昭和十九年三月、その第一艦が竣工したが、戦線はいまや中部太平洋より内南洋方面に後退していた。だが、戦況は建造計画当時より悪化し、制空権がすでに米軍の手にある以上、占領地への逆上陸作戦は非常に困難となった。したがって両艦種ともども、文字どおり輸送艦として日本軍の守備する島に大発、戦車、さらに蛟龍、水陸両用戦車などの輸送に従事した。

難しい荒天下での大発泛水

開戦早々、米軍の拠点の一つであるウェーク島の攻略をおこなうことになった。そこで第六水雷戦隊司令官の指揮のもとに、陸戦隊を第一攻略部隊（追風、金龍丸、金剛丸）、第二攻略部隊（睦月、三十二、三十三哨戒艇）に配乗して、昭和十六年十二月十日、ウェーク島へ到着した。

攻略部隊は十日午後十一時、上陸予定を方向信号灯で報じてきた。当時の気象は東風、風速十四メートルで、波浪うねり共に大きく視界は十キロであった。十一日未明、奇襲上陸を敢行する計画で、特設巡洋艦の金龍丸、金剛丸（一〇六頁参照）は、艙口上に大発を二隻ずつ搭載し、第三十二号哨戒艇、第三十三号哨戒艇は大発一隻ずつを搭載していた。

十一日午前零時、まず金剛丸は大発の降ろし方を開始したが、ウインチの関係か大発の固定方法の関係かで作業が進展せず、そのうえ作業員二名が海中に転落、行方不明となった。残りの一隻も風浪にゆれる作業の失敗から上甲板上に転覆し、陸戦隊の揚陸ができなくなった。金龍丸でも風浪が激しく、大発を降ろして浮かべることができなくなった。

哨戒艇は、かねての計画どおり陸戦隊を乗艇させたまま一時十五分ころ泛水《はんすい》に成功していたが、第一攻略部隊の発進が不能の状況となったので、夜間上陸をいったん延期した。旗艦夕張以下の駆逐艦は、接岸して砲撃を開始したところ、米軍の反撃により、疾風、如月の駆逐艦は砲撃で撃沈され、砲撃にみずからくわわった金剛丸も、砲撃で搭載していたガソリンに引火して火災を起こし、ついに上陸作戦は中止された。

そこで舞鶴第二特別陸戦隊を増強し、第六戦隊を支援隊に編入、十二月二十日、第二次ウェーク島攻略を決行した。第一攻略部隊（睦月、弥生、三十二、三十三哨戒艇）、第二攻略部隊（追風、朝風、金龍丸）は前回の失敗から大発泛水訓練や上陸訓練をかさねた。

舞鶴陸戦隊内田部隊（中隊長・内田謹一中尉）は金剛丸に乗船して、第一回の攻略の失敗の原因を正したので、今回は全員、哨戒艇に分乗し、その第三小隊は決死隊となり、第一線として上陸することになった。

十二月二十二日夜半、ウェーク島に近接したが、風浪はいぜん激しく、金龍丸と三十三哨戒艇の大発を降ろすことはできなかった。しかし、三十二哨戒艇は二十三日午前零時、大発をおろすことに成功し、第三小隊が大発で発進命令をまった。

そこで、指揮官は悲壮なる決意のもとに二十三日零時二十二分、「直進セヨ」と哨戒艇でリーフを突破して、艇ごと上陸を敢行したのであった。この結果、内田中隊長以下三〇〇余名の戦死者を出しながらも、ウェーク島は占領された。尊い戦死者、さらに駆逐艦、哨戒艇

遡江作戦中の14m特型運貨船。補助砲艇として使用されたもので船倉後部に7.7ミリ機銃を装備

二隻ずつの大きな喪失は、大発の泛水の如何《いかん》が作戦に大きく影響したのであった。

セ号撤退作戦での活躍

昭和十八年二月、日本軍のガダルカナル島撤退以後、戦線は中部ソロモンに移って彼我の攻防戦が激しくなった。ラバウルを後方基地とする日本軍はブインを前進基地とし、占領する島々に兵員、軍需品の輸送をおこなっていた。米軍は飛行機、魚雷艇、さらに巡洋艦、駆逐艦などで日本軍の輸送路の断絶をおこなっていた。

六月三十日、ついに米軍はレンドバ島へ上陸。ついで七月五日、その北方ニュージョージア本島へ上陸し、ムンダを中心とする攻防戦となった。日本軍の増援部隊は八月四日、駆逐艦三隻に分乗して向かったが、ベラ湾海戦で乗艦とともに全滅した。これが中部ソロモン方面にたいする増援、補給輸送の最後となり、日本軍はコロンバンガラ島へ撤退した。

転進した南東支隊、海軍部隊は八月十五日、ベララベラ島に米軍が上陸し、同島はその北方海域を残し、米軍に包囲されてしまった。日本軍はその三日前、中部ソロモンよりの撤収を決意した。コロンバンガラ島は八月中旬いらい、補給は絶たれ、糧食は手持ち一ヵ月分にもおよばず、陸海軍部隊は積極的にニュージョージア島への逆上陸を決行しようとしたが、撤収命令が九月十五日、南東支隊に伝達された。

撤退作戦には輸送船などは進出できず、また駆逐艦は米艦隊来襲にそなえ充当することが困難で、大発に頼る以外なかった。こうして九月二十日、「セ号作戦」とよばれる撤退作戦が開始された。すなわち第八艦隊の協力で、一万二千名の兵員をチョイセル島経由でブーゲンビル島へ輸送するもので、陸海軍がもっている大発延べ一〇〇隻を計上した。九月二十八日、七六〇〇名、十月二日、四七〇〇名の二次にわけておこなう方策であった。

九月二十三日、島内の各部隊は計画にもとづいて乗船地への移動を開始した。この行動を米軍に察知されないため、火砲をもって付近の島を砲撃していた。撤収隊は九月十八日より、ブインから数梯団に区分され、チョイセル島スンビにむかった。このようにして、コロンバンガラ島へ到着するまで十四隻の大発が沈没し、危機を乗り切ってきた大発は偽装をおこなって夜間を待った。

二十八日午後五時、派遣された四隻の駆逐艦に移乗する二六八五名は大発十二隻に分乗し、午後九時、北方海面でぶじに移乗が終了した直後、米軍魚雷艇六隻が二群にわかれ来襲してきた。この戦闘で大発二隻が海岸に近接して座礁してしまった。

二十九日、大発十一隻が撤退作戦をおこなったが、途中、魚雷艇、さらに軽巡、駆逐艦も攻撃にくわわったが、全艇ぶじにチョイセル島に逃げきることができた。さらに三十日、海軍の大発四隻が撤退作戦をおこなったが、ふたたび魚雷艇の攻撃をうけ、一隻が直撃で沈没、二隻は大損傷をうけて一隻は沈没し、ぶじ帰投できたのは一隻であった。

第一次撤退作戦の結果、大発の半数を喪失した。また、この作戦はすでに米軍に察知されており、大発による撤収は危険であるから、第二次作戦は延期するとの第八艦隊司令長官の電報命令に、スンビにあった芳村正義機動舟艇部隊長は、第一次撤退作戦で大発五隻分の人員を含むいまだ八千名近い兵員が残存しており、これを見殺しにはできないとのつよい意見具申で、第二次撤退作戦は決行されることになった。

南東方面部隊からは駆逐艦三隻の援護も決定し、作戦命令は三十日に下達され、コロンバンガラ島より一兵も残置することなく帰還させるべき命令であった。

さて残留分の大発五隻、海没五隻分の過剰人員を収容するため、さらに駆逐艦の未到達を考慮し、十四メートル型に一二〇名、十七メートル型には二〇〇名搭載と計画した。そこで、兵員は携帯兵器のみを携行し、火砲などはすべて海中に投棄し、十月二日午前十時ころより乗船地へ集合した。撤収部隊は一日午後五時、スンビを出撃したが、途中で会敵し、二隻の大発が行方不明となった。

さて、計画どおり二日午後、部隊は乗船を開始し、一四五〇名はぶじ駆逐艦に移乗できたほかは大発に分乗し、午後八時半、撤退せんとしたところ、十数隻からなる艦隊と遭遇戦となった。

敵魚雷艇は北上する大発群にたいし、その退路を遮断するように展開した。照明弾は大発の上空にかがやき、巡洋艦、駆逐艦の砲撃、魚雷艇の銃撃は熾烈なる火箭《かせん》となり、五隻が行方不明となった。

二回の撤退作戦で会敵したのは、北端から撤収した海軍部隊で、島の東、西岸から撤収した陸軍船舶工兵第二、第三連隊はぶじチョイセル島への撤退に成功したのである。

驚異の鉄筋コンクリート船団航海前史

資材不足を補うべく常識はずれの油槽船を完成させた造船官の回想

当時 舞鶴工廠造船設計主任・海軍技術中佐 林 邦雄

第二次大戦が勃発した当時、私は舞鶴海軍工廠の造船設計主任であったが、戦時には大量の貨物船が必要となるので、鋼材節約のためにこれを鉄筋コンクリート（レンフォースト・コンクリート＝以下RCという）船とするのが適していると考えた。しかし、その頃は私も多忙でこれに専念できなかったが、さいわい部下の水島技手が以前からRC船に興味をもち、いろいろ調査していたので彼の協力をえてRC船の建造を決意した。

第一次大戦中には欧米でRC商船が建造されたが、これに関する技術的資料がなく、それ以外にも参考となるような資料がなかったので、RC船を建造するためには、まずRCの基本理論から勉強した。つぎにRC船に最適なRCを得るために、RCの配合および構造を種々変えた試験片を多数つくり、これを試験機によって破壊試験をおこなって強度を比較した結果、船体用として最適とおもわれるRCを得ることができた。

また船体構造を設計する場合、構造用素材として鋼材とコンクリートは全く異なった性質を有するので、それまでの鋼船規定は役にたたず、これを完全に無視して新しい見地から独自の設計をおこなった。

RCの基礎研究も終わり、構造設計にも自信をえたので、舞鶴工廠長から艦政本部長に対し、RC貨物船の建造を具申し、そのまえに試作用としRCの浮桟橋の建造を上申した。中央当局もこの趣旨に同意し、昭和十七年五月十九日、海軍大臣から浮桟橋の試験用建造命令が発せられた。

橋船の主要寸法は、長さ二四×幅九×深さ二×吃水一・一五メートルで、外板厚さ一四〇ミリ、甲板厚さ一〇〇ミリとし、八月に起工し十二月初め竣工した。この橋船の建造は、RCには未経験な造船工を使用したが、工事は仕様書に忠実におこなわれたので、施工は完璧であったと信ずる。

竣工後の試験の結果、漏水箇所は全然なく、また強度を試験するために三〇〇トン型曳船を十二ノットの速力で、真横に衝突させたがなんらの損傷も生じなかった。

橋船の建造には中央からも多数の見学者がきたが、〝タヌキの泥舟〟と考えていた人たちもその強さに驚いたようで、この成功によって引きつづき工機学材用、その他に数隻の建造命令が発せられた。橋船の建造費は、材料費（型枠材も含む）一万四九七〇円、工費一万八七〇〇円、計三万二六七〇円であった。

好成績を残したRC船

全長55m、1070トンの油を積載できるコンクリート製の半没水型油槽船

この結果、RC貨物船建造の内諾を得られたので、E型戦標船ていどのRC貨物船の本格的設計をおこなった。この船は総トン数八〇〇トンで、機関は七五〇馬力ディーゼルである。縦強力を小さくし、所要鉄筋量を少なくするため、船の長さを六十メートルと短くし、船幅は十メートルとした。外板の厚さは一〇〇ミリとし、できるだけ船体重量の軽減をはかったが、載貨重量約千トン、計画速力九・五ノット（試運転時速十・五ノット）となった。

こうして諸計算書および製造仕様書をそえて艦政本部（艦本）に承認図を提出したが、無修正のままで承認された。なお、この船の詳細については、当時の艦本四部基設計班の遠山光一技術少佐が昭和十九年十一月、造船学会講演会で発表されているので参照されたい。

これより先、艦本から「大阪の浪速工務所社長の武智正次郎という人が、土木関係で海軍への協力を申し出てきているので会ってみたらどうか」との話があったので、昭和十八年一月末、舞廠にきてもらって会った。同氏は京大土木工学科出身の六十歳に近い紳士で、特殊のRCの杭を開発し、進歩的技術家と見うけられたので、さっそくRC貨物船の図面を見せたところ、当時の土木屋の常識をはずれた薄板構造の図面を見て、これはとてもできないし、できても水がじゃじゃ漏りして使いものにならないと言下に拒否した。

しかし私は、船体構造の理論および今までおこなった試験の結果を説明し、かつ前記の橋船を見せたところ彼もしぶしぶ納得し、「やってみましょう」ということになった。

あとは建造場所であるが、私は進水の容易な船渠建造が有利と考えていたので、武智氏と相談し、適当な用地を探すこととした。

武智氏は所員を動員して、和歌山県から広島県にわたって調査し二、三の候補地を選定したので、私は武智氏とともに実地検分をおこない、兵庫県曾根町の廃塩田の跡が適当と認め、建造所とすることに決定した。これは三月半ばのことである。

これで準備は万端ととのったのであるが、このころ戦局がますます熾烈化し、戦域の拡大とともに米側の猛反撃が開始されて、補給用輸送船の被害が急増した。それで当局は、やむをえず島嶼部隊への補給に、潜水艦で曳航する半没水型運貨筒を建造することになったが、同時に千トン以上の油を積載できる大型半没水型油槽船（水上艦艇で曳航する）も必要となり、これをRCで建造するものとし、曾根において貨物船に先だって急速に建造することになった。

そして三月二十七日、大臣訓令でRC被曳航油槽船五隻の建造命令が発せられたので、急きょこれの設計をすすめ、同時に曾根に二つの建造ドックの掘削を開始した。

こうして五月一日、水島技手を曾根に常駐させ、監督官の業務を行なわせた。急造の武智造船所第一ドックは長さ二二三メートル、幅二十メートル、第二ドックは長さ二〇三メートル、幅十七メートルで、それぞれ箱型のRC製浮扉を設置した。

油槽船は外板厚さ一〇〇ミリとし、全長五十五メートル（第四船以降は五十七メートル）、幅八・五メートル、積載量一〇七〇トン（第四船以降は二千トン）で、満載時は上甲板まで水につかり、船首部だけで浮力をたもたせるものである。六月五日、第一船を着工し、十一月までに五隻ぜんぶを竣工し引渡しを終わったが、これらは主として呉とシンガポール間の輸送に使用された。この五隻のうちの一隻は、広島県音戸町日付漁港に、防波堤として使用されている。

油槽船が完了するとともに、RC貨物船の建造が開始された。第一船は昭和十九年三月に船体部が完成して進水式をおこない、第一武智丸と命名された。艤装および機関のそなえつけは三井造船玉野工場でおこなわれるので、進水後ただちに玉野に曳航して艤装をおこない、昭和十九年八月に竣工した。つづいて第二船以降から第六船まで着工したが、第四船が玉野で艤装完了したとき終戦となったので、実際に就役したのは三隻のみである。

そのあと就役した船は、呉造船実験部によって豊後水道で、荒天中に能力試験が行なわれた。結果は好成績であり、そののち、乗員の話によっても乗り心地はきわめて良好で、終戦まで無事故で強度上の不安は全然なかったという。

たとえば神戸港内で後方から鋼船が追突した場合、鋼船はみるみるうちに沈没したが、本船には異常なく、また米機のばらまいた磁気機雷によって、前方を航行中の鋼船は撃沈したが本船はぶじであった。このように、RC船が予想以上に好成績をあげたので、艦本ではさらに大型のものを計画したが、終戦となったので実現しなかったのは遺憾である。

第一、第二武智丸は終戦後、広島県安浦町に四十万円で払いさげられ、同漁港の防波堤として役立っている。

※本書は雑誌「丸」に掲載された記事を再録したものです。執筆者の方で一部ご連絡がとれない方があります。お気づきの方は御面倒で恐縮ですが御一報くだされば幸いです。

単行本　平成二十九年七月　潮書房光人社刊

NF文庫

異色艦艇奮闘記

二〇二二年八月二十日　第一刷発行

著　者　塩山策一他

発行者　皆川豪志

発行所　株式会社　潮書房光人新社

〒100-8077　東京都千代田区大手町一-七-二

電話／〇三-六二八一-九八九一(代)

印刷・製本　凸版印刷株式会社

定価はカバーに表示してあります

乱丁・落丁のものはお取りかえ致します。本文は中性紙を使用

ISBN978-4-7698-3274-4　C0195

http://www.kojinsha.co.jp

NF文庫

刊行のことば

第二次世界大戦の戦火が熄《や》んで五〇年——その間、小社は夥しい数の戦争の記録を渉猟し、発掘し、常に公正なる立場を貫いて書誌とし、大方の絶讃を博して今日に及ぶが、その源は、散華された世代への熱き思い入れであり、同時に、その記録を誌して平和の礎とし、後世に伝えんとするにある。

小社の出版物は、戦記、伝記、文学、エッセイ、写真集、その他、すでに一、〇〇〇点を越え、加えて戦後五〇年になんなんとするを契機として、「光人社NF（ノンフィクション）文庫」を創刊して、読者諸賢の熱烈要望におこたえする次第である。人生のバイブルとして、心弱きときの活性の糧《かて》として、散華の世代からの感動の肉声に、あなたもぜひ、耳を傾けて下さい。

＊潮書房光人新社が贈る勇気と感動を伝える人生のバイブル＊

NF文庫

人道の将、樋口季一郎と木村昌福
将口泰浩
玉砕のアッツ島と撤退のキスカ島。なにが両島の運命を分けたのか。人道を貫いた陸海軍二人の指揮官を軸に、その実態を描く。

最後の関東軍
佐藤和正
満州領内に怒濤のごとく進入したソ連機甲部隊の猛攻にも屈せず一八日間に及ぶ死闘を重ね守りぬいた、精鋭国境守備隊の戦い。

終戦時宰相 鈴木貫太郎　昭和天皇に信頼された海の武人の生涯
小松茂朗
太平洋戦争の末期、推されて首相となり、戦争の終結に尽瘁し日本の平和と繁栄の礎を作った至誠一途、気骨の男の足跡を描く。

艦船の世界史　歴史の流れに航跡を残した古今東西の60隻
大内建二
船の存在が知られるようになってからの約四五〇〇年、様々な船の発達の様子、そこに隠された様々な人の動きや出来事を綴る。

特殊潜航艇海龍
白石良
本土防衛の切り札として造られ軍機のベールに覆われていた最後の決戦兵器の全容。命をかけた搭乗員たちの苛烈な青春を描く。

証言・ミッドウェー海戦　私は炎の海で戦い生還した！
橋本敏男
田辺彌八ほか
空母四隻喪失という信じられない戦いの渦中で、それぞれの司令官、艦長は、また搭乗員や一水兵はいかに行動し対処したのか。